阜阳市2022年度第一批重点文艺项目

淮柳织梦人

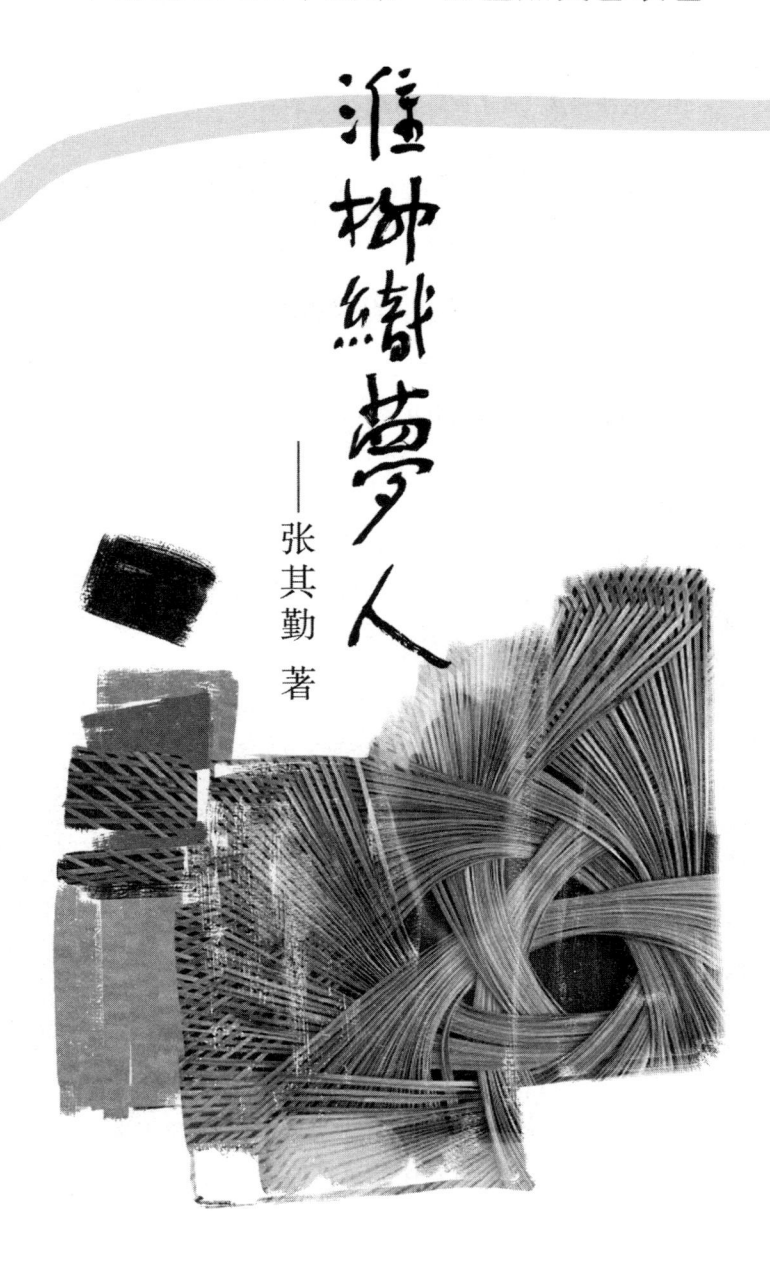

——张其勤 著

时代出版传媒股份有限公司
安徽文艺出版社

图书在版编目（ＣＩＰ）数据

淮柳织梦人 / 张其勤著. -- 合肥：安徽文艺出版社，2025.6
ISBN 978-7-5396-8017-0

Ⅰ．①淮… Ⅱ．①张… Ⅲ．①长篇小说－中国－当代 Ⅳ．①I247.5

中国国家版本馆CIP数据核字(2024)第 027482 号

淮柳织梦人
HUAI LIU ZHI MENG REN

出 版 人：姚 巍
责任编辑：汪爱武　　　　　　　装帧设计：赵 梁

....

出版发行：安徽文艺出版社　　　www.awpub.com
地　　址：合肥市翡翠路 1118 号　　邮政编码：230071
营 销 部：(0551)63533889
印　　制：安徽新华印刷股份有限公司　(0551)65859551

....

开本：880×1230　1/32　印张：9.625　字数：220 千字
版次：2025 年 6 月第 1 版
印次：2025 年 6 月第 1 次印刷
定价：48.00 元

....

（如发现印装质量问题，影响阅读，请与出版社联系调换）

版权所有，侵权必究

目 录

范长风的风度
　　——品读《淮柳织梦人》　苗秀侠 / 001

第一章　翻脸　　　　　　　　 / 001
第二章　意外　　　　　　　　 / 014
第三章　比武　　　　　　　　 / 025
第四章　闯荡　　　　　　　　 / 053
第五章　差错　　　　　　　　 / 080
第六章　谎言　　　　　　　　 / 124

第七章	警事	/ 162
第八章	试种	/ 196
第九章	意外	/ 234
第十章	蜕变	/ 259
第十一章	振兴	/ 278

后　记　　　　　　　　　　/ 294

范长风的风度
——品读《淮柳织梦人》
苗秀侠

  词典里对"风度"一词的解释,是指人举止姿态的美好,都是褒义的,比如,风度翩翩。《淮柳织梦人》这部长篇小说,风度的具象表现是从范长风身上凸显出来的。

  范长风是濛洼蓄洪区做杞柳编织工艺品的企业家,是柳编非物质文化遗产第三代传承人,是自带流量的淮河汉子。他把淮河岸边普通的杞柳,做成令世人瞩目的工艺品;把小小柳编厂,做成颇具规模的柳编工艺品公司,再做到国内外都有子公司的柳编集团。谁能想到,这其貌不扬的小小杞柳,不但成全范长风打造出国内顶尖的柳木工艺品公司,还把淮河柳编这一中国特有的工艺,做成国际一流品牌。范长风能一步步推进一个地方柳编企业乘风破浪,稳步发展,冲出国门,走向世界,赢来鲜花和掌声,皆因他身上有着不同于他人的风度。这是属于淮河汉子特有的风度。

  范长风的风度表现之一是,他勇于在逆境中前行。

  大学毕业,带着对美好未来的憧憬、对爱情的痴情,他回到故乡。而迎接他的,是初恋情人的背叛、同门师兄的翻脸无情、家族柳编企业的困顿、父亲遭遇车祸后的伤痛。未来的路怎么走?带着迷茫和被同门师兄羞辱的伤痛,站在淮河滩涂上的范长风,发出困兽般的低吼。他告诉自己,作为第三代非遗传承人,他深知有责任让柳编工艺火起来,让柳编厂从低迷中走出来。这一刻,范长风身上不服输的气度,展现得淋漓尽致。

第一步,先完成刻苦学习柳编技艺这门功课。爷爷是国家级非遗传承人,爸爸是省级非遗传承人,手把手教,心对心学,凭借柳编艺人后代强大的基因和超高悟性,范长风的柳编技艺可谓见风就长,日新月异,不仅在市、省柳编技能比赛中分别斩获大奖,还在全国民间艺术奖评选中一举夺得了该项目的最高奖——中国山花奖。这一奖项填补了柳编工艺国家级奖项的空白。获得此奖第一人的范长风,又被评为江淮工艺美术大师和江淮工匠。荣誉、赞美、鲜花和掌声接踵而至,年轻的范长风风度翩翩,跃跃欲试。

这时候的范长风,尽管有了成功之后的小欢喜,但他更加明白脚下的路才刚刚开始。这时,他身上呈现出了另一种风度:理性。他理性地看待自己,为柳编厂把脉,做出一个决定:要让小小柳编走出淮河濛洼,走遍天下,让更多的人知道它。

于是,范长风把握住了去广州参加广交会的机会,谈成了人生第一笔海外订单。这是对范长风能否急中生智、以智慧取胜的成功考量,是他身上智慧风度的真实体现。当然,也应了那句话——机遇总是留给有准备的人。范长风的准备，不仅在技艺上，还有从人生磨难中成长的那份淡定。他选择不走捷径，不贪小利，以诚待人，处变不惊。

范长风带着广交会的成果回到淮河边，着手海外订单的生产。然而，这赚取人生的第一桶金的过程却是充满了艰难与险阻。首先是产品的质量要求与时间的紧迫性让他举步维艰，幸好爸爸的"金手"和爷爷的谋略同时登场，他们通过培训的方式，让更多的柳编艺人参与进来，柳编产品生产顺利完成。然而，同门师兄却处处设卡，不仅令他蒙受"夺妻"之辱，还为他的海外订单设下埋伏，一波未平，一波又起，在烧仓库、偷产品未果后，师兄又在运输柳编工艺品的车辆上动了手脚，差点酿成命案。

总算在难与险中度过关隘，范长风来不及整理得与失，便开始着手改制，实施创新机制，把柳编厂更名为"工艺品有限公司"，并广泛招贤纳才，为企业注入新的活力。

按理，在磨难中不断成长的企业，一旦站稳脚跟，便可以一帆风顺了，然而，树欲静而风不止。靠走捷径经营柳编工艺品的同门师兄，岂能坐观其成？师兄使出三十六计中的苦肉计，打伤女友，让其带着满身伤痕，再回到范长风身边。面对昔日初恋女友，范长风拿出了宽容、善良的风度。他不仅带她看医生，还安排无家可归的她住进厂里。而范长风救下的，是一枚定时炸弹。当然，最终的结果是，这对男女咎由自取，偷鸡不成蚀把米，迎接他们的，是法律的严惩。

容得下身边的人，吃得起眼前的亏，扛得住肩上的责，拓得宽前方的路。范长风施展他的人格魅力，获取天下英才，助力企业迅猛发展。彼时的范长风，开始制定企业发展规划。第一期规划，是要把长风柳木打造成国内尖端柳木工艺品公司，不管是规模、档次还是出口额，他都要做国内第一方阵中的排头兵。第二期规划，是要把中国淮河柳编品牌打造成国际一流水准，在欧美国家建市场、走高端路线，最后在沪上市。

做足周密规划的范长风，身上有了另一种风度。这风度，就是"大鹏展翅翱翔蓝天，水中蛟龙遨游四海"的气势。带着这种淮河汉子特有的风度和气势，范长风开始一步步实施规划，让理想变成现实，才有了在淮河滩涂地种植两万亩杞柳的壮举，才有了振兴乡村的伟业，才有了助农惠农、让蓄洪区人民共同走上致富路的美好愿景。

作为淮柳织梦人的范长风，织就的不仅是柳编工艺品的梦，还是实现中华民族伟大复兴的中国梦。这是淮柳织梦人范长风最引以为傲的风度！

长篇小说《淮柳织梦人》是一部现实题材作品。小说故事背景深厚，地域文化鲜明，总体格调昂扬，人物形象生动，贴近当下，真实感人。特别是主线人物范长风，既有淮河汉子的执着和不屈不挠，也有蓄洪区人民的宽容大度，他敢于吃亏、勇于担责、乐于探索，也因此成就了他的柳编工艺事业。该作品向读者呈现了小说人物范长风的风度，也凸显出写作者驾驭故事的超强能力。完美设置矛盾、成功塑造人物，这是作家通过作品呈现的文学表达风度！

因创作和蓄洪区有关的小说,我去了濛洼。采集写作素材时,我见到了一望无际的杞柳种植基地。这是我第一次见到杞柳,那坚韧的柳棵,在春风里舒枝展叶,摇曳生姿,像绿色的海洋。我想到了小说《淮柳织梦人》的主人公范长风,他也曾站在杞柳基地,目视远方,思绪万千,心潮激荡,再次为未来织梦。那一刻,我和范长风的思绪绝对达到了同频共振。

2024年3月18日

(苗秀侠,中国作家协会会员,文学创作一级,《艺术界》主编。)

第一章　翻脸

1

七月的深圳,南海大鹏所城,浅水湾。

晴朗的天空,海天一色,一群群海鸥在低空翱翔。

中午那一场毫无征兆的大雨,将大鹏所城古老的建筑清洗一新,巨大的榕树闪着浓绿的光。

空气中弥漫着咸腥的海水味,夹杂着糯糯的甜香,一种昏昏欲睡的慵懒感觉,瞬间浸润了范长风空虚的躯体。

不远处的游轮上,一群群男女簇拥在一起,吹着海风,耳语呢喃。

范长风看着眼前这帮红男绿女这般作秀,很是不爽。他后悔没有带上自己的心上人黄婷婷一起过来。

此时要是黄婷婷在自己身边,凭她的身材和长相,一定会力压群芳,让那么多美女瞬间失色,自己也一定会是这个世界上最幸福的男人。

黄婷婷,范长风初中时的校花,不仅人长得漂亮,还有一副黄鹂般的歌喉。

范长风每次经过她身边时,都能闻到一股少女美妙的体香。这种体香竟令他这个不谙世事的大男孩,在多少个夜晚处于迷乱甚至癫狂的状态。

毕业在即,范长风恍惚地认为,自己根本就不是上大学的料,只是为了黄婷婷的一句话,他才努力考上他并不喜欢的江淮大学。

黄婷婷的学习成绩不好,她先是参加了大专分类招生考试,而后以极低的分数被江北职业技术学院旅游专业录取。

虽然是个大专生,但她对追求她的范长风有着极高的要求。那个晚上,激动得上火的范长风,在被下逐客令的前一秒,听见黄婷婷冷冷地说:"我可以给你机会,前提是你必须考上大学本科,而且要学国际经济与贸易。这样我们将来才有可能出国,我们的爱情才会有希望,未来我们的孩子才会更有出息。"

对比了省内多家大学,范长风最终选择了江淮大学。其实在内心深处,他极其讨厌上学。他认为社会才是真正的大学。

黄婷婷内心的真实想法到底是什么,说实在的,他还真的不太清楚。

但那句不经意间提到的"未来我们的孩子",给了范长风极大的希望,他像是在大海里行将溺水,却瞬间抓住了一根稻草一样。

他不希望黄婷婷势利,最起码不要和钱走得太近。

住在淮河岸边,多少辈人都养成了不苟富贵的习惯。试想,洪水一来,什么是你的?能保住命,家族血脉能一代代传下来就不错了,还说什么财富?所以,生活在淮河两岸的人,思想上就没有积蓄的概念。

人生嘛,像他这样也挺不错的。有爷爷这块"国家级非遗传承人"金字招牌,有"省级非遗传承人"的父亲,还有一个淮河柳编加工厂,时不时地给外地人供点货,又收了几个徒弟,基本供得起一家子及他上学的开销。

父亲众多徒弟中,发展得最好的莫过于自己的同班同学储银来。这小子只用了几年时间,就当起了小老板,只要淮河对岸有人来收货,他总能稳稳地赚上一笔。

逢年过节,储同学总会送父亲一些烟酒。父亲夸他比别的徒弟懂事、会做人,但过于圆滑又难免让人担心。

对了,黄婷婷在干什么呢?她是否也会想念自己呢?

思念如潮,如毒蛇般吞噬着他。范长风想给黄婷婷打个电话,离他们订婚只剩下不到三天时间了。

他想问问她还需要什么,他要从这个美丽的南方城市给她带回去一份惊喜。

"丁零零,丁零零……"对方无人接听。

范长风抬眼看了看时间,下午三点半刚过。两分钟后,范长风又拨打黄婷婷的手机。

响了三声后,黄婷婷居然挂断了。

范长风以为,黄婷婷可能是在洗澡或者忙于其他事务,不方便接电话,他想过会儿再打。

游轮上缠绵的男女陆续下来,走到沙滩上享受着日光浴。一个个穿着极少的年轻女子,让范长风心里极其不爽。

"喊,这帮人真是没有涵养!光天化日,衣不蔽体,有伤风化!"范长风心里愤愤骂道。

"丁零零,丁零零……"范长风打通了女友黄婷婷的电话。

"亲爱的,干什么呢？我在深圳,在大鹏所城的海边沙滩上,想我了吗？"范长风直奔主题。

电话里发出刺啦的声音,没有传来任何回答。

"婷婷,你在干吗呢？咋不说话!"范长风有些急了,靠近手机听筒,里面似乎有男人的喘息声。

他心里立即有一种不祥之兆,但随即又否定自己,尽量不往坏处想。

"嗯,听到了,你在哪里呀？我有点急事在办呢。"听黄婷婷的声音,有点像在动荡的船上或车厢里。

"什么事这么急,连说话的时间都没了？婷婷你没什么事吧？我在大鹏所城海边,我非常担心你!"

海鸥发出清脆的"啾"声,向海边日光浴沙滩这边飞快地掠过。黄婷婷以为范长风听不到她的声音,扯着嗓子对着手机大喊:"不说了,不用担心我,我有正事呢,过一会儿给你打过去,拜——"

说完,便挂断了电话。

范长风一脸无奈,嘟囔了一句,转身回到了宾馆。

他真的有些担心黄婷婷,但一想到黄婷婷说过一会儿再打电话给他,心情稍稍平复了些。他用手机拍了一些海鸥飞翔的视频和照片发给黄婷婷,不大一会儿,无聊至极的他倒头睡了。

一直到晚上九点十五分,手机铃声将范长风从睡梦中惊醒。

2

透过巨大的落地窗向外面望去,天色已经暗了下来,而海边的灯光如昼,灯光下的夏夜海景如梦如幻,一小部分游客仍未散去,聚在一起嬉戏。

"长风,下午给我打电话有什么事吗?"

"是这样的,我在深圳,还有三天我们就要订婚了,我想给你带点东西,只要你想要的,我都买给你。"

"订婚?长风,你是不是喝多了?我说过要和你订婚了吗?你脑子里成天装的什么呀!"

范长风一听这话急了,直着脖子扯开嗓子喊:"婷婷,你怎么啦?这可不是闹着玩的,我们家亲戚朋友都知道咱们俩将要订婚的事,你可不能和我开这样的玩笑!"

"范长风,请你好好回忆一下,我黄婷婷在何时何地说过要和你订婚的?你是脑子发昏了吧?是不是这两天受了什么刺激呀?我现在明确告诉你,你不适合我,至于订婚,那更是你一厢情愿,不可能的事。喊!"

"哎,不是,婷婷,我不明白你在说什么。我追你追了那么多年,为了你,我没日没夜地努力学习,费了吃奶的劲才考上大学,学了你指定的专业,你怎么说翻脸就翻脸?订婚的事不也是咱们几周前商量好的吗?"

"长风,我实话告诉你吧,你真不是我的菜,就你那家庭,一想起来我就胃疼。不提了,免得让你伤心。我挂电话了,我最后跟你说一遍,咱俩的事一点戏都没有!如果你真的爱我,就请你放开我,不然的话,我会让你难看!"

"婷婷,我的第六感告诉我,这可不是你的心里话,你肯定有什么难言之隐。没事的,我今天上午坐火车,明天中午就能回到鹿城,不管发生多大的事,就是天塌下来,我都会帮你顶着。"

"我知道你可能是患了臆想症,告诉你吧,事情不是你想的那样,当初为了让你考个大学才骗你说要订婚的,没想到你真考上了。我不需要你感谢我,我们分手就是你对我最大的感谢。我不想和你浪费口舌了,订婚的事彻底没戏。别再缠着我,我早有心上人了。就这样,拜拜。"

范长风如五雷轰顶,他一时竟然不知道该说什么了。当他再想说些什么时,对方早已挂断了电话,并且再也打不通了。

范长风晃了晃一直发涨的脑袋,满脸阴沉。

此时,他十分清楚,黄婷婷或许已经把他的号码拉黑了。

中午时分,黄岗村十字路口边,范长风下了农班车。不远处,淮河濛洼蓄洪区内的杞柳枝条发疯般地吐绿抽芽,恣意生长。

烈日炎炎,马路上不时被风刮起来的灰尘和纸屑,眯得范长风眼睛都睁不开。

嘎的一声紧急刹车声,一辆乳白色的宝马X5在范长风身边停了下来。

茶色车窗玻璃徐徐下降,油头粉面,戴着一副暴龙牌墨镜的储银来将头伸出了车窗。他摘了墨镜,一脸坏笑。

"这不是长风兄弟吗?看你这装扮,是从美国回来,还是从爱尔兰或大不列颠回来?要不就是从拉斯维加斯回来?不错呀!"

范长风不想理他,愤怒地握紧了拳头。

"这大热天,外面接近40度了,快上车,车里凉快,我有事跟你说。"

范长风从后门上了车,却发现副驾驶位置上坐着黄婷婷。

黄婷婷一脸平静,平静得让范长风不敢多看她一眼。

黄婷婷一身淡黄色的连衣裙,白色的高跟系带凉鞋,脖子上戴着一串耀眼的绿色翡翠项链。

她若无其事地摆弄着手腕上金光闪闪的黄金手链,像是在炫耀,又像是在自我陶醉,根本无视范长风的存在。

从后视镜里,范长风看到的是一张无比冷漠的脸。

储银来掏出一支软中华香烟递给范长风。

"兄弟,抽一支。哦,对了,忘记告诉你了,这是你未来的嫂子黄婷婷,你认识吧?咱们初中同学,校花呀!"

"我不会抽烟,我要下车,有点恶心,想吐。"范长风的胃里果然一阵翻滚,一股浑浊之气持续上涌。

"储总,赶紧让他下车,别让他吐你新车上了,这么贵的车呢!"黄婷婷倒先不耐烦了。

"好吧,你非要下去受罪,我也没有办法。这样吧,晚上我和婷婷抽空请你吃饭,给你接风,地点就定在柳河集南大街刘满意刚开业的淮河鱼馆,不见不散,让咱们的校花好好陪陪你!"

说完,他一脚油门开了出去,但还没走出十米远,又将车迅速地倒回来,冷着脸道:"长风,大热的天,哥真不忍心让你晒着。我想起来了,这不,前段时间我们厂子给老外加工了一批太阳帽,这可是咱们地道的国家非遗黄岗柳编,现在都出口到欧美啦。婷婷,将那顶太阳帽送给咱们长风兄弟!来,长风,接帽子!"

趁着范长风愣神的工夫,黄婷婷将一顶柳编太阳帽朝着范长风扔了过去。

宝马 X5 在"轰——"的一声后,瞬间消失在一片尘土里。

那顶绿色柳编太阳帽,在半空中画了一道弧线,翻滚几圈后,调皮地躺在了炙热的马路上,仿佛在嘲弄范长风。

"储银来,你个浑蛋!你欺人太甚!"范长风对着宝马X5一边骂,一边用脚重重地踩踏着那顶帽子。

太阳帽被踩出个大洞,长短不齐的柳编枝条把范长风的脚脖子刺破,一滴滴鲜血渗出了白色的袜子,崭新的安踏运动鞋鞋面上,染上了斑斑点点的血印。

3

今晚的淮河鱼馆之约到底是去还是不去呢?去吧,说不定又是一场彻头彻尾的侮辱;不去吧,会成为储银来今后的话柄的。即便储银来不会说什么,黄婷婷也会将懦夫这顶帽子戴在自己头上。那以后自己还能在黄岗混吗?

自己一个大男人,不能做懦夫和缩头乌龟。今晚的淮河鱼馆之约他范长风去定了,他倒想看看这对狗男女到底能玩出个什么花样来。就算是拔刀相向血如虹,他范长风也绝不会眨一下眼。

夕阳的余晖将西边的天空涂抹得一片橘红,倒映在淮河湾里,天水一色。

黄岗村柳河集南大街上,刘满意的淮河鱼馆酒店门前,一字摆放的开业花篮在晚风里像守门的卫士,昭示着饭店主人在当地非同寻常的人脉关系。

尽管很累,但整整一下午,范长风毫无困意。他做好最坏的思想准备来应付这场闹心的"鸿门宴"。他设想了六七种被对方羞辱的场景及如何化解的办法。

刘满意候在酒店门前,远远看见范长风,赶紧上前寒暄。

"长风啊,两年不见,你更帅气了。就你这形象,绝对是大明星级别的,来哥这小店当形象代言人吧。放心,你要是能来,哥终生免单,你亲戚朋友来消费,全场五折!"刘满意一脸笑意,很真诚。

"满意哥,难道你也要取笑弟弟?"

"哪里敢?有人在666包间等你,我让服务员带你上去。"

范长风点点头,跟随在衣着鲜亮的女服务员身后,进了二楼的666号房间。

"先生,请。"服务员春风满面地做了个"请"的手势。

范长风推门而入,里面只有黄婷婷一个人。黄婷婷抬眼看了一下范长风,像被电到一样,立马又将头低下去。

"他人呢?不是他要请我的吗?怎么你一个人来了?"

"外地来了一批客商,他今晚要接待,说等那边结束后再过来。"

黄婷婷的声音很弱,没有了之前的嚣张跋扈。

一阵沉默后,范长风先开了口。

"婷婷,你有什么话就直接跟我说吧。没关系的,不管你做了什么,我都不会怪你,只要你愿意回到我身边。如果真的是银来欺负了你,我也会找他为你讨个说法。"

在黄婷婷面前,范长风极力维护着自己最后的一点尊严。

"长风,这一切跟银来无关,是我选择了他,我是甘心情愿的。我和他之间做的任何事情,我认为都是正常的,你真的不要多想了,想多了对你的身体也不好,我劝你还是想想你的未来吧。作为国家级非遗传承人的嫡孙、省级非遗传承人的儿子,你多想想如何把柳编传承做得更好才是正道,而不是成天想着儿女情长这些事情。"

范长风的心里有一种说不出的愤怒。

"婷婷,我不用你教我怎么做,我就问你一句话,你心里到底有没有我?"

"你?我?"黄婷婷放慢了语速,"哎呀,让我怎么说你呢?我难道说得还不够明白吗?我们真的不合适,感情的事不是逼出来的。我明白你的豪言壮语和天马行空的理想,可我是活在现实中的人,你还不明白?"

"那你也得等我大学毕业呀。给我三年时间?行吗?我一定会超过他的!"

黄婷婷低下头,又摇摇头,坚定地说:"对我来说,这一切都不重要了。"

"这么说,你是一点儿余地也不给我留了?"范长风固执地追问着。

"没有余地,我也不会后悔我的选择,哪怕是将来。"

"婷婷,别那么肯定好不好?他储银来有什么好?别忘了,他可是我爸的徒弟,我爸能把他教好,难道还教不好我?不就是会做生意吗?我将来也会学习柳编工艺的,我也会将柳编事业做成外向型企业,做成全省,甚至全国的重点文化出口企业。如果比挣钱,我能挣的钱要比他多一百倍、一千倍、一万倍。这一点,你一定要相信我。"

黄婷婷抬起头,目光坚定地盯着范长风,冷冷地说:"我不想听你的未来,我只想活在现在。我看中银来的实力,而你,只会让我充满着不切实际的幻想。我认为我只有跟着他,才能找到属于自己的幸福。你在深圳还没回来的时候,我就跟你说过,爱我你就放开我,你这么执着还有什么意义呢?我现在再说一遍,我不爱你,请你放开我,尊重我的选择可以吗?我爱的那个人叫储——银——来,听清楚了吗?"

范长风面色如霜。时至今日,这是黄婷婷在他面前说得最绝情的一句话。

"难道这一切真的不能挽回了吗?"失魂落魄的范长风喃喃道。

"放手吧,长风。你也看到了,我就是那个'宁愿坐在宝马车里哭'的女孩。我不相信你画的大饼,我们真的不合适。"

说完,黄婷婷转身要离开房间。

这时,房门突然大开。

喝得醉醺醺的储银来过来了,他上前一把搂住黄婷婷的细腰,亲了一下黄婷婷那张灿如桃花的脸,不高兴地说:"怎么啦,我还没到你们就散伙,啥意思?事情这么快就搞定了?服务员,赶紧上热菜,我们还没喝酒呢!"

范长风冷冷地瞟了一眼储银来,感到一阵恶心,他想立即走人。又一想,现在离开就等于认怂,他倒要留下来看看,这个储银来今天到底能玩出什么花样来。

53度的焦陂特曲一连三杯下肚,储银来竟然流下了眼泪。

"长风兄弟呀,我也知道我这么做对你伤害挺大的,可没办法呀,谁让我是储金山的儿子呢?一想到我爸当年的事,我就心里难受。"

储银来打了个饱嗝,又是一杯烈酒下肚。

4

　　父亲来接范长风,怕他喝醉了。回到家里,时间还早,范长风便和父亲提起储银来家的事,他实在不明白储银来为什么如此对他。

　　"这件事情说来话长。十八年前,你才三四岁,储金山在我们淮河柳编厂当业务厂长,主管财务和销售。我是这个厂子的负责人,主持全面工作。后来,储金山有一次去南方出差时出事了。他因男女之事被警察抓了个现行,然后通报到了我们鹿城县公安局,让我去领人。回来的路上,储金山千叮咛万嘱咐,让我不要和外人说。我告诉他,这种事瞒都来不及呢,咋可能往外说呢?第三天,上级来人审查我们厂的账务,发现大量漏洞,有近百万货款对不上账,储金山挪用公款的事被查了出来,他贪污了三十多万元。没两天,储金山就被县公安局带走了。走时,他骂我,说我不够哥们,是我私下告的密。本来厂里领导想着低调处理此事,可工人们不愿意了,他们联合将他告到县政府,最终储金山被判了八年。那时,储银来也不过五六岁,他的母亲知道后也一直怀恨在心,觉得是我把他男人投进了监狱。我看到他们娘俩生活困难,就让储银来当我的徒弟,让他一边读书一边学习柳编技艺。这孩子小时候就聪明、嘴甜,很快就上路了。但他的虚伪、油滑是我所不齿的。没几年,他的母亲也离他而去了,现在的这个常翠芳是他后妈,比他爸小十多岁呢,原来在顺昌城搞美容美发的,他们是老相好了。我估计呀,银来在这个家不受待见,所以他可能把气都撒到咱们身上了。他虽然是我的徒弟,但他的真实想法是什么,我也不知道。后来,储金山刑满释放,银来也大了,我帮他们担保贷款,让他们重新开办了储氏金银柳编厂。这几年,通过帮别人收货,生意也做得风生水起了,但他们父子对我的仇恨丝毫未减。"

爸爸断断续续地唠叨着,范长风多少有点儿听明白了。

内心深处,他原本那样地痛恨储银来,现在一点儿也恨不起来了,反而觉得他是一个十分可怜的人。

"爸爸,我不怪您,您没有任何错,您只是做了您应该做的事情,换作谁都会那样。一个人犯错让别人埋单,本身就不公平。以后我们家人小心些便是。"

范长风反倒安慰起父亲来。

范淮河看着日渐长大的儿子,很是欣慰。

"孩子,做事先做人,你爷爷从小就教育我要做个正直善良的人。为人忠诚厚道方有福,奸诈欺人不长久。"

范长风会意地点了点头。

"爸,您放心,我一定铭记您和爷爷的教诲,积极向善,老实做人。"

"嗯,好儿子,早点休息吧。我明天还要到厂子里转转,有一批订单快到期了,质量上不能出问题。"

"好的,爸,您放心,以前放暑假,休息一天后,我都会帮您做。如今我大学毕业,都成大人了,一定会尽我所能,更多地替您分担一些厂里的事。"

范淮河望着比自己高一头的帅气儿子,轻轻地关上了房门。

第二章　意外

1

　　入夜,闷热了一天的淮河濛洼地里,凉风习习。范长风睡得很香,梦中,他又回到了小时候,跟在爷爷奶奶身边,让他们给自己做柳条蚂蚱。把青青的杞柳皮撕下来,刮去柳皮外层,含在嘴里,那好听的儿歌便从那支小小的柳笛里流淌出来。

　　"咚咚,咚咚——"

　　"长风呀——快起床,不好了!"一阵阵急促的敲门声,把范长风从睡梦中惊醒了。

　　范长风连忙下床开门,见妈妈一脸的惊慌失措。

　　"孩子呀,刚才开农班车的张二狗来通知我,说你爸爸被车撞了,他看见 120 急救车拉着你爸往县医院去了,咱们赶紧去看看!"

　　"妈,别急,我就好!"

　　范长风胡乱地披了一件衣服,就和妈妈匆匆离开了家,向着事故发生的地点赶去。

　　清晨,淮河濛洼地的上空被一团团浓重的白雾笼罩着。

到了黄岗村西边的河堤上坡三岔路路口,范长风才看见父亲的宗申三轮摩托车倒翻在了河坎沟边,车上装的大半车柳编成品和半成品散落一地,草地上还有斑斑血迹。

一群人在围观。

"长风,你可来了,你爸爸已被120救护车拉走,你们赶紧去县人民医院吧。"

这时,张二狗的农班车也从黄岗村集上转悠回来。

"二狗哥,别等人了,赶紧走,载我们去县人民医院,我爸被120拉走了,你的车我包了。"

"长风兄弟,你这说的啥话?平时范叔对我啥样我能不清楚?现在就上车,一分钱不赚我也要抓紧时间把你和婶儿送到县人民医院去。"

县交警三中队处理事故的交警也赶到了现场,他们在现场拍摄、锁定证据、询问目击者,而撞人的车主早已逃逸。

鹿城县人民医院的急救室里,医生们正在对范淮河实施急救。

范长风如热锅上的蚂蚁,和妈妈在急救室外面等候。

下午接近四点,医院的电子屏上显示"范淮河手术成功,请家人及时接出"的通知。

爸爸的意外车祸让范长风的担心变成了现实。是谁干的?难道是他?他为何要下狠手?一想到那张油腻的大宽脸,范长风脸上的肌肉和皮肤就开始发紧。

2

范长风一拳重重地砸在走廊的墙壁上。

应该不会是他吧?就算他对自己有意见,也应该冲自己来呀,而不是对着父亲——他的师父下手。

范长风不敢往下想,他不相信一个人能在那么短的时间里变得如此陌生和冷酷。

好在父亲脱离了生命危险,现在转进了ICU重症监护室。

"你好,请问你是范长风吧?我是县交警大队事故处理二室,请你现在来一趟。肇事司机已经主动投案,请你过来配合处理。"

肇事司机已经主动投案?他不是逃跑了吗?但愿不是那个讨厌的人。范长风嘀咕着。

"咚咚——"伴随着敲门声,范长风轻声地问:"有人吗?我是范长风,来处理交通事故的。"

"请进——"里面传出来一个女孩子的声音。

推开事故处理二室的门,范长风多少还是有些紧张。

他向里张望了一下,两个面对面的办公桌旁分别坐着一男一女,男的是一脸不安的储银来。

"还真是你呀!"范长风强忍着怒火。

"银来,你就是个畜生!居然对我爸下狠手!"范长风终究还是怒不可遏,牙齿咬得咯嘣直响。

"哎,同志,你干什么呢?这可是交警大队,你怎么出口伤人呢?"

储银来立即做出制止的手势。

"警察同志,这是我们兄弟之间的事。放心,我会承担一切责任的。"

"长风弟,我真不是故意的。我下坡拐弯太急,今天早晨雾又大,加上我昨晚熬了通宵,一时走神没有看到师父,才发生了这事儿……"

"跟我说有用吗?跟你面前的警察同志说去!"范长风气呼呼地斜了储银来一眼。

"刚才,这位储同志已经把所有的事都交代了。他态度很好,承认自己全责,会承担所有的医疗费用、误工费和精神损害赔偿费。

"还说被撞者是他师父,他愿意答应你们家提出的任何条件。根据相关法律,我建议你们还是私下调解,别再扩大了。"女警察说。

既然警察都这么说了,他还能说什么呢?

"我一切听警察的安排,等候处理结果。"范长风心中不快。

3

范长风重新回到住在县人民医院的父亲身边。

第二天早上八点多,火热的阳光透过树枝缝隙,照射到范淮河病房的窗台上,病床上洁白的被褥洒上了一片光亮。

范淮河睁开疲倦的双眼,发现妻儿守候在他身边。他想努力抬一下身子,和他们说句话,但感到此时的身子重如千斤,手脚都不是自己的了。

"爸,您醒了！医生说您现在还不能动。"

范淮河看着瘦了一圈的儿子,流泪了。

"儿子,我开车已经很小心了,可雾大路窄,还是出事了……"

"爸,交警大队正处理这次事故,估计这几天会出结果。不管处理结果如何,我们都会全力治好您的,放心吧,这个家不能没有您!"

妈妈也在一旁流泪,紧紧地拉着爸爸的手。

面对无奈的父母,范长风思绪万千。

这或许就是他成长中的阵痛吧。这几天发生的稀奇古怪的事儿,让范长风有些惴惴不安。

不久,县交警大队的处理结果出来了,按责任划分规定和范淮河的伤情报告,储银来主动承认过错,并承担师父所有医疗费用,还有误工费、营养费、精神损失费等常规费用,另外还支付35万元赔偿金。

消息传到家里,储金山不乐意了,他亲自去找范淮河理论。

"淮河兄弟呀,你这一伤不要紧,把我半个柳编厂给搞垮了,现在加上医疗费用总共50万元,我们上哪里拿这么多钱?再说,银来还是个孩子,他说话做事爱冲动,他说给你35万元就能给你吗?年轻人不都是爱吹牛吗?还有,他也不是故意伤你的,是不是?35万元谁能受得了?"

"金山,你们也看到伤情鉴定结果了,我的左手都废掉了,半边身子失去了功能,你有没有想过我们家咋过?长风大学才毕业,我家里一点经济来源也没有呀!"

两人理论了半天,也没商议出个结果,只好不欢而散。

一个多月过去了,储银来这边再也不提赔偿金的事了,尽管县公安局事故大队多次催促,但总是没有结果。

这天晚上,储银来的后妈来到范长风家,还没进门,就开始嘟囔起来。

"哎,我这个当后妈的,活得咋这么累?你说这个银来吧,偏偏撞上了他淮河师父。这不是倒霉吗?"

"他婶子,坐下来说,别急。"范长风的妈妈劝道。

"你和淮河都在家就好了,我来还是为那个赔偿金的事,35万元真的拿不出来,能不能减一点?"

范长风急了。"婶子,这是银来他自己认的,你们现在反悔是什么意思?我爸这半边身子都残疾了,他下半辈子咋弄?他编柳编的'金左手'也废掉了,这是35万元能解决的事吗?还有我们淮河柳编厂,因为我爸出车祸,现在都停工了。我们家损失多大,你们计算过吗?自从淮河柳编厂改制到现在,我爸接手这么一个破烂摊子,一天安生日子都没过上。如今你们为了这点钱还来反悔,好意思吗?"范长风一股脑儿把心里话全说了出来。

常翠芳一时无语,仅仅过了几秒钟,她就开始变脸了。

"长风侄子呀,婶子不跟你一般见识。今天我把话说开了,赔偿金的事如果不减,我可以保证,你们家一分钱都拿不到,哪怕你们赢了官司也不一定能拿到钱,钱在我们手里,就不给你们,看你们能怎么样!"

范淮河听了,气得直打哆嗦。

"常翠芳,你这是来解决问题的吗?我儿长风虽然年纪不大,但句句在理,看在我帮助你们储家创立金银柳编工艺厂的分上，你也不该这么说吧？你让金山哥来，我不想和你理论。"

"淮河哥，金山要是想来还会让我这个妇道人家来？你要论情是不是？那金山坐八年的牢怎么算？当然了，站在我的角度来说，我还得感谢哥哥你，要不是你让他坐牢，他前一个老婆不死，也轮不到我给银来当后妈。我们储家是有钱，但也不能这样讹我们吧，要是想靠这发财是不是有些可笑了？我见过的孬人多了，但没见过你们这么一家的。"

常翠芳越说越起劲，最后竟然破口大骂起来。对于这个不讲理的泼妇，范长风又气又急，一时竟束手无策，赶紧将她推出门外。

常翠芳仍在门外骂骂咧咧不肯离去，直到听见有警车的警报声，才慌忙走开。

交警大队的同志们再三进行协调，储家仍说拿不出这么多赔偿金来，哪怕要他们先拿出一小部分，常翠芳都不乐意，最为关键的是储金山和储银来父子俩都不在家。

常翠芳说他们爷儿俩到山东出差去了，打他们电话也一直没有人接。交警们也很无奈，只能告诉常翠芳，如果再这样拖下去，是要负法律责任的。

"他们两个男人都不在家，我一个女人家有什么办法？不然你们把我抓去坐牢吧。"

警察们见劝说无用，只能作罢，他们告诉范长风，看来只能走法律程序了。

在庭审现场，储银来的代理律师提出赔偿金额过大，储银来无力赔偿，哪怕是分期也拿不出钱。

储方代理律师还认为，范淮河的车祸事故有碰瓷嫌疑。范淮河明知有大雾,在人身安全没有保障的情况下,那么早去邻村收货,而且途经大雾区域时还不下车推行。因此,在这场事故中,范淮河是负有一定责任的,他对县交警大队提出的责任认定有异议,认为应两边各负一半责任,要求重新进行责任认定后再赔偿。

范长风先前就知道储银来答应得那么爽快不太正常。可以肯定的是,当时因为怕吃官司,他来个缓兵之计,等一切过去后,拖延无疑是处理这类事情的最好办法。

范长风的代理律师潘东阳扶了扶眼镜,很平静地面对审判员。

"各位法官大人,我想陈述的一个事实是,我的原告从一个省级非物质文化遗产传承人,我们黄岗柳编的'金左手',到现在因车祸导致左边身子残疾。在全省乃至全国柳编界有名的'金左手'被废,这个代价是30万、50万能够弥补得了的吗?刚才,被告提出为什么会选择在大雾天收货的问题,可见他缺乏常识,请问生活在淮河濛洼地区的群众,你们一年有多少天不是在大雾里生活?这里湿气重,又属于南北冷暖空气交界地带,大雾是我们当地最正常不过的天气现象,难道我们就因为早晨有雾什么活都不干了吗?"

旁听席上的人直摇头,爆发出一片唏嘘声。

"还有,我真的怀疑我的律师同行没有骑过三轮车。经常骑三轮车的人都知道,应该是骑行比下车推行更安全些。我们可以做这方面的试验,看看是空车推行安全还是骑行更安全。试想,如果空车推行都难以行进,何况装了一车柳编产品呢?如果说被告家庭困难,拿不出这笔钱,更是没人相信。储银来的宝马 X5 是进口车,按眼下的行情,办好各类手续车落地价高达 60 万元。一个能买得起进口宝马车的人,拿不出 35 万元的赔偿款,这不能让人信服。更何况这 35 万元的赔偿款也不是我的当事人提出的,而是肇事者主动要求的。现在不仅不能按时赔偿,还反过来说我的当事人负有一半的责任,这是不是很可笑?"

砰的一声,法官落下法槌。

"现在休庭。"

4

休庭期间,主审法官找到原告和被告,希望他们能接受庭下调解。

储银来让父亲储金山去和范长风谈赔偿金的事,储金山一听火气就上来了。

"啥?你个狗东西,还让我出面,我都让你折腾得在黄岗没法待了,你自己去擦屁股,别让我陪着你丢人,行不行?"

"我怕谈高了,您又骂我。再说,他还是我师父,我怎么开口呀?"

"这个时候知道他是你师父你不好开口了?我,还有你常姨不都去露脸了吗?结果人家还是没有让步,你让我再觍着老脸去,我能说什么呀?你赶紧去谈吧,谈多谈少,我们都认,行了吧?"

有了这一句话,储银来才磨磨叽叽地来到范长风面前。

"长风,我真不是个东西,你看,这赔偿金的事是我提出的,我还反悔……你也知道,在我们家我说的不算,我爸和我阿姨他们说了算,花一分钱都得从他们手里讨要。所以,看在往日的情分上,再少点吧。"

储银来装出一副可怜巴巴的无赖相。

"银来,你放心,我们范家就是再穷也不会讹你们。我们家人穷志不短,这件事我不能说你是故意的。但你想过没有,我们家今后要面对怎样的困境,要怎么活下去啊?我爸这一倒下,多少个夜晚我都没有休息好,我的担心谁能知道?我才大学毕业,就遇到这么多考验,我能受得了吗?我下一步怎么活,连我自己都没有底。而你不一样,你现在生意已经上手,还有你爸这个靠山,我呢?我该咋办?"

范长风越说越激动,泪水不自觉地在眼眶里打转。

"长风,你说的一切我都明白,这样行不行?你我也别在这35万上较劲了,25万吧,这个数我们家还是能拿出来的。"

范长风长叹了一声。

"我也已经心力交瘁了。就按你说的,三天之内25万元到账,我就撤诉。"

"谢谢兄弟,放心,我保证在三天内凑齐这个数,以后我们还是好兄弟。"

范长风冷冷地瞟了一眼储银来那张油腻的脸。

"你还是先把眼前的事情处理好了吧。"

"那是那是,我一定会处理好的,你放一万个心。"

双方当事人协商没有异议,就在法律文书上签了字,范长风还当场出具了谅解书。

当天晚上回到家中,常翠芳拿出25万元交给储银来时,心里很是不快。

按照约定的时间、地点,储银来把25万元交到了范长风手里。临别时,储银来冷冷地说:"这25万元已经买断了我们师徒的情谊,储家和范家从此互不相欠。"

范长风也毫不示弱,抱拳一笑说:"人在做,天在看。既然你储银来有想法,我做兄弟的也不能不给你面子。放心,兄弟也一定会陪你玩下去。但你也要记住我的话,善有善报,恶有恶报。"

两人相互冷笑一声,消失在彼此的视线中。

第三章 比武

1

范长风将 25 万元现金交到了父亲手中,心里沉甸甸的。

"孩子呀,这事情就到此为止吧,我们还有好多事情要做呢。摔了一跤,我们还得爬起来继续往前看。"范淮河忧心忡忡地说道。

"爸爸,我一定会往前看、往前走的。只是眼下发生了这么多事,储金山一家人不会轻易放过我们的。上一辈的仇恨,只怕要转嫁到我们这一代人身上了,他们怎么可能善罢甘休?"

爷爷听到了父子对话,也颤巍巍地走了过来。

"你们两个都给我听好了,我们范家的族谱上就没有'认输'二字!人常说,十年树木,百年树人。为什么把人比作树?这是有一定道理的。你想,一棵树只要足够强大旺盛,不是一阵狂风暴雨就能连根拔起的。如果你自身够直、够硬、够强大,谁也扳不倒你。于风雪中傲然挺立,才是你们要做的。"

范长风惊讶地发现,平时从不多言的爷爷范中国,居然能够说出如此有哲理的话来。

范长风看看父母,又看看一旁若无其事的奶奶,他第一次感觉到心中有一种来自祖祖辈辈的永不屈服的信念。

"爷爷、爸爸,我明白了,从现在起,我从零起步,好好学习柳编技艺,不辜负我们这个有着柳编光荣史的家庭,为全家争光,绝不会丢脸。"

自记事以来,范长风就反感柳编这种手艺。他总以为这是一种要饭的手艺,没法做强做大。即使爷爷被评为国家级非遗传承人那几年,他也认为那是国家在花钱保护这些民间古老的柳编技艺。对于他们年轻人来说,利用"非遗"这个金字招牌做生意、挣大钱才是王道。

"长风呀,咱老范家的事,你不知道的还多着呢!"白发苍苍的奶奶在一旁打趣着。

"奶奶,难道我爷爷还有啥秘密是我不知道的?"

"当然有啦。而且这秘密呀,也不是一句两句能说得清楚的呢!淮河呀,长风这几年只知道读书,对咱们当地的历史文化还是不太清楚呀,你应该多和长风交流交流才对。"

范淮河一脸苦笑,不知道如何回答母亲的话。

"长风呀,你奶奶批评得对,俗话说,养不教,父之过嘛。不过还有一句话,叫亡羊补牢——为时不晚。长风,我们家珍藏了一本书,我先把它拿给你看看。书里说不定有你要找寻的答案。"

范长风激动不已。是呀,将来从事柳编行业,如果连其中的历史文化内涵都不清楚,怎么向别人介绍呢?

回到自己的房间里,他捧起这本线装古文书读了起来。

其中有这么一个传说:上天看到淮河濛洼人受了太多苦,不忍心,就从天上抛下一束吉祥的杞柳枝,让它在淮河岸边生根发芽,最终长成这种有韧性的柳树。淮河滩上大量的淤泥与大大小小的水洼成了杞柳最好的栖息地。一到春天,站在淮河岸边放眼四望,绿油油的一片,万亩杞柳打造的铜墙铁壁守护着并不安澜的淮河。

"编筐打篓,养家糊口。"勤劳善良的淮河濛洼儿女在长期与洪水搏斗的经历中,发现杞柳不仅有编篱笆、盖茅屋和打墙的价值,而且它条直、皮薄、韧性强,还能编织成篮子、筐子。

于是,这里便有了这样的歌谣:一亩柳几亩田,学会柳编能挣钱……苦难的人们寻到了一条活路,杞柳成了他们的救命草,淮河濛洼人也称其为"救命柳"。

淮河濛洼杞柳种植历史可上溯千年。

范长风越看越激动,继续往下翻看。

早在《诗经》中就有"无折我树杞"的诗句。仅淮河、洪河、陶孜河三河流域就有20多万亩低洼地盛产杞柳。

柳编的起源可追溯到旧石器时代早期,原始人在采集作物的过程中制作各种容器和包装物,他们借助有韧性的植物,采用初步掌握的编制方法,制作出不同类型的柳编产品。

春秋战国时期,用柳条编成杯、盘等,外涂以漆,称为杯棬。唐代,沧州柳箱声名远扬。

宋代,人们取杞柳细条,"火逼令柔曲,作箱箧"。

20世纪60年代,中国柳编工艺品开始出口,生产规模有了较大发展。

全国有四大柳编生产基地:湖北程河、山东临沭、河南固始、安徽阜南,其中,安徽阜南便是以淮濛杞柳著称。

明正德《颍州志》记载："淮濛盛产水荆（注：当时把杞柳称为水荆），采伐加工，洁白如玉，坚韧如藤。"

2008年6月7日，黄岗柳编（亦称"鹿城柳编"）被国务院批准列入第二批国家级非物质文化遗产名录。

范长风从这本书上了解到淮濛杞柳如此多的知识，已经很满足了。

他有些困意，正想昏昏睡去，突然从书里掉下来一本黄色小书，书名叫《范氏柳编传》。

2

小书做得很精致，里面的字体也很小。范长风将房间里的灯光调到最亮，这才看清楚小书里记载的内容。

范氏柳编起源于明正德年间，范氏族人范承辉系颍州城南人，善杞柳编织，每年夏、秋季，编斗、箩、果盘数款细物入宫，其做工考究，器物典雅，特指定为皇室御用品。

短短数句，已令范长风兴奋不已。

原来自己的先人是给明朝皇室做柳编的，怪不得爷爷是国家级非遗传承人，爸爸是省级非遗传承人和江淮工匠。

再看看自己这一代，连个喜爱都谈不上，甚至还一直在排斥，从骨子里看不起这范氏柳编的技艺。想想这些，范长风脸红了。

他想到了储银来，要不是这家伙一直在针对自己，他真想不到自己这一辈子还会碰柳编。虽然他也知道柳编生意能够赚钱，但那些事好像离自己很遥远。

现在，他不这么想了。

人不是常说，在哪里跌倒就在哪里爬起来吗？他范长风就是要在柳编行业里站稳脚跟。

用对手擅长的方式来打败他，才叫真本事。试想，如果要以自己在柳编行业取得的成功来击败储银来，是一件多么具有挑战性和刺激性的事情呀！

范长风的嘴角露出一丝不易察觉的微笑，他很快进入了甜蜜的梦乡。

一觉醒来，已是第二天中午时分。吃午饭时，满嘴无牙的爷爷看着范长风慵懒的样子，脸上笑开了花。

"这就是我那宝贝孙子，口号喊得震天响，一觉睡到大天亮。吃罢午饭接着睡，豪言壮语继续讲。哈哈哈哈……"

爷爷的笑声听起来如此刺耳，范长风的脸一下子红了。

"爷爷，不是您想的那样，我要学习我们范家的柳编技艺，用咱们范家的真传打败爸爸的徒弟，这样我在黄岗才能有立足之地。"

范长风说完，看了父亲一眼，表情略显委屈。

"打败储家并非易事，不能光靠嘴上功夫。他们储家的资本积累已经达到一定规模，要想打败他们，你没有过人之处是万万不可能的。除了有真本事，还要学会包容，没有包容之心想成大事也绝无可能。逞强斗狠，只能是图一时口舌之快，往往要坏大事的。"

爷爷不说话则已，一开口便一鸣惊人，这让范长风心里不禁一震。想想和储银来最后一次见面时自己反击他的话，多少还是有些不成熟。放在今天，他估计最多只会对储银来报以冷冷一笑。

"爷爷,我知道错了,放心吧,从现在开始,我就向您还有我爸学习柳编技艺,哪里也不去。请把最好的编织技艺都教给我,我一定不辜负我们家的金字招牌!"

第二天上午十点多钟,爷爷便在客厅里喊长风,让他和自己一道去淮河濛洼里看看杞柳的长势。

范长风说不出的激动。看来爷爷真的愿意将毕生掌握的柳编技艺精华传给自己了。

虽然已经是中午了,但在濛洼滩涂,浓雾还没有完全散去。翠绿欲滴的杞柳一簇簇挺立在河滩上,与各种自然灾害做斗争,像淮河岸边的汉子一样野蛮生长。

爷爷慢腾腾地蹲下来,用干枯的手扒开杞柳丛认真察看长势,点点头又摇摇头,抬头看天,长叹了一声。

"长风呀,看到这杞柳的根部没有?叶子黄,地裂缝子大,下部的三分之一都没有叶子了,这说明今年干旱多,雨水少呀!今年长出来的这杞柳呀,容易变粗,韧性不好,没有好的柳条,就别谈编出好的柳编产品来。"

范长风点点头,顺着爷爷手指的方向,看明白了杞柳存在的问题和症结所在,这让范长风心里很是佩服爷爷。

"根据咱们淮河岸边的天气,秋后会有大雨的,放心吧,爷爷。"范长风想安慰一下爷爷。

爷爷皱着眉头,抬头看了看渐渐明亮的天空。

"长风呀,短期内不会有什么雨的。你没听说过'阴雾晴,晴雾阴'的说法吗?昨天是什么天气?"

"爷爷,昨天是阴天,阴了好几天了,就是下不了雨。"

"我说得对吧。天越旱雨越难下,这一晴不知道啥时候才能下雨哩。咱们濛洼的天呀,就是让人捉摸不定,要雨时一滴不下,不要雨吧,就好像天被人捅了个窟窿,没日没夜地下。要不是有这么多杞柳在河滩上站岗放哨,还不知道老百姓要遭多少殃呢!"

范长风突然想起父亲很久以前和他说过的一件事。

"是呀,我听我爸说过,有一年发大水,洪水里的小孩和家禽被这簇簇杞柳拦住了,可救了不少生命呢!"

"那是,这样的故事多得像天上的星星,数都数不过来呢!"

范长风的心里对这些杞柳产生了深深的敬重感,他也学着爷爷的样子,双膝跪倒在杞柳田里,以示虔诚。

大学放暑假后,准确地说,是在遭到黄婷婷的无情拒绝、经历了父亲意外受伤后,范长风才觉得自己恍惚间长大了许多。

范淮河看着儿子高高的身材,还有嘴唇上那一层毛茸茸的小胡子,心里一阵阵感慨。

是呀,孩子大了,自己自然也老去了,他该把自己身上的技艺传授给孩子了。还有就是趁着自己的父亲健在,说不定他的绝学还没有完全传下来呢。

人不是常说,技艺传承,防子不防孙吗?这岂不是长风学习的大好机会?想到这里,范淮河心里轻松了很多。

"长风,你刚才去看咱们河滩上的杞柳了,长势如何?"

"还行,就是近期大旱,杞柳叶黄,爷爷看着心里有些着急上火。"

范长风拿来篾刀,取出一根柳条剖开,里面有一条细细的柳芯。

"咱们淮河濛洼的杞柳,和别的地方的柳不同。淮河濛洼地区有两种杞柳:一种绿皮柳,一种红皮柳。"

范淮河说着,指了指院子靠墙的十来捆柳条。

"淮河濛洼里面有大片河滩地、湖洼地,适合种杞柳,光照、热量、水源条件都优于其他杞柳区。青皮柳生长在河滩地,皮青、条粗、叶片较宽,一般高2米左右,质地松软,亩产1500公斤左右。"

范长风有印象,刚才爷爷带他去看的就是这种青皮柳。原来在他心里,父亲就是一个普通农民,没想到父亲懂得这么多。此时,他对父亲的敬意油然而生。他觉得如果爷爷是非遗的一座金矿,那么父亲的地位应该仅次于爷爷,说他是一座"纯银矿"应该不为过。

父亲继续指着另一堆杞柳说:"这边是红皮柳,红皮柳生长在离淮河干流较远的岗坡及内河低洼地带,高1米至1.5米。条细、皮红、叶片较窄,质地紧密,亩产1000公斤左右。两者相比较,青皮柳产量较高,而红皮柳质量较好。"

范长风点了点头。

"咱们淮河濛洼的杞柳,柳皮轻薄、柔韧、洁白、实心、着色力强,是柳条中的上品,能编织出几十种工艺品。"

范长风听得津津有味,接了一句:"爸,我小时候就听人唱过'穆郢子簸箕,郜台子斗,大河柳的柳货天下走',是不是真的?"

"这还能有假?这唱词里唱的几个地方还有我和你爷爷的

徒弟呢!"范淮河一脸自豪。

范长风很是兴奋:"还有这事?我咋不知道呢?"

"你知道今天爷爷和我为啥要加深你对杞柳的认知吗?告诉你,想要真正成为柳编传人,首先要学会识柳,只有和这些柳条相处得有感情,你下一步的编织技艺才有可能达到炉火纯青的地步。"

范长风一下子醒悟了。

"爸爸,是不是可以这样理解,要想成为真正的柳编人,首先要有柳编情、柳编梦,最后才有柳编路、柳编人?"

范淮河哈哈一笑:"我儿大学果然没白读,这理解能力和悟性不知道比你爸强多少倍呢!"

范长风不好意思地挠了挠头。爷爷见儿子和孙子聊得起劲,也过来凑个热闹。

"你们俩干啥呢,是不是在说我坏话呀?欺负我眼花耳背的,说!你们到底在我背后说什么了?"

范淮河看着年迈的父亲笑了。

"爹,孩儿哪敢背后说您坏话呀!我是说,您儿子不如我儿子。"

爷爷范中国不高兴了。

"唉,你这孩子怎么这样说话呀?"

"爹,您别着急上火呀。您看,您儿子我是初中毕业,我儿子呢,是江淮大学毕业,而且还长得这么帅,是不是您儿子不如我儿子了?"

范中国点点头,一脸兴奋。

范淮河有点小得意,看着儿子范长风,继续说道:"长风呀,你看看呀,你爸就不如我爸了,你爸我是省级非遗传承人,而我爸呢,他老人家可是国家级非遗传承人,你说是不是?"

范长风愣了一下,马上又笑了。

"爸,您这说辞不光有道理,咋听起来还那么熟悉?"

范淮河说:"你以为爸爸天天不学习呀,这是孔子的儿子孔鲤说的一句惊世骇俗的话:'你子不如我子(对孔子),你父不如我父(对孔伋)。'我就是拿来套用一下,逗你爷爷和你开心呢!"

爷爷开心了吗?范长风皱着眉头看了看爷爷。爷爷气得满脸通红,拿起拐杖就要打父亲。

"你这个兔崽子,我咋听你这话都是在表扬自己呢?看来,你不傻呀!"

范淮河一个劲地向爸爸求饶,范长风笑得眼泪都出来了。笑声响彻了整个农家小院,是啊,全家好久都没有这么开心过了。

直到妈妈喊"吃午饭了",大家才放下手中的活计。

3

饭桌上,范长风问父亲下午学习什么。

范淮河连想都没想,开口便说,当然是要教磨刀了。

范家后院用彩钢瓦搭建的三间简易仓库里,堆放了一捆捆加工处理好的杞柳柳条。

范淮河推开一个内置小仓库的房门,一排各式各样的篾刀引起了范长风的注意。

"长风呀,看到了吗?你对面有二十把样式不同的篾刀,这些可都是咱们柳编人吃饭的家伙。你过去把它们取下来,我教你怎么磨刀,怎么使用它们。"

范长风把这些不同形制的刀具取过来,有的上面已经生锈了。

年轻的范长风,从看杞柳长势到认识青皮柳和红皮柳,脑子里已被灌输了满满的杞柳知识。

范长风面对这一排形状各异的柳刀,心里说不出的不自在。唉,一个大学毕业生,以后每天要面对着刀和柳活着,他该多心烦呀!

但一想到储银来的那副嘴脸,范长风还是觉得自己要咬牙坚持。如果自己不成功,那么还有什么资格和储银来较劲呢?

"长风,你是不是走神了?"眼尖的范淮河看到了儿子在愣神。

"你是不是觉得社会发展这么快,这些老古董都用不上了?其实不然,我们老祖宗留下来的东西才是瑰宝。这些形状各异的家伙各有各的用处,比如这把细口刀,是用来剖柳条的,再坚韧的柳条,在它面前都如纸片一般毫无抵抗之力。"

范淮河说着,随手取了一根稍粗的柳条,柳条被这把刀侍候得服服帖帖,想开个什么造型的一刀见效,刀支配着柳条如用笔写字一样随心所欲。

"还有那弯刀,半圆形、椭圆形的,可以开凿、挖孔,反正各有所用。"

范长风似懂非懂地点了点头。

"记住,磨刀不误砍柴工,到咱们柳编人嘴里,就叫磨刀不误编织工了。每次动刀的前一天晚上,都要将你要用的和不用的柳刀全部磨上一次,有备无患。切忌选择性地用什么磨什么,那样容易误事。"

一块长方形的磨刀石细腻而光滑,中间足足凹下去了 5 厘米,旁边还放着个瓦罐盆,里面盛了半盆清水。

"现在好多家庭都用电轮子磨柳刀了,可我还是喜欢用磨刀石,你仔细看看这磨刀石,有什么神秘之处?"

范长风一脸蒙圈,看了看那方磨刀石,又看了看父亲的脸。

"这方磨刀石可是咱们的传家之宝,是你太爷爷留下的,到我这一代,有近百年历史了。"

"喊,故弄玄虚吧。"范长风说。

"你可别不相信,它不是产自本地,而是来自四川绵阳。民国时期,一个远房亲戚从那边赶过来时带了几块,你太爷爷花 5 块大洋买到这块,听说还有一个叫凤舞山的地方也产这种磨刀石。"

范长风开了眼界,顿时对这种老祖宗留下的石头生了敬畏之心。

蘸水,提柳刀,上磨石。范淮河从容操作,看那架势就是个功力深厚之人。他的左手不太能用上力,把主要力量全放在了右手上,左手只略作辅助。

"看到了吧,磨刀时右手要紧握刀柄,左手手指轻轻压住刀面,沿顺时针方向运动,十至十五次为一节。你过来试试。"

范淮河刚演示了一下,就让范长风上手磨刀。

范长风按父亲的要求,手握柳刀,调整好坐姿,将刀面放在磨刀石上磨了起来。

"记住,磨刀石表面应保持湿润,刀面与磨刀石表面应保持一个稳定不变的角度,刀面上的石屑会提示你相应的角度。刀面回拽时不用加力,那样容易造成反口。磨刀时逐渐减压,会使刀刃变得锋利。另一面也应按顺时针方向来回移动。"

柳刀与磨刀石摩擦时产生的力感和沙沙声,让范长风一下子产生了一种混沌之感,仿佛他不是在练习磨刀,而是在听一个从远古时代走来的老朋友诉说自己离开后发生的故事,这多少让人感到奇怪。

这天上午,阳光懒洋洋地爬过了东边的柳树梢。一缕缕金色光芒照射在仓库里那一堆堆杞柳原料上,被加工处理过的洁白的柳条粗细不一,像刚刚浸泡过的嫩笋头,在阳光的浸染下,又像《格林童话》里新世界的小树人一样,格外可爱。

母亲将一捆捆晾半干的杞柳条捆放在了父亲身边,父亲取了数十根手指般粗的并在一起,形成十字交叉状。从最初一圈的柳条缝里再插入一根细细的柳条,一根一根地折编过去,再一个劲地向上编排,最上方用一根根麻绳盘起来一个圆,不到几分钟,一个可爱的圆形小柳篮子的雏形就出来了。

"真是神奇,爸爸你好厉害呀!"范长风在一旁看得眼花缭乱。

"在你爷爷面前,我是关公面前舞大刀,小巫见大巫,孙悟空遇见了如来佛。"

爷爷坐在旁边的躺椅上悠然地吸着旱烟袋,很是惬意。

此时爷爷手也痒痒了,也来露上一手,但他连弯腰都费劲,一连串的咳嗽,让他不甘心地停下手里的活,连声喊着:"老了,真的老了,不服老不行!"

4

秋天像个成熟的少妇,不紧不慢地赶了过来。似乎在一夜之间,淮河两岸大小不一的高岗、洼地都披上了一层金色的华丽外衣。

黄岗村接到了鹿城县文广新局的通知,要在10月11日举办全县柳编非遗技艺展示暨传承人选拔大赛。

可能是首次举办,大赛组委会放宽了参赛条件。

通知上说,只要具备柳编技艺基础,愿意参加的均可报名。另外,比赛能拿到优秀奖以上的选手,直接特批发展为县级非遗传承人,获一等奖的选手将被推荐为省级非遗传承人。

全县柳编非遗技艺展示暨传承人选拔大赛地点设在黄岗村农民文化广场。

比赛的前一天晚上,县文广新局和县非遗中心的工作人员就来到了现场。他们将一大块矩形的喷绘挂在广场的背景墙上。

"鹿城县首届柳编非遗技艺展示暨传承人选拔大赛"的隶书字体格外显眼,背景为一片淡化了的绿油油的杞柳田,还有精美的柳编产品。主办单位系县文旅体局和县非遗中心,协办单位是黄岗村村委会和黄岗村柳编协会。

这件事让范长风既激动又担心。

他激动的是,在跟爷爷、父亲学习了近半年时间的柳编后,终于有了展示自己的机会。担心的是,村里甚至全县沿淮盛产柳编的四个乡镇里,可是柳编高手济济,自己只是个初出茅庐的新人。

怕归怕,他还是在征得父亲同意后报名参加了比赛。

"这是全县首届非遗活动,如果你范长风不参赛,传出去肯定被别人笑话。'你们范家一家两代人都是国家级、省级非遗传承人,到了第三代连个参赛的人员都选不出来',不让人贻笑大方?"

爷爷无比兴奋:"不光要参赛,最好能拿个名次回来,也好证明我们范氏的后来人并非弱者。"

这样一来,范长风身上的压力还是蛮大的。但带着压力上阵未必是坏事,最起码不会产生轻敌心理。

上午八点,阳光依旧暖和,早已入冬了,却没有什么寒意。

一大早,黄岗村农民文化广场上就挤满了从四面八方赶来的人。

多少年了,当地的村民都盼望着能有一个属于柳编人的节日,没想到这一天说来就来了,怎能不叫人激动呢?

舞台上,参赛的男男女女,一个个像打了鸡血,跃跃欲试。

范长风的神经一下子绷得紧紧的,手脚不知道该往哪里放了。

这时,他觉得身后有人狠狠地捅了他一下。回头一看,原来是储银来。那张可恶的油腻大脸,笑得双眼都快眯成一条缝。

"呵呵,原来是长风小弟呀,最近一段时间不见,你不光长个子了,还长胆子了,敢来参加这种大赛了。我真不知道你会个啥,你不是一直都不喜欢做柳编吗?怎么今天太阳打西边出来了?"

范长风不想理睬他,看到他如此嚣张,只狠狠地瞪了他一眼。

"赛前说这么多屁话有什么用？到比赛的时候，希望你能把嘴上的功夫用在手上，小心这里风大，可别闪了你的舌头！"

储银来笑道："我闪了舌头事小，要是今天你在比武中连个优秀奖都拿不到，就不是我闪舌头的事了，我估计范家的脸面都能被你闪到淮河里了。你还来比武呢，我看你是给你们范家抹黑来了，你爸早就把柳编技艺传给我了，估计他老人家现在正坐在家里后悔这事呢。"

范长风实在不想看到储银来那扬扬得意的肥脸，他背起自己的柳条和柳刀走向参赛队伍。

他刚站定，抬头就看见黄婷婷在小心地伺候着储银来。那种奴颜婢膝的样子真令人作呕。

范长风迅速冷静下来，不再受外界干扰。

他向舞台下方看了看，父亲范淮河已经和爷爷范中国坐在一起，为自己加油助威来了，他的心一下子平静了许多。

5

开幕式上，鹿城县分管领导、县文广新局领导及县非遗中心的领导一一做了发言，强调了举办这次柳编比赛的重大意义，宣读了比赛规则，以及评分规则和评委个人情况介绍，接着比赛正式拉开序幕。

储银来果然是柳编界年轻人中一等一的高手。只见他抽出几根指头粗细的柳条做骨架，前抓后挑，做成一个动物形状，然后将一根根细柳插入，不到十分钟，他就编好了一只可爱的活灵活现的大老虎,编织出的老虎前腿曲蹄凌空,后腿蹬踏有力,内行人一看,就知道是下山猛虎,啧啧赞叹道:"不愧是名师出高徒",就连台下的范淮河都惊讶不已。

这还不算,储银来又将几根纤细的柳条一拧,往虎背上一插,分手跪膝,一个孩子骑在虎背上的模样立即呈现出来。

"各位评委老师,我的柳编作品叫《伏虎》,它的寓意是打倒当今社会贪腐之虎,请老师们对我的作品给予点评。"

评委席一片安静,评委们将目光投向了另一个位置的范长风。

范长风的作品也在收尾中,他仿制了一座柳编船闸,一个个闸门像张开的老虎嘴。

"各位评委老师,我的作品是《王家坝精神》,反映的是我们淮河王家坝的抗洪精神。"范长风不甘示弱,对着评委侃侃而谈。

一位上了年纪的评委老师说:"我觉得范长风的作品更有意义,站位高,立意深远,这件作品一下子让我们想到了淮河儿女的不容易,这是一种精神象征,我觉得更有意义。"

另一位年轻的评委说:"储银来的作品也是符合中央反腐精神的,我一定会为其投上一票的。"

评选结果没有当场宣布。

第三天,主办方才在鹿城文化网上宣布结果:范长风的作品《王家坝精神》和储银来的作品《伏虎》同获一等奖。

得知结果后,储银来心里很不舒服。他在村子里四处宣扬:评委们评分不公平,范长风编的什么东西?他那一等奖水分太多,含有照顾性质,傻子都能看出来。等着瞧吧,他们之间的较量才刚刚开始。

　　范长风在县里比武拿了个一等奖,家里人自然高兴得不得了。

　　妈妈和奶奶一下午夸个不停。爸爸满意地长舒了一口气,安排妈妈今晚多做两个菜,爷儿几个好好喝一杯。

　　这天晚上,满天星斗。一阵凉风乍起,几只不知名的鸟儿从屋顶掠过,向东南方的杞柳林飞去。

　　饭桌上有红烧淮河鲤鱼、清蒸邰台板鸭、糖醋排骨、青椒肉丝、酸辣土豆丝和西红柿鸡蛋汤。五菜一汤,不论从种类还是色泽上,都让人看了直流口水。

　　范长风将焦陂特曲打开,酒香顿时弥漫了整个客厅。

　　给爷爷、爸爸和妈妈每人斟满一杯酒后,范长风也倒上了一杯。奶奶不喝酒,只要一碗稀饭。

　　范长风站起来给长辈敬酒,要感谢他们的培养,想说的话还没开口,爷爷倒先说了。

　　"长风呀,这次比武只是个良好的开端,以后要能参加市里、省里的比赛,拿到大奖,才是真正为我们范氏家族争光哩!"

　　爸爸范淮河倒不这么认为。

　　"好儿子,你太令我骄傲了。特别是看到你能从容不迫地打败储银来那混账小子,爸爸心里比吃了蜂蜜还甜。这下,你总算为爸爸出了一口闷气,就冲这一点,爸爸和你喝一杯。"

　　范长风眼睛红红地看着父亲,理解父亲这半年来所受的委屈,他觉得自己肩上的担子更重了。

　　"爸,我知道您心里苦,我会努力的。爷爷刚才说得对,这才是万里长征第一步,我脚下的路还很长。我知道打铁还需自身硬,只有自己强大了,才有资格和别人比。要不是您在台下支持,我感觉自己都不可能参加完这个比赛。储银来真的很优秀,从目前来说,我跟他比还是差了一大截。"

范淮河点点头,他也不得不承认这个事实。

"银来这小子,看着长得憨厚老实,但他的内心鬼精鬼精的,你以后还是要防着他点。你们是同龄人,也都是柳编人,记住:同行是冤家。害人之心不可有,防人之心不可无。你们以后说不定还会打交道的,上次你和他在淮河鱼馆,我为什么急着找你,也是怕他对你下黑手。包括这一次比赛,你能和他平起平坐,这一切,我觉得他不会善罢甘休的。"

范长风再次拿起酒瓶,给父亲斟了一杯,爷爷说喝一杯酒就够了,范长风也没有勉强,毕竟爷爷年岁那么大了。

范长风又给自己斟满,端起酒杯,站起来和父亲碰了一下杯,然后一饮而尽。特曲是56度的高度酒,有些刺激和辛辣,不善喝酒的范长风嗓子痒痒的,干咳了几声。

"爸,您放心,这一点我早想到了,我也知道他是什么样的人,但生于斯长于斯,我们又不能把家搬到别处。再说了,只要有人的地方就有斗争,斗争是人类生存的必然。"

范淮河点了点头,看着儿子,坚定地说:"孩子,你说得对,人类就是靠着斗争才生存下来的。忍让,只能加重施暴者的戾气,对敌人仁慈就是对自己残忍。"

6

"是的,爸爸,我以后不光要学会斗争,还得善于斗争和敢于斗争,回避是解决不了问题的,当然,还要讲究斗争方式和斗争策略。"

范淮河脸上洋溢着笑意。

"孩子,你已经长大成人了,学会用脑子来思考和处理问题了,这是我乐意看到的。我听县里说,春节前,省非遗中心也要搞一次全省非遗年展及行业大比武,还要把咱黄岗柳编这个国家级非遗技艺单列出来进行现场评比,你可要提前做好准备呀!"

范长风点了点头,紧紧握起了拳头。

范长风的内心深处犹如滚滚淮河,波涛汹涌,他在想象着省级比赛的情形,未来迎接他的将是怎样的挑战。

他要积蓄力量和智慧。

元旦刚过,全省非遗年展及行业大比武通知正式下来了,时间定在了2月6日,这天离农历蛇年还有两天。

通知的后面附了国家级非遗现场比武的项目,黄岗柳编果然列在其中。

参加比武的人员名单中,鹿城县推荐了7人,即首届全县比赛前三名,其中一等奖2人、二等奖2人、三等奖3人,刚好7人。

这次省非遗年展非同小可,据县里传来的消息,年展项目种类繁多,且都是代表全省最高水平的国家级非遗技艺。其中,包括黄山竹雕、芜湖铁画、阜阳剪纸、界首彩陶、宣纸歙砚、临潭笔庄等十几大类,黄岗柳编要想出彩,谈何容易?

编什么?怎么编?范长风一家三代都在苦苦思索。

如果能用柳编编织一个既能代表鹿城文化又能让人一下子

记住的作品,那么才是上乘之作。

　　这种比武不光是编织技艺的比拼,还是作品的内涵和当代价值的比拼,只有符合这种标准的作品才有获奖的可能。虽然比武的最终目的不是为了获奖,但获奖作品一定不是普通作品。

　　范长风一头扎进书房,开始查阅有关鹿城县的相关历史文化资料。

　　据县境内万沟、贺胜台等处的新石器时期遗址及出土文物考证,早在5000年前,先民即定居在此,繁衍生息,成部落群居。

　　约公元前20世纪的夏朝,这里属豫州。商朝,这里的社会经济文化已发展到一定水平。

　　春秋战国时期,约公元前5世纪,楚国势力北上东扩,鹿城一带逐渐并入其版图,内设鹿上邑。鹿上这个地方据记载,最早归属宋国,曾有宋、齐、楚三国在公元前639年盟于鹿上的记载。

　　后因诸侯互相吞并,公元前683年,宋楚泓水之战,宋为楚所败,此地为楚占。秦统一后,归陈郡汝阴管辖,西汉置富陂县……

　　范长风一脸茫然,读着浩瀚的史料,他有点昏昏欲睡。

　　正当他两眼不自觉地往一起合拢时,一行最不起眼的小字映入他的眼帘。

　　1957年,在阜南小润河出土的商代龙虎尊酒器,充分佐证了这里很早以前就已经出现过发达文明的盛况。

　　龙虎尊,他小时候听爷爷提起过,只是印象不太深刻。

　　这时,他突然想起,就在前几日,鹿城县文联主席高文学赠送给他一本《鹿城历史文化通览》,那里面会不会有龙虎尊的详细资料呢?

在书架的一角,他找到了这本书。

翻开一看,书里面果然有专门的章节介绍龙虎尊,他仔细研读后更加振奋。

书中记载:龙虎尊距今已有3000多年历史,为帝王将相们用来盛酒的器皿,出土于鹿城县。

龙虎尊体型高大,口沿广阔,因器身纹饰有龙虎而得名。此尊比常见的尊大,是一种形制特殊的商代大型青铜盛酒器。侈口,束颈,折肩,鼓腹,高圈足。高50厘米,口径45厘米,重26.1公斤。

从艺术角度看,龙虎尊是一件非常精美的工艺美术品,它集平雕、浅浮雕和高浮雕于一身,尊的内壁随器表的浮雕而凹凸,做到了器壁厚薄均匀,而这些又都是通过铸造工艺表现出来的,这是一种独特的铸造技艺,即使使用现代的精密铸造技术,也很难达到如此令人满意的效果。

20世纪50年代末期,时任国家领导人先后到省博物馆参观龙虎尊。如今出土的龙虎尊真品已走进中国国家博物馆,被评为"中国十大国宝"之一,并列为国家一级藏品。

了解了龙虎尊的前世今生后,范长风一下子睡不着了,他的灵魂已经穿越到商朝,目睹那些帝王将相,手持龙虎尊,把酒临风,畅谈国事的豪迈场景。

如今,因为诸多因素,一般人很难见到龙虎尊真品尊容,如果能用黄岗柳编技艺编出龙虎尊,一定能引起很大的社会反响。另外,龙虎尊所传递的文化信息不正是中华民族所推崇的龙马精神和虎虎生威吗?

范长风思索良久,他紧紧盯着龙虎尊图样。

对,这次参赛的作品就定为柳编版的龙虎尊,届时一定能给大师们耳目一新的感觉。

7

2月6日上午10点10分,省非物质文化遗产年展及行业大比武,在省城江淮非物质文化遗产园正式拉开帷幕。

选择这个时间点,组委会的寓意很明显,就是希望这次年展和大比武能够十全十美,让主办方和参赛者都满意。

十六个地市的非遗产品综合展区各具特色,诸多品种让人眼花缭乱。

亳州的花戏楼、宿州的灵璧石与钟馗画、黄山的竹雕、芜湖的铁画、宣城的宣纸、寿州的陶瓷、临潭的笔庄、界首的彩陶、顺昌的剪纸,各类非遗展品林立在展位上,各种造型的展台大放异彩。

没有华丽的开幕式,省分管领导及省文化和旅游厅、非遗中心的负责同志简单地宣布省非物质文化遗产年展及行业大比武正式开幕后,便开始巡展。

半小时后,随着领导离馆,各类非遗比赛正式开始。评委席上,郑教授和其他四位评委一一到场,他们个个神色庄重。

比武现场紧张有序,台上台下,人头攒动,场面异常热烈和激动人心。

储银来事先准备的长短粗细不一的柳枝区别摆放,手中的柳刀锃亮。

粗柳为荷茎用料,中间以柳折圆环,八根荷茎呈不规则状围绕初编的圆环一周,用细柳密织,形成柳编荷叶,由内向外,编至五分之一处,突起六根中粗条柳,折弯,走平。一条鲤鱼柳编雏形卧于荷叶深处。

细柳走线,密嵌时,鱼头上仰,鱼尾翘起,如出水之鲤,巧落巨荷之中。收尾处,用黑豆嵌入代替鱼眼睛,编鱼点睛。

一幅立体式的鱼庆荷叶柳编精品图《余庆和谐盛世图》,让评委们眼前一亮。

"神奇呀,别看储银来身材肥胖臃肿,但上天给了他一双灵巧的手,绝对是做非遗的料。"一位评委悄声自语,不吝溢美之词。

"能将柳编做成如此精美的艺术品,绝对颠覆人们对黄岗柳编的传统印象,国之工匠也不过如此吧。储银来这类手艺人应该称为国之工匠,我实在是佩服!"

评委们窃窃私语,而郑教授仍一脸严肃。他的目光其实已经转向旁边另一个参赛选手范长风。

其他评委见状,也将目光转移过来。

范长风今日一袭白素长衫,面色镇静,心定神闲。他的身旁摆放着三色柳条——红柳、绿柳、白柳。红柳在灯光的强烈照耀下,发出紫铜色的光。粗柳走泾,细柳走渭。织物初始如花盆,但在范长风手里,不断地变换着造型,圆形底座出来后,中间腰部略粗,第三部分收口处为敞阔口,泾渭合为一线,浑然一体。

外围镶嵌着一条绿柳编成的蜿蜒的青龙,下饰白柳虎一对,虎头突出,瞠目张口,两边是对称的虎身。

虎口下为万物之灵——人,此人双臂屈举,神情忧伤。三组相同的虎食人纹样,圈足部用细如发丝的青柳饰三组平雕兽面纹,惟妙惟肖。

"国宝龙虎尊呀,妙哉妙哉!"郑教授第一个失声大喊。

"什么!范长风能用柳编编出龙虎尊?"不光评委们不相信,连储银来都不敢相信自己的眼睛和耳朵。

"这咋可能?别说是范长风一个学习柳编不到半年的生瓜蛋子,就是他师父范淮河、师爷范中国也从来没有编过龙虎尊呀!"储银来放下手里的编制品,挤过来要看个究竟。

郑教授是一个眼里容不得沙子的老教授,对于这些民间艺人高手,他的要求近乎苛刻。但在艺术的最高殿堂里,整个江淮省都以他为荣,他的任何一个意见,都会让你的作品进入另一个更高的境界。这一点储银来是受益者,范长风也从爸爸范淮河那里听说过。

"范长风,你可是第一次露面呀,以前没听说过也没见过。你可听说过范中国和范淮河的名字?你们都姓范,是同门同道吗?"

郑教授觉得面前这个年轻人对非遗作品的理解和制作,还有他对作品的敬畏已经达到了一个难以想象的高度。

"郑老,刚才您提到的范中国老先生是我的爷爷,范淮河是家父,我是范家独子,学艺不精,还望您老多批评指正!"

"什么?你是范老爷子的亲孙子、范淮河的独子?我怎么从来没听银来讲过此事?我多次去鹿城县,咋都没有碰见过你呢?"

郑教授一脸疑云,十分不解地问。

"郑老不知道我,是因为我一直在学校读书,很少在家。高中毕业后,我考入江淮大学,学的是国际经济与贸易专业。家父曾和我提到您，还请您多批评指正。"

范长风本来想说"家父经常和我说起您，还望您多关照"，话到嘴边又改了。因为在这种大赛场合，绝不能讲让熟人关照的话，否则，你就是拿了第一名也会被当作是别人关照出来的。

郑教授走下评委席，双手抱起柳编龙虎尊，察看整个器形的结构，发现这件作品是利用柳的自然色差编织的。

"你的天赋极高，就你现场编成的这件作品来看，没有十年八年的工夫是很难达到这一高度的，你也该练了好多年了吧？"

这话刚一出口，储银来立即接了上去。他正需要借机打击一下范长风，显示自己的深厚功力。

"郑老，这小子是个生瓜蛋子，去年暑假才大学毕业，他对柳编什么也不懂，学这一行最多只有半年时间，他还能成精吗？"

郑教授没有理会储银来，再次细致地观察作品。

"范长风，你说说，为什么这次参赛作品要选择国宝龙虎尊这个主题？"

"郑老，今天是腊月二十六了，还有三天就是蛇年了，在中国，蛇年又称小龙年，我这件作品上有青龙，可理解为我们即将迎来蛇年。下为白虎，意为虎虎生威。在民间有'左青龙，右白虎，前朱雀，后玄武'之说。这个龙虎尊，龙在上，虎在下，正是此意。虎口下为万物之灵——人，人不畏险恶，屈臂直立，意为不屈的精神。我将国宝龙虎尊作为编织对象，主要表达我们人类尊重大自然，与自然和谐相处的一种情怀，启示我们新时代人要热爱我们优秀传统文化，还要从古文化里走出来，做到古为今用，引领当下，愿江淮儿女和全国人民龙腾虎跃，在党的领导下，攻坚克难,共奔小康!"

"郑老,这小子不知天高地厚,竟在这里信口雌黄。"储银来气愤地丢下一句话。

郑教授早就不耐烦储银来了,只是作为主评委,他还是要顾全大局的,不能受到他人的影响。但储银来一次次的挑衅,实在让他忍无可忍。

"银来,在这种场合还是少讲话为妙。都是同道中人,不可这样。今天,评委们的眼睛是雪亮的,相信我们的评判也是公平、公正的。这种场合,是用作品说话的,公道自在人心嘛。走吧,大家回评委席上去,我们各自打分,互不干扰。"

这场比赛由省电视台直播,谁都无法作弊,唯有公平、公正才是王道。

工作人员现场依次报出评委们的打分。

"……储银来创作的柳编作品《余庆和谐盛世图》最终得分为 97.95 分,范长风创作的柳编作品《国宝龙虎尊》最终得分为 99.85 分。范长风获得金奖,储银来获得银奖……"

现实往往就是这么残酷,当储银来兵败省城,风头再次被范长风压制的时候,他的内心无比烦躁。

既生瑜,何生亮?储银来感叹凭什么范长风总要比自己高出一筹,有时也许就高出那么一点点,就让他一直觉得自己望尘莫及和无能为力。

春节刚过不久,淮河濛洼里的柳树一片嫩绿的时候,范长风的柳编作品《国宝龙虎尊》被江淮省推荐,参加了全国最具权威性和影响力的民间艺术奖项评选,结果一举夺得了这个项目的最高奖——中国民间艺术山花奖。

这一奖项直接填补了柳编界国家级奖项的空白,范长风是第一个得到这一荣誉的人。在评选江淮工艺美术大师和江淮工匠时,范长风凭此殊荣,破格当选。荣誉、赞美、鲜花和掌声接踵而至。

第四章 闯荡

1

一个人的成长有时候就是这样,成功的时候可能什么都来得容易,而一旦失败,更多的失败便会接踵而至,就像淮河里波涛汹涌的流水。范长风深知道这一点,他没有被眼前的胜利冲昏头脑,而是将目光投向了更远的地方。

这一天晚饭后,他向父亲宣布了一个大胆的决定——今年生产的柳编不再交给储银来他们这些代收者了,他要亲自参加这一年的春季广交会,他要做黄岗第一个吃螃蟹的人,要用自己的产品打开一片天地,实现真正的"走出去"!

爸爸范淮河听了一惊。

"我们从来没有想过去广交会,不是不想去,而是每个展位费上万元,如果拿了订单不能保质保量按时完成,违约了要翻倍赔给对方,这风险太大了,谁能受得了?我们目前给别人供货,虽然赚得不是太多,可风险几乎为零呀!"

"爸爸,我们不能再固守这种思想了。你想想,如果我们再这样下去,柳编产品的路子会越来越窄。我们如果不打出自己的品牌,只帮别人搞加工,我们永远只是代工厂,在这一行业内也永远没有出头之日。他们在外面销售得再好,有谁知道那是我们黄岗的柳编?过了这条淮河,我们的产品就变成某某公司的柳编产品了,所以为了黄岗柳编的未来,我一定要试试,哪怕有风险!"

范淮河被有远见的儿子说服了。

"好,我和爷爷支持你,明天把家里的积蓄都拿出来,你带上去趟广州试试吧!不过,你一个人外出,要多长个心眼,不管遇到什么事情,不能着急。身在外地,全凭你单枪匹马地拼杀了,拿不准的事情先给家里打个电话商量一下。"

范长风郑重地点了点头。

"好,爸爸,您放心,你们是我的主心骨,我有什么问题会随时向你们讨教的。"

5月初的淮河濛洼泄洪区,绿黄双色交织成一幅山水画卷。

金黄的麦田和碧绿的水稻育秧田形成天然不同的色彩,到处充满着无限生机和丰收的喜悦。

此时,1300多公里外的南国羊城广州,已是花的海洋、舞的世界。来自世界各国的客商齐聚羊城,兴致勃勃地参加这一届春季广交会。

会展的入口处,范长风盼望着的从鹿城县来穗的柳编货车还没有到。

两天的火车硬座让范长风倍感疲劳,他现在有些困得睁不开眼睛。

从顺昌到羊城的火车,他本可以坐硬卧的,可是那样的话,他要多花上200多元,硬座车票只需要87元。为了省钱,他不吃 30 元一份的盒饭,而是买几包方便面,还好火车上开水是免费的。

母亲给他煮了一袋子茶叶蛋,烙了十来张千层饼。这样算下来,他最少省了 400 元钱。

上大学时,他觉得花钱只要向家里张口,父亲都会给的。自从父亲被意外撞伤,家里挣钱变得越发困难后,范长风就学会节俭了。

他时刻提醒自己,眼下花钱的地方很多,每一分钱都要花得有价值。能省的钱绝对要省,对自己狠一点没有什么,毕竟自己还是不够强大。

创业初期,他必须学会精打细算,哪怕再苦,也一定要跨过这一道坎。

车牌号为皖 K65218 的大货集装箱车刚刚露头,眼尖的范长风就看到了。

"赵明亮——赵老慢,我在这里!"

范长风举起手里的白毛巾和褐色的太阳帽叫着赵明亮,引来周围人的关注,特别是一帮帮着上下货的临时打工人,唰的一下围在了刚停下来的大厢货车旁边,去拉后面车厢的锁链。

赵明亮有着一张古铜色的国字脸,吹着淮河岸边的风长大的他,生得像铁塔一样高大、结实,也是当地有名的淮河二愣子——遇事不着急,憨厚的脸上写满了忠诚,与他三十岁的年龄不太相称。

"我说兄弟们,别着急,这一车货是另一个老板的,他还没到广州呢,提前叮嘱我和司机赵师傅先帮他卸货,老板人不在这边,你们想,就是活给你们干,也没人给你们钱呀!"

范长风急中生智说了上面的话，把赵明亮给整蒙了，他从来没有想到范长风会撒谎，人家不都说刚毕业的大学生都是傻乎乎的吗？这范长风倒不像是这样的人。

赵明亮沉默了几秒钟，才明白了范长风的良苦用心。

"兄弟们，刚才我这位小兄弟说得对，俺们真正的老板还没来呢，你们干也是白干。对不起了，让一下啊，我们要开工了。"

赵明亮把这个掩护打得天衣无缝，他暗想，你范长风这下放心了吧？晚上你可得请我喝啤酒，说不定还得加个鸡腿呢！

"是，是，是，我们要开工了，干不完这一大堆活，还不得被老板骂死！"

范长风和赵明亮一唱一和，这些临时工兄弟只得无可奈何地甩着胳膊走开了。

"喊，我在这都干了好几年活了，竟然还有这样的老板，我真是服了。"一位四五十岁的鬓毛壮汉不甘心地丢下了一句话。

"这年头，不光是咱们打工难，老板们也一个个滑得像泥鳅。"临时工们又回到原地坐下，骂骂咧咧。

范长风拍了一下赵明亮的肩膀，示意他把车厢打开，要卸货了。

车厢里有二十多件打包好的柳编成品，两人一起配合着，卸下四五件，一件一件往随车带来的平板车上堆放，随后再锁上车厢，将产品拉去展位。往返了四五次，总算把货全部运到展位了。

两人气喘吁吁地刚坐下来，对面便来了四五个人，满脸凶神恶煞。

领头的是一个油头粉面、留着中分头的细高个子,尖着嗓子对范长风说:"你小子就是黄岗来的范长风?听说你现在是当红的炸子鸡,在黄岗横得很啊!"

2

正所谓来者不善。范长风虽然没有和这种人打过交道,但在电视里他还是见过这种嚣张的人的。

范长风连眼皮都没有抬一下,细高个子的脸腾地一下红了,上前抓住了范长风的衣领。

"信不信我现在就把你办了?你在黄岗嚣张,别忘了这里是广州,是老子的地盘!"

范长风十分不屑,咬着牙低声道:"拿开你的脏爪子,你也不抬眼看看,这里到处都是摄像头。你信不信,你敢动我一下,场内的警察立即就会把你铐起来。不信,我只数三个数,你就得趴下。"

范长风刚喊出个"一"字时,细高个子赶紧松了手,一脸不甘心地说:"范长风,我可以暂时放过你,记住,咱们的事还没完呢!"

范长风微微一笑道:"这位兄弟,如果我说你认错人了,你却能直呼我名字;如果我说你吃错了药,你心里一定极不爽。到目前为止,我都不认识你,你跟我何来冤仇?上来就给我个下马威。喊,你也不看看老皇历,这都啥年代了?我还会吃你这一套吗?赶紧回家告诉你恩师,这样的手段早该抛弃了。"

细高个子指了指范长风,带着一帮人气呼呼地走开了。

赵明亮害怕极了,一脸惧色道:"长风,你真的确定你没得罪过人?看那帮人的架势,可不是吃素的,咱们得小心点呀!"

范长风握住赵明亮有些颤抖的手,又拍了拍他的肩膀:"怕什么!心中无悬事,不怕鬼敲门,刚才那帮鬼应该怕我们才是!"

赵明亮怦怦乱跳的心这才平静了下来,他开始和范长风布展。

范长风的展位不大,却是花了5万元才买到的。

范长风不但带了不少柳编精品,连摆什么、怎么摆放,他都做了精心的准备。

他拿起在家里设计好的图纸一一对照时,突然间又犹豫不决了。

这两个半展位能够摆上的展品最多不超过三十件,看到别的柳编展位摆放的各种精美的柳编制品,他放慢了摆放的速度。

"赵老慢,我们停一会儿再摆,最晚不是9点半闭馆吗?我们用半个小时就能摆放到位。我有一个想法,我们在8点半之前开始动手摆放展品,在这之前的几个小时里,我们到别的柳编展位上,看看他们摆什么,我们俩用手机或笔给记下来。明白我的意思吧?"

赵明亮一脸困惑地点点头,而后又摇摇头。

范长风想笑,但还是忍住了。

"简单地说,就是我们现在不摆放展品了,我们到别的展位上看看别人摆放的什么展品,用脑子记下来就行了。"

赵明亮的额头出汗了,他点了点头,和范长风分开走。

8点半的时候,范长风和赵明亮准时碰头。

"长风,我看了他们的展品,真的特别好,我们的东西跟他们比起来,简直差得不是一个档次,产品都不好意思拿出来了。"赵明亮嘟囔着。

范长风倒不像赵明亮那样一脸的晦气,而是满面春风,一副释然的样子。

"明亮哥,人家都叫你老慢,你看展品的速度不慢呀,这么快就看完了,还是那么纠结地看完的?"

"那可不,长风,你咋跟一点事儿没有似的?"

"这有什么可纠结的?记得我一句话,绝处逢生。要有一种于无声处听惊雷的气势,明白吗?"

"我一点都不明白,我一个小学毕业的人,也不用明白什么。我只知道眼下的形势,对你这个第一次参加广交会的人来说百分之百不利,你没有一点优势。你知道旁边那些老板怎么喊你的吗?"赵明亮很是坦诚。

"喊我什么?"

"背后给你起了个外号,都在喊你'乞丐柳编商',说你坐硬座火车,吃泡面,还住20元一晚的农民工集体宿舍,这些都是真的吗?"赵明亮怯怯地问道。

"这个称号挺好呀,'乞丐柳编商'说明我艰苦朴素、勤俭节约呀。还有就是《射雕英雄传》和《神雕侠侣》里面丐帮帮主是谁?洪七公呀!此人武艺高强,正义且机智,专打抱不平。我可是正面人物呢!我乐意,这是好事呀!"

"好了吧,你这叫自我安慰,我再傻也能看得出来,还是好好干活吧。"

范长风被赵明亮怼了一句,不再开口。过了一会儿,他主动走到赵明亮跟前。

"老慢,还记得我们分开时说的话吗?现在你把我们带的展品打开,凡是雷同的大件商品就不要往上面摆了,占地方不说,效果也不见得好。你将我们带的小件套全部取出来。"

赵明亮点点头,将小摆件一一取出来,有三百多件。有柳瓷结合品、柳木结合品、柳铁结合品,还有绳草结合品。

"长风,这么多呀,还有你的获奖作品《国宝龙虎尊》呢!"

"放心吧,老慢,我们一定要有信心,以小搏大,打败他们。我们的展品要做到人无我有,人有我精,而且我保证,我的每个展品背后都有一个美丽的传说和动人的故事。我要让老外们把目光都聚焦在我的展品上。"

赵明亮压抑一下午的心情总算舒缓了下来,心气也比此前顺畅了许多。

两个半展位按观赏、实用、装饰功能分区摆放完毕,正好是晚上9点半。展厅内的安保人员催促他们迅速离开展位,说话间,头顶上的白炽灯就像一朵朵盛开的白莲,陆续切换到休眠模式。

两人走出会展中心大门时,微风吹来,天上一弯月亮斜挂,在城市的霓虹灯里显得那么不起眼,像微醺的少女的眼睑。

"明亮哥,走,我请你,咱们到马路对面练地摊,啤酒随便喝,鸡腿随便吃,这几天你太辛苦了。"范长风掩饰不住内心的喜悦,拉着赵明亮向马路对面走去。

当他们站立在路中间的黄色双横线上时,一辆黑色的商务车在他俩身边嘎的一声停了下来。

车门打开,从车上下来四个黑衣彪形大汉。

"两位请上车,我们老板要见你们。"

"你们是谁?干什么的?拉我们上车做什么?"赵明亮大惊失色地问。

"这个你就不用问了,我们早就盯上了他,在柳编界鹤立鸡群的范长风,别的我们不需要知道。"黑衣人道。

3

范长风和赵明亮还没明白怎么回事,就被四个人抬上了车,而且还被黑布蒙上了眼睛。

黑色的奔驰车在偌大的城市里左拐右拐,向着郊外的一个别墅区驶去。

不大一会儿,范长风和赵明亮被人从车上拉了下来。揭去黑色布条,眼前一片迷茫,几秒钟后,范长风的视线才逐渐清晰起来。

这里,水流于山涧的声响不绝于耳,绿树环抱着一座座红楼,显示出主人不凡的身份和地位。

如白金汉宫造型的华丽酒店门前,站着一米八五左右的保安人员,个个气宇轩昂。

"范总请——"

刚才有暴力倾向的四个黑衣人,此时换了一副面孔,彬彬有礼地弓腰屈臂,向范长风做出个请的姿势。

范长风从来没有见过这阵势,他只在港台影片里见过这种场面。

"人生如戏,全靠演技;功夫不够,演技来凑。"他的头脑莫名其妙地出现了这句话,差点让他笑出声来。这种场合,是神是鬼,看来不光要拼演技,更主要的是拼实力和胆量。

范长风清楚,在这种场合一旦认怂,别说全身而退,就是生命能不能保住都有点悬。

他看了一眼赵明亮,出乎他意料的是,赵明亮在经历了下午的事件后,也明显镇静了不少,一副无所谓的样子。

"嗯,这才是真正的淮河二愣子,有血性。"范长风在心里给赵明亮点了个大大的赞。

范长风很是从容,跟在黑衣人身后向一个五羊金尊的包间走去。包间里已经有人在等他。

偌大的圆台桌的主位上,一个三十多岁的富态男人,身着紧身健身服,展露着结实的肌肉线条。

黑色金丝边眼镜后面,一双自信的眼睛闪闪发亮,强烈的优越感写在脸上。坐在他身旁的竟然是下午那个细高个子男人。

见到范长风,戴眼镜的男人立马将金丝边眼镜摘下,上前紧紧握住了范长风的手。

"范总,我的好兄弟,千呼万唤总算把你给盼来了呀!我叫梁振东,老家就在淮河南岸,咱们还是半个老乡哩!旁边这位是我弟弟梁振北,你们下午应该见过面的。"他顺手指了指身边的高个子男人。

"弟弟回来跟我说,只跟你过一招,就知道你的实力绝非浪得虚名。这不,晚上才把你请来一叙。"

直到这时,范长风才明白事情的来龙去脉。原来,这是梁氏兄弟送的"见面礼"呀,这个考题对于刚出道的范长风来说,还是有点"含金量"的。

范长风挺立身板,不失文雅,双手一抱拳,微微一笑。

"真没想到能在羊城这地方碰到大名鼎鼎的梁氏兄弟,真是让我大开眼界,特别是这种'考试'的请客方式,更令兄弟我此生难忘。"

梁振东知道范长风生气了,但说话的分寸把握得很好,忙端起酒杯:"哥哥定当自罚三杯,来,振北,我们一起向范总和赵总赔个不是。"

兄弟俩连喝了三杯酒,才请范长风坐在了主宾位置。

"实在对不起啊,范总,不打不相识呀!"梁振北也是一脸的媚笑。

此时的范长风心里很清楚,在这种场合,一时的愤怒只是表明态度,证明他范长风不是吃素的,但真的和梁氏兄弟较起劲来,对自己公司的前景,绝无半点益处。

梁氏兄弟的柳编产业实力,在淮河两岸有目共睹,双方撕破脸对谁都没有好处。既然这样,倒不如都相互给个面子,以后说不定山不转水转,水不转人转呢!

想到这里,范长风也不客气。坐稳后,再次双手抱拳道:"恭敬不如从命!两位哥哥常在江湖走,给弟弟上一课也是应该的,这也是帮我嘛,我自然感激。这样吧,我给两位哥哥敬上一杯!"

"范总太客气了,果然是大度之人,将来必成大器,今天晚上请你过来,就是想商量着咱们兄弟干一件大事。"

"大事?多大的事叫大事?"赵明亮糊涂了,嘀咕着。

老赵真的一时想不明白,平时话很少的范长风今晚怎么完全换了一个人,他不光擅长非遗传承的技艺,而且这种江湖手段他好像也能从容应对。以后,自己真的不敢再小觑这个毛头小子了。

接下来不管发生什么样的事儿,范长风相信自己都能够应对自如,犹如他现在手里的柳编活儿一样。

梁振东见范长风言谈举止间有一股强大的气场,以及干大事不拘小节的格局,更是欣赏不已。

"范总呀,千军易得,一将难求。今晚一见到你,哥就有一种相见恨晚的感觉。想必你一定看出来了,哥是个爱才如命的人。"

赵明亮听得都有些急了。

"梁总,你这说话磨磨叽叽的,有啥事不能直说?还搞这么玄乎,连我这个慢性子都受不了了,你却还在绕弯子。"

梁振东对着赵明亮做了一个"嘘"的手势,眼神里透露出不屑。

范长风明显比赵明亮沉得住气,要想大鱼上钩就得能稳下来、静下来。

"赵老弟,你一看就只能做范总的手下,你看看范总,气定神闲,哪像你这般急头热脑的?"

范长风端起桌上的青花瓷茶盏,用里面的铁观音茶润了一下嘴唇,对着天花板叹了一口气。

"有事就直说吧,不论大事小事,只要我范长风能帮上的,我绝对不说'不'。"

"还是范总格局大,既然这样,当哥的我就恭敬不如从命了。"

范长风心想,就你们这种请客做派也叫对我们恭敬?跟绑架有什么区别？但表面上还得装作什么都没发生一样。

"范总，不瞒你说，我的人已经把你的底细摸得一清二楚，包括知道这是你首次来参加春季广交会。其实，柳编界的每一个新面孔出现，我们都会倍加关注。"

范长风点点头，几年前他就知道在淮河对岸梁氏兄弟集团的影响力不同凡响。

"听说在明朝时，你们范氏柳编就已经成为宫廷御用品了。你爷爷范中国老先生和你父亲范淮河，在我们淮河两岸柳编界的名声如洪钟大吕，气贯江淮。你应该是范氏柳编的第三代传人了。我们从报纸、电视上得知你的事迹，真是后生可畏呀！没想到你这么年轻，柳编就做得那么好。凭一件《国宝龙虎尊》获得中国山花奖，破格当选江淮工艺美术大师和江淮工匠，就这些成绩足以让你荣耀一生。"

4

梁振东讲起范氏柳编的历史如数家珍。这般熟悉范家的历史，让范长风都感到惊讶。当然，这只是些听起来让人舒服的江湖客套话，他的真实用意在哪，才是范长风关注的。

"谢谢梁总的抬举，我们也就是凭柳编手艺吃饭的普通老百姓，只是外界的传说越来越离谱，其实没有你们想象的那么厉害。再者，你可能也知道了，我的父亲前不久被人撞伤，至今拖着半个残疾的身体艰难地活着，还有爷爷也接近九十岁了，身体也不是太好，所以，我必须扛起范家的这面大旗。"

"这个我们都清楚，不仅如此，范总呀，包括你们的淮河柳编厂,眼下不也是不死不活的存在吗?现在生意都不好做呀!"

梁振东的脸上掠过一丝不被察觉的得意之色。

范长风低下了头,再次抬起头时,眼眶里湿润了,但他丝毫没有恐惧之色。

"所以,我是在要扛起范家这面非遗传承的旗帜时,才想来参加这一次广交会的。来到羊城之后的事,梁总应该很清楚了,一波三折,生活得有点像影视剧,跌宕起伏,如过山车般。"

说完这番话,范长风喝下一大口铁观音。

"兄弟还记恨在心呀,都怪哥不好。看得出来,你是个有远大抱负的人,不像某些小商小贩,一味钻到钱眼里,让人觉得没品位,不像你有格局,有胸怀,有大志向,还有智慧,这些足以成就你的未来,哥不会看错你的。"

梁振东的溢美之词如滔滔江水,范长风感觉接下来他一定会表达更深层次的东西。

"这样吧,就凭你的家族和你在柳编界所取得的成就,我有个不成熟的想法想和你商量一下。我们梁氏集团想和你合作,如何?你应该知道,凭我们梁氏兄弟的资金和人脉,还有在柳编界的影响力,我不会亏待兄弟的。"

这下狐狸尾巴终于露了出来。范长风不想一下子揭穿他,倒想看看梁氏兄弟如何继续表演。

"怎么个合作法?我除了会柳编,一没有资金,二没有市场,三没有人脉。"

"兄弟果然看问题很准,放心吧,兄弟。资金和市场都不是什么事,我就是看中范总的柳编技艺和名声。我是这样想的,想邀请你加入我们的梁氏兄弟集团,只要你提供技术,一分钱不用投资,用技术入股,给我们每年搞培训,培养更多的民间柳编工匠,你便可以得到20%的股份,不管市场行情如何,你都是稳赚不赔的。按照我们目前的行业收入,你一年分个两三百万元没问题。你觉得如何?"

范长风思考了一下,双手抱拳道:"梁总,我先感谢你对我们范氏家族的抬爱,特别是对我范长风的高看和厚爱,可恕我不能答应。"

"为什么?这么好的事你就不考虑一下?你现在可以打个电话问问你家里人,征求一下他们的意见,说不定他们也同意。还有,你如果嫌股份给少了,我可以考虑再加一些,比如,25%或30%。"

"梁总,我已经考虑得很清楚了,不是钱多钱少的事,我断然不可能和你们合作的。从小到大,我的家人都在教育我,特别是我的爷爷,要我树人树德,只有自己足够强大,才是真正的强大,活在别人的荫庇下是永远长不成一棵大树的。所以,我再次感谢梁总对我的厚爱。"

见到范长风冷言拒绝,旁边的梁振北不乐意了,恶从心生,咬牙切齿道:"给你脸不要脸了是不是?你也不打听打听我们梁氏兄弟的实力,你信不信我今天让你走不出这片山庄?"

梁振东赶紧示意梁振北打住。

"范总,我这弟弟脾气不好,别介意。"他扭过头来,假装生气地对梁振北道,"你怎么能这样对待我们的客人?我相信范总的头脑是清醒的,这样吧,给你一个星期时间考虑,正好会展是一个礼拜,我相信等会展结束,你会给我一个满意的答复。"

范长风微微一笑,对着满脸怒气的梁振北说:"二哥果然是脾气不好,不过没什么的,你应该多向大哥学习。这样吧,既然二哥你都说了实话,我也不藏着掖着,从我离开鹿城县到羊城,我的一举一动早已在公安部门有备案,包括我身在何处、干了什么,公安战线上的同志一清二楚。你们应该知道公安是全国联网办案的,按照二哥的意思,我如果今晚出不了山庄,我相信公安部门的同志会在很短的时间内来访,说直白一点,就是包围你们这里。如果不相信,你可以试一试。"范长风云淡风轻地说,看不出一丝一毫的紧张。

这时,梁振东反倒紧张了起来,立即呵斥梁振北。

"振北,你是不是脑子坏了?去、去、去,到外面吹吹风,清醒一下,我不想看见你。"然后转过头来,满脸堆笑。

"范总,千万别跟我弟弟一般见识,他无知、粗鲁,我向你赔个不是,自罚三杯。"梁振北嘴里嘀咕一声,离开了饭桌。

范长风见有个台阶下,上前端起一杯酒:"梁总,惹你生气了,实在抱歉。今天也累了一天,我俩现在就回去,改日再拜访,以后在柳编生意上,还需要哥哥多多关照。兄弟也是性情中人,绝对的知恩必报,我俩先告辞了。"说完,拉起赵明亮就走出了房间。

"兄弟,不远送啊!"此时的梁振东有气无力地瘫坐在宽大、华丽的餐桌旁,无奈地燃上一支雪茄,重重地吸了一口,向空中吐出一串烟圈。失意如烟,正在四处弥漫。

范长风拉着赵明亮一直走出山庄的大门口,赵明亮还想回头再看一眼那幢神秘的大别墅。

"明亮,千万别回头,出门我们往右边拐,一直走,别回头看。"范长风赶紧叮嘱道。

"明白了,我看到前面有一点亮光,还有个牌子,应该是个公交站台。"

"好,我们现在就往公交站台方向走,记住,哪里亮堂往哪里走。"范长风边走边说。不大一会儿,两人就来到了这个叫梅河口中路的公交站台。

5

确认无人尾随,赵明亮才长长地出了一口气。

"长风,你刚才说的都是真的?"

"什么真的?我没有说什么呀!"

"你刚才不是和梁振东兄弟俩说,我们的行踪公安局都有备案的吗?"

范长风扑哧一声笑了。

"哥呀,你咋又犯迷糊了?我不这么说,咱俩能全身而退吗?你没看到刚才那架势?不动点脑子,他们还不把我们给吃了?"

"哦,长风……不,范总,我明白了,你真不愧是读了大学的人,我实在佩服。"

说话间,来了一辆出租车,他们招手上了车。

"走吧,还是刚才老地方,吃烤肉、喝啤酒去,给你压压惊,刚才光顾着说话,一桌子好菜浪费了。今天晚上保你吃饱喝好,明天还要打起精神迎接新的战斗呢!"

此时的范长风一身轻松,目光如炬,坚定地盯着霓虹灯闪烁的前方。

赵明亮紧紧拉着范长风的胳膊,狠狠地晃悠了两下。

上午 10 时,广交会正式开幕。

9 点 50 分,安保人员将先到达的布展人员放了进去,他们需要在这有限的时间内对自己的展品进行微调。

柳编展区占地 5000 多平方米,一家挨着一家,国内知名的和不知名的柳编商相聚在一起,各种柳编展品琳琅满目,让人应接不暇。

外商以组团形式观展,看中哪家的展品可以直接签约。

欧洲团、美洲团、澳洲团,各大洲的朋友操着各种口音混杂在一起。

他们手举着各自国家的旗帜,兴致勃勃地看着这些精美的柳编展品,不停地用大拇指比画着"very good""so nice""so beautiful"。

一个个外商采购团过去,又一个个外商采购团过来,他们大多走到有十个、二十个的大组合展位去欣赏、洽谈。范长风两个半的小展位像一只丑小鸭,蜷缩在一个偏僻的角落里,无人问津。

赵明亮接连打了几个哈欠,最后哈欠多了,竟然流着口水睡着了。

范长风也很疲惫,但想到赵明亮也许是开长途车没休息好,也许是昨天受到了惊吓,他将自己的衣服脱下来,轻轻盖在了赵明亮的身上。

"会展中心是不能睡觉的,醒醒,起来呀!"

这时,一名安保人员过来提醒,赵明亮才猛地惊醒。

"长风……不是,范总,怎么没人来光顾我们的展位呢?你看,我都睡着了。"

范长风也是摇了摇头,学着老外摊了一下手,撇了撇嘴。

"I don't know."

"我的老天爷呀,都啥时候了,你还有心情跟我拽洋文,我小学毕业,你不知道我不会英语吗?你的心真够大,这要是让老爷子知道了,他们能在厕所里哭晕过去,信不信?咱们可是拿你们家的家底来参展的。"

赵明亮一觉醒过来,脑袋清醒了许多,对着范长风就是一通牢骚。

"老慢,你说得对,我也知道现在的情况,你出个主意,该咋办?"

"咋办?凉拌。你真搞笑,怎么问起我这个文盲来了?别忘了你是大学生,你昨天的智慧呢?那么大的场面都应付得了,生意场上就哑火了?这也不是你范总的做派呀!"

"老慢现在也学会油嘴滑舌了,不但没给我出一个主意,还把我给涮了一把,果然有你的。"范长风调侃了一下赵明亮。

赵明亮不好意思地低下了头。

"放心吧,会展又不是一天两天就结束了,到时候我自有办法。你看看那些老外商团成交了几笔?今天一上午,我都在仔细观察他们,发现这第一天呀,打雷的多,下雨的少。今天上午,就是走个台,暖个场,真正的好戏都在后面几天,到时候,我自有主意。"

"我还是担心我们的柳编不经看、没亮点,要是没有人订货,你那一二十万元全丢水盆里听响了。"

"别胡扯了,要对自己有信心。我这次不光不会赔本,说不定还能大赚一笔呢。人呀,要学会在失望中看到希望,生意不成还不能赚个吆喝?"范长风很自信。

赵明亮斜了他一眼道:"范总,我明白了,你就是想干赔本赚吆喝的买卖呗,这我就放心了。"

范长风很神秘地拿起一个发旧了的小黄本本,在赵明亮面前晃了晃。"知道我手里是啥不?"

赵明亮摇了摇头,一脸不在意的样子。

范长风倒是兴致极高。

"这是生意宝典,就像《葵花宝典》。这部生意宝典可是爷爷在我出发前偷偷塞给我的,我来选几句念给你听,你听听可有道理。'善出奇招买卖兴,善出好货生意隆。货不停,利自生。会卖花的赞花香,会卖药的讲药灵。店有喜人货,不用多吆喝。审时度势,抢占先机……'"

赵明亮眼前一亮,像是抓到一根救命稻草。

"长风,咱们晚上回去好好研究研究,想个法子推销咱们的柳编产品。"

"你总算说到点子上来了。有问题我们就解决问题,找解决问题的办法,而不是唉声叹气,自掘坟墓。何况这个办法我早就有了,你今晚陪我再加个班,我保证有效果。"

"那必须的,一切听范总安排,你的旗帜指向哪里,我就往哪里冲,绝对服从命令听指挥。"

"这就对了嘛,按说你比我大几岁,应该比我能沉得住气呀,怎么一到正事上就认屃呢?"

范长风不痛不痒地数落着赵明亮,赵明亮并没有放在心上。

他表面上看着是个憨厚的淮河汉子,但骨子里有一种天生的倔强。一般人说他,他是不服气的,除了范长风,这个比他小近十岁的小弟弟。

通过这几天的观察接触,他发现范长风临危不乱的处事能力特别强,还有那高出他不知多少倍的智商和情商,他对范长风佩服得五体投地了。

6

草草吃过晚饭,范长风和赵明亮去散步。

"老慢,把你眼睛睁大些,给我注意一下路两边可有广告公司,要那种家庭式的小店,大公司花费高,咱们用不起。"

"放心吧,长风,我属夜猫子的,一到夜晚眼睛亮得很哩!"

南国的晚风如母亲的手,轻轻驱赶着白天的燥热,给这个高温的夏季夜晚带来了一丝丝清凉。

"长风,你快看,这边有一家广告公司!"赵明亮像是发现了新大陆,话语间有些激动。

顺着赵明亮手指的方向,范长风发现在一窄窄的街道入口处第二家,门头上"鸿运广告部"的灯箱广告牌正忽明忽暗地眨着眼睛,店里的两个年轻人正在玩游戏。

"老板好,我想做个广告产品。"范长风敲了敲柜台上的玻璃。

其中一个胖子停下游戏,头都没抬,直接坐到电脑旁,点了几下鼠标。

"啥内容?带U盘没有?或者微信传过来也行。"胖子一脸急躁。

"没有,都在脑子里呢!"

"什么?在你脑子里?真是麻烦!说吧,什么内容?"胖子问。

范长风迅速将所想要的广告内容写在一张纸上递了过去。

胖子的脸色大变,笑得差点喷出来。

"我去,哥们,你真是吹牛不怕闪了腰!这年头,啥离奇事都有呀。"胖子一感慨,赵明亮一脸蒙圈。

"老板,帮我做个这种的易拉宝,把这内容弄上去,多少钱?"范长风小心地问。

"带图的380元,不带图的220元,要哪一种?"

"当然要带图的,要后宫那种柳编织品的图片最好,这样吧,我不跟你砍价了,做好后280元行吧?"

胖子有些愤怒地看了看范长风。

"还大老板呢,居然好意思跟我这小门市讲价,这可是广州,大城市!这样,300元,少一分钱都不做。"

"做,做,300元就300元吧。"

设计、喷绘完成后,赵明亮看到广告词的内容,差点惊掉下巴。

"范总,这种话你也敢写上去?"

"老慢,我写错了吗?夸大其词了吗?"范长风接连发问。

"没有,没有,我只不过随便问问。"

"那就好,记住了,明天展会10点开始,你先进去,我11点再去。如果有人问你老板呢,你就说在和外商谈生意呢。明天一天哪怕再多人围着咱们家的展位转,你都不要惊慌,要从容应对,这样才能显出我们的文化是值得尊重和有价值的!"

赵明亮点了点头。说实在的,在生意场上,他有可能是个外行,但在执行力上绝对不会打折扣。

第二天上午的会展,与第一天相比,明显冷清了许多。

赵明亮按照范长风的要求,准时将第一天晚上做好的易拉宝挂在展位前。

10点半的时候,就零星有外商来参观展览了。

一个金发白人来到赵明亮的展位前,仔细地打量着易拉宝上的内容,一脸的兴奋,用不太标准的汉语道:"真好,真好,我要找你们老板。"

赵明亮心里明白,这个老外肯定读懂了广告词的内容——那是中英文双语版的。

"我老板?他在和阿拉伯客商谈生意,还有半个小时就到了。请您稍等一会儿。"

此话一出口,赵明亮惊奇地发现,跟着范长风这几天,他也学得冷静和圆滑了许多,说出"阿拉伯客商"这几个字的时候,没有一点脸红心跳的感觉。这是不是生意场上必备的心理素质?

11点05分,范长风准时出现在自己的展位。

"Hello, how are you?"还未走到展台的时候,眼尖的范长风看到了那位金发碧眼的老外就开始"hello"起来。

老外一下子笑开了,用生硬的汉语问道:"范先生,你的英语很好,只是发音有点那个。我俩谈谈生意怎么样?"老外一脸真诚,笑着对范长风说:"你这易拉宝上的广告吸引了我。你家的柳编是明朝时期进入皇宫的宫廷御用品,我很感兴趣。还有你编的《国宝龙虎尊》也很漂亮,用泡桐木开挖的猫头鹰什么的,都很漂亮!我想和范总做生意。"

范长风的心都快跳到嗓子眼了。老天总算开眼,这是不是叫"有心人,天不负"呢?范长风在心里暗暗给自己加油打气。

"欢迎你,如果有兴趣,希望你能到我的家乡淮河岸边走走,特别是到黄岗柳编的产地黄岗村走走,你一定会有意外的收获。我们那里是杞柳的原产地,所有产品都是绿色无污染、无公害的,产品质量更是严格按照国际环保标准执行的。"范长风想一口气把知道的全都告诉对方。

对方眯上眼睛,象征性地沉思了一下。

"范先生,你不必那么着急介绍你美丽的家乡,这些我在网上都能找到。我的意思是说,你就没有兴趣了解一下我的公司和我是干什么的吗?"

一语惊醒梦中人,范长风一下子不好意思起来。

"是的,是的,你看我一高兴……兴奋,一兴奋……忘记了,失敬失敬。"

"我理解你的心情,没什么的。做生意嘛,你们中国有句话叫'知彼知己,百战不殆',是吧?"

"对,对!"范长风刚才的得意瞬间烟消云散了,一下又谦虚起来。

老外递上了自己的名片。

"我叫 Tom Yang,你们中国人叫我杨汤姆,你就叫我羊肉汤吧,我喜欢你们中国北方的羊肉汤,暖胃,大补,味道好极了。"

"羊肉汤,这名字倒好记,但不太妥吧,还是叫你杨先生吧。"

"随便你了,我就职于德国最有名的篮子公司,叫德国小胖公司,我在公司负责亚洲区域的采购、销售等工作。你在互联网上能查到我们的公司。"

7

这一点范长风绝对相信,他在江淮大学读国际贸易时已经对这家德国公司有了一定的了解。

范长风盯着名片上的文字,"德国小胖(KRENZ)工艺品公司",一时不知道该说些什么。

"你看,在你还未到展位的时候,我就选了一些你这边的产品。这些精美的产品在德国一定会受欢迎的,我要的数量和批次都已经在我的 iPad 里,你先看看吧。"

杨汤姆将手里的 iPad 递了过来,上面图文并茂地选择了将近两百个品种。

"就这么多了,你给我初步估算个价格,然后我们再谈,怎么样?"

看到杨先生这么大气地购买自己的产品,范长风一时竟有些不相信。

"没什么的,我们是德国的大公司,你们中华人民共和国商务部都有我们公司的备案,我保证货款一分不少。但是你们也要保证你们产品的质量,特别强调的是环保问题,这可是头等大事。我可是冲着你范氏柳编的名头来的哦。赶紧给我算算!"杨汤姆催促道。

"杨先生尽管放心,你现在看到的样品和我将要提供的产品绝无两样,如有任何问题,我厂愿承担一切后果。"

范长风很是自信,说话间便算出了价格。

"你看看,总计12.8万美元,我再给你优惠点,12.6万美元吧。"范长风试探着说。

"No, No. 范先生,你放心,我一分钱便宜不占你的,我的利益在我们的国家,而你的利益在你们这里。12.8万美元一点问题都没有,你有没有带合同?我们现在就可以签约。"

杨汤姆很是豪爽,令范长风意想不到,而对方的实话实说,恰恰反映了生意人间的诚实和相互信任。

两人就在这谈笑风生中把合同签了,并承诺当天就打30%的定金。

下午3点前,范长风的银行卡里进账4万美元,折合人民币28万多元。这速度和效率简直像在玩变戏法。

赵明亮眨着眼睛在床上翻来覆去睡不着觉,他不敢相信这事情真的发生了,而且神速到令人难以置信,成功怎么说来就来了呢?12.8万美元折合人民币7.3的汇率,就是93万多元呀!

"老慢,我觉得这笔订单就够我忙活几个月的了。这样吧,你先在这里守着,剩下的几天时间,有生意就签,没有的话,会展一结束你就把咱们的展品拉回鹿城如何?"

"范总,你放心,我一定完成你交代的任务,你现在要干啥?"赵明亮一脸疑惑。

"我明天一大早坐火车回家,估计后天到顺昌,到家还得一天时间,我得抓紧时间张罗,要完成咱们的订单任务,按时交货呀!"

赵明亮点点头,他瞬间对范长风肃然起敬。

他相信跟着范长风这样的年轻老板干大有前途。他仿佛看到了自己的明天，也是走在一条康庄大道上。

第五章　差错

1

梁氏兄弟集团在这次广交会上的订单签约并不顺利,多次的意向谈判都不欢而散。外商们反映他们的产品品种较单一,粗放型的柳编在外国滞销,创新型的小而精的产品不足。

梁振东很是生气,把这份不满一股脑地抛给了储银来。

"储总,你们那里的柳编产品创新能力怎么这么差?今年的订单十分不景气。有一个叫范长风的小子,听说也是你们黄岗人,今年第一次上广交会,就干了10多万美金的订单,你要是再不努力,可别怪我到时候不带你玩了啊!"

储银来的神经一下子绷紧了。

"是有个叫范长风的,是我师父的儿子,他是个大学才毕业的毛头小子,能有这么大能耐?梁总放心,我早就看这小子不顺眼了,等您明天从广州坐飞机回来,我安排给您接风。"

"我明天坐飞机回顺昌市,明天中午在顺昌国际大酒店,我们商量一下下一步该怎么办。"

"那是,那是,就这么定了,明天晚上顺昌国际大酒店

VIP999包间见!"

上午10时35分,CZ3931航班准时降落在顺昌西关机场。

梁氏兄弟从飞机的舷梯上走下来的时候,风把他们的发型吹得有些凌乱,犹如他们糟糕的心情。

"梁总,我们现在去酒店还是先休息一下?"

"直接去酒店。"

两辆黑色大奔在白色宝马的引导下,直奔顺昌国际大酒店。

马路两旁盛开的鲜花,还有路边那一张张幸福的笑脸,没有引起梁氏兄弟的任何兴趣。

顺昌国际大酒店是顺昌市唯一一家豪华的五星级大酒店,酒店的主体在偌大的院子后方,占地近百亩。

主体楼常年掩映在参天古木之下,四周古树林立,门前的健康步道,在浓浓的树荫下向远处伸展。

这是一座设计新颖的五层钢构全落地玻璃建筑,是采用徽派风格和现代钢构工艺建造的城市新型餐饮空间,总建筑面积约2万平方米。

大院子前庭50多亩为绿化地段。其中,院墙东侧毗邻东清河西岸的开放式水景区,清水一湾,水边的香蒲一丛丛、一簇簇,犬牙交错,重叠铺展。

微风徐来,一株香蒲弱不禁风,但聚在一起,就形成了势。河水在酒店宽敞的空间里十分任性,随着地势的高低起伏,形成一片片大小不一的水域。

一坐下来,梁氏兄弟就显得不淡定。

梁振北气愤地说:"范长风那小子有些张狂,你把他的底细搞清楚,不行就做了他。"

梁振东一脸怒气地怒斥弟弟:"振北,你怎么做什么事情都是冒冒失失的?听听储总的意见。动不动又杀又砍的,这是法治社会,到处都是天眼,还由得你了?"

梁振北不说话了,气氛一时有些尴尬。

储银来赶忙上来圆场:"振北哥,大哥说得对,此一时,彼一时,现在是法治社会,什么事都不是那么简单了,所以我们的脑子也要跟着改变。范长风比我小两岁,可以说是一起长大的。他这个人坏心眼倒没有,但好胜心极强,太聪明、狡猾了。"

梁氏兄弟点点头。

梁振东简单地想了一下,眼珠子一转,计上心来。他并没有讲自己收买范长风不成的灰色历史,那样显得自己太没有面子,更会伤了储银来的心。

"储总,根据范长风的当前发展,我的意思是,如果你能将他收买,为我所用,利用他的非遗技艺给我们创新产品,我就让你当副经理。到时候,黄岗柳编的销售代理权就可以全部由你掌控,你觉得如何?"

储银来低下头,心中没底。

"怎么,兄弟,哥安排的事情有难度?"梁振北似乎看出了什么。

储银来有些胆怯。

"弟弟干了许多对不起范长风的事儿,估计想收买他不大可能。"

梁振北一脸的不以为然。

"喊,你能有什么本事?让范长风低头,我们兄弟还没有做到过……"话还没出口,梁振东一个眼神让他把话咽了回去。

"储总,我明白你的意思,你再狠也不会干夺妻杀父的事吧？对于范长风的事情,我们兄弟俩还真没有认真考虑过呢。"

梁振东算是巧妙地化解了刚才梁振北差点说漏嘴的危机。

"是的,还真让您说准了,事情基本是这样的。"储银来沉思了一下,捂着脸说,"我抢了他的心上人,撞伤了他父亲,也就是我的师父。现在有时静下心来想想,还是觉得对不起师父和范长风,当然,这些也是事出有因,我不想多说了。"

梁振北嘿嘿一笑。

"看不出来,就你这肉头憨脑的样子,比我哥哥还毒,真是有你的,不过量小非君子,无毒不丈夫,你做到了这些,我也是佩服佩服！"

"老二,可是没喝酒就开始醉了?"梁振东瞪了梁振北一眼。

"既然是这样,哥就明白了。我觉得人与人之间,特别是同行之间,非友即敌,不是说同行是冤家吗？所以,接下来,如果范长风不能和我们联合,他必定会成为我们事业成功道路上的最大障碍,既然是我们的绊脚石,储总,他是黄岗人,你看着办吧！"

"谨记梁总教诲,我知道接下来该怎么做了。我刚才听梁总说范长风第一次参加春季广交会便得到了个头彩,我还想灭灭他的威风,让他接下来好吃不好咽。放心吧,弟自有主张,哥哥稳坐城楼,等着看好戏吧。"

梁氏兄弟露出了开心的笑容。梁振东抚着储银来的肩膀说:"哥不会亏待你的,先给你打10万元活动经费,事成之后,还会有补偿。"

"谢谢哥,哥想得太周到了,弟心如明镜。"

不大一会儿，VIP999包间里传来划拳行令声，一旁的女服务员开始劝酒，"包袱"一个接着一个，引得大家一阵阵开怀大笑。

2

这一切的阴谋，范长风一无所知。

广交会结束回到黄岗村后，范长风将所有的精力投入完成订单的任务中。

可一连忙了好几天，也没有厘清头绪，范长风急得有些上火，嘴角起了水泡。

"爸，我将订单拿到编织户家里，请他们按照样品加工，他们都是一副心不甘情不愿的样子，跑了三天，也没联系上几家愿意接这活的主儿。"

太阳悬在淮河水面上的时候，范长风见父亲还在院子里整理柳条，向父亲倒出了满肚子的苦水，发起了牢骚。

此时，夕阳的余晖将父亲范淮河的脸涂上了一层金黄。老人的脸上写满了慈祥，眼睛笑成了月牙。

"长风呀，不是爸说你，你这些创新产品一般人哪里能做得出来呀？一般性的编织农户做一般性的柳编作品还行，大多数人看了你的作品都无从下手，也难怪这些人不敢接你手里的活。"

"爸，这可咋办呢？完不成订单我可是要赔巨额违约金的！"

"你这臭小子，爸不也一直在想解决问题的办法吗？你参加了广交会,回来后把最难啃的骨头交给你爸了,你说你这是不是在瞎搞!"

范长风听出了爸爸话里有话,想必他已经想出解决问题的办法了。

"爸,我就知道您最有办法了,什么叫'爸爸面前无困难,困难面前无爸爸',这个道理我懂。"

"你这小子,又开始耍贫嘴了,这一套一套的都是跟谁学的呀?我看你干实事的能力还需要加强,不要轻易撂挑子,解决当前问题才是最重要的。"

"爸爸,在你说出您的想法之前,我想把自己的一个不成熟的想法向您说说,希望能得到您的支持,您看如何?"范长风想在爸爸面前露一手,也免得爸爸再说自己的不是。

"那当然好了,我儿子的想法如果比我的还好,我岂不更高兴?"

当夕阳的最后一抹红消失在淮河水面的时候,东半边的天空反倒被淮河水映衬得格外亮堂,像一面巨型的深蓝色玻璃固定在了范长风家的院子上空。

范淮河的脸膛被这光亮照得一片斑驳迷离。

"我是这样想的,爸,我想请您和爷爷出山,利用这个暑假办个范氏柳编培训班,培训班的宣传语就叫'非遗助学暖民心,暑假免费学非遗',旨在培养一批热爱黄岗柳编手艺的年轻人。如果是大学生来咱们厂子里实习,我们不光包吃住,还给他们发生活补贴,每人每月1000元,这样才能更好地吸引他们到来和参与其中。等他们差不多学会了,我们厂只要备足柳编材料就可以大展手脚了,这批货在10月1日前就能完工。您看如何?"

"哎哟，看不出来呀，我儿子真长大了，你不光拿到了那么高的省级和国家级奖项，还独闯龙潭，在羊城掘得人生第一桶金，现在连生产经营都那么通透了。可以啊，这样我更放心了，我这就和你爷爷商量这事。咱们俩真不愧是父子，心有灵犀一点通，你的想法跟我的想法不谋而合呀！"

范淮河很是得意，边拄着拐杖颠着不太利索的一条腿去找爸爸范中国商量。

父子俩就范氏柳编培训班的事一拍即合，开班时间定在7月16日。这些天里，范家除了到附近几个镇的大街上张贴招生广告，还在网络上、微信群里发布招生信息。16日上午一大早，淮河柳编厂的大门口就聚集了一批年轻人，男男女女穿得花花绿绿。有高中毕业在家待业的青年，有大学毕业的暑假实习生，还有家长送过来的中学生模样的孩子，他们大多来自黄岗镇、村上的熟悉的人家。

开班动员会十分简单，主持人是范长风，他简明扼要地介绍了这次办学的意图和有关要求，还就个人的人身安全问题说了一大堆。接着是爷爷范中国给大家讲述范氏家族的柳编史，爸爸范淮河现场教大家认识杞柳和讲授柳编的初级编织技法。

上课不到十分钟，大家正在全神贯注地听课时，一声响亮的"报告"声让大家停了下来。

范长风抬眼望去，临时教室门口站着一位二十岁左右的姑娘。这姑娘好像在哪里见过，但又好像一点印象都没有。

范长风点头示意她进来，让她找个没人的地方先坐下来听课。

这位姑娘长得眉清目秀，一双水灵灵的大眼睛一眨一眨的，瓜子脸,肤白如玉,长长的睫毛生来自然,一米六八左右的身高,这身高和长相是淮河岸边女儿的标配。

"嗡嗡……"范长风的手机振动了起来。

"范总,你好,我是刚进教室,坐在最后面的那个女同学,我叫潘红柳,今天刚下火车,来晚了十分钟,特别抱歉。我现在在徽州职业艺术学院设计专业学习,非常喜欢咱们黄岗柳编这个手艺。范氏柳编是黄岗柳编中众多流派的代表,能成为范氏柳编的一员,十分荣幸。我马上就大学毕业了,还请你多多指教。"

范长风抬眼看了看潘红柳,见她脸色红中带粉,如盛开的杏粉色桃花,很是好看。

"小潘同学,别客气,以后我们加强联系,互通有无,OK?"范长风回了一句,并发了个笑脸表情包。

"一定的,听说你是毕业于江淮大学国际经济与贸易专业的大学生,我一定能从你身上学到好多新知识。不打扰了,我好好听课。"

潘红柳的开朗性格,范长风很是欣赏。但在他内心深处,他爱把任何女性与黄婷婷比一比,而这一次比较,他希望潘红柳是与众不同的那个。

上午的柳编历史理论课很快结束,学生陆续离开了教室,唯独潘红柳还坐在那里等着从讲台上走下来的范长风。

潘红柳不仅被范家祖孙三代的花式教学吸引了,还对范长风的阳光和自信产生了美好的印象。

"潘红柳同学,咋还没有回家?中午咱们这里可没有食堂,等学完课程,经考核成绩合格,我那1000元补贴才发呢!"

"范老师,我可不是奔着那1000元补贴来的,我是想来学真本事的。想多坐一会儿,感受一下范氏柳编文化的精髓。"

范长风笑了:"你这同学真会说话,听了心里都舒服。如果不嫌弃,中午到我家吃个简餐。"

"不给你添麻烦了,吃饭的事我自己能解决。你的事迹我早有耳闻,报道你事迹的报纸《顺昌晚报》我至今还保留着呢,所以我特别珍惜这次学习机会。"

"真是个有心的人啊。"范长风心里暗暗称赞。

"我不但熟悉你的创业事迹,还知道你个人没有上报的其他事。"潘红柳一脸神秘,弄得范长风丈二和尚——摸不着头脑。

"不会吧,你才来第一天,怎么可能我家什么事都知道呢?"范长风一脸惊讶。

"因为我有个好表姐,是她和我说了你的事迹呀!"潘红柳一脸的骄傲。

"你表姐?是哪个?"

"嗨,你这么快就把她忘记了,她就是《顺昌晚报》文化和旅游部记者王晖呀!"

"哦,弄了半天,你就是王记者的表妹呀,她在采访我的时候曾向我提起过她有一个表妹在学习设计,真没想到是你呀!"范长风也是一脸的兴奋。

"嗯,这下你可得好好教我了吧?"

"小潘同学,放心吧,必须的。"

范长风真的没有想到,潘红柳来参加柳编培训班前做足了功课。

一时间,他觉得这位美如黛玉的女子绝不是一位凡人,或许一想到潘红柳是学习设计专业的,心里面更是对她有种说不出的钦佩,现在能有如此沉稳的气质和爱好中国传统文化的女大学生虽然不少,但他范长风遇见的却不多。

下午第一节课没有上理论课,而是组织学员们参观了范氏柳编的荣誉馆。一座1300多平方米的展馆,分成楼下、楼上三层。

一层讲解厅,范长风给学员讲解范氏柳编的发展史,还有中国柳编的发展史等。

这段历史从新旧石器时代跨越到西汉、东汉、隋末、唐宋、明清,涉及范氏柳编的形成及兴盛时期,到新中国成立后,当地如何重视柳编产业,以及取得的成就,还有范氏柳编如何代表黄岗柳编申报国家级非遗等诸多故事。

学员们一个个瞪大了眼睛,看得出来他们内心深处对柳编非遗的敬意。"问我祖先来何处,山西洪洞大槐树。""祖先故里叫什么?大槐树下老鸹窝。"范氏的先人们一路唱着歌谣,从山西到山东,再到江淮地区,一路历尽艰辛。

其中一支来到淮河北岸时,再也不走了。走千走万,不如淮河两岸,这里水肥物美,他们愿意在这里扎根,依河而居,繁衍后代。三年两次的水患,让他们积累了与洪水斗争的经验,他们如愿地驯服了洪魔这头猛兽,以孱弱的杞柳为武器,开天辟地,创造了自己的生活。

第二节课和第三节课,范长风带着学员们开始学习"立编""经编""拧编"等黄岗柳编的基本编法。

心灵手巧的潘红柳上手很快,短短一个下午便掌握了这几种基本编法,而且编出来的柳编雏形还有模有样。

范长风很是满意,对学员们说:"大家都过来看看,你们都是一起来到培训班的,你们看小潘同学编得就像模像样,你们一定要学会互相交流,拿出你们的真本领。实话告诉你们,像你们这样天资聪慧,我敢说不到一周,你们就个个能上手了。到时候,你们编的柳编就能出口赚外汇了。你们编的产品只要过了我这一关,我会高价回收的。1000元的生活补贴是最基本的,如果你们编得好,完全符合我出口产品的标准的话,我保证你们的收入超乎你们的想象。"

一个年轻男生不解地问:"能给多少呢?"

另一个女孩说:"你说能给多少?你就是再牛,一个初入行者最多一个月挣3000元就不得了了。"

范长风笑了,摇摇头说:"如果你真的能编好我的样品,帮我完成订单,我给你这个数以上。"说完伸出了五个手指头。

"不会吧?!"男生惊叫道。

"我范氏柳编刚刚起步,我不会开这种有损我名声的玩笑。如果你不相信,你可以试试。当然了,你更可以动员你的亲人朋友帮你一起完成,做得越多,得到的就会越多。"

范长风话音刚落,教室里便响起了一片叫好声。

有钱赚,大家肯定千方百计地帮范长风编柳编,订单能否完成,当然与这些人无关,他们只知道给范长风的淮河柳编厂干活有钱赚就够了。

从内心来说,范长风培养新一代的柳编非遗传承人绝对是首要任务,但他也有自己的小九九,就是要通过这些有柳编基础的乡亲的力量来完成他迫在眉睫的订单任务。

如果既能培养人才,又能完成订单,岂不是一举两得?

这一点,聪明的潘红柳在范长风表态高价回收产品的那一刻,就看出来了。

她抿着嘴,嘴角微微上扬,眼睛弯弯的像初月,一副胸有成竹的样子。她默默地看着这位年轻有为的青年才俊范长风,说不定他就是自己要寻找的那一位……

"潘红柳同学,你在发什么呆呀?"

教室里的学员们都陆续离开了,潘红柳还是一动不动地坐在那里托着腮帮子想未来。

"嗯,这么快就放学了?"潘红柳一怔,润如白玉的脸上,瞬间升起了一抹红,那红一下子延伸到了耳根处。

"我这就走,这就走。不过,我还有一件事或者说一些想法想跟你聊聊。"

潘红柳嘴上说着要走,但脚下不见动静。

"时间不早了,小潘同学。这样,我先把教室门关了,我送你回去,咱们边走边聊,你看行吗?"

潘红柳高兴得几乎跳起来,但理智告诉她,还是不能表现得太过,特别是在自己喜欢的男人面前,不然别人会说自己过于轻浮,那就得不偿失了。想到这里,她只是害羞地点了点头,默许了。

两人踏上了柳荫大道,这是一条沿淮河而建的水泥马路。炎热的天气里,马路两旁的杨柳长势旺盛,像是给这条马路装上了一把把大大的绿伞,来保护人们平安度过这个炎热的夏季。

每到晚上这个时候,太阳西下,暮色朦胧的时候,路两旁的路灯就亮了起来,道路弯弯曲曲,一直延伸到远方。

"小潘同学,你不要有顾虑,有什么想法和我说说吧。"范长风开门见山。

"我看了你许多创新产品,很受启发。我觉得非遗这东西,如果不创新,就很难被新生代接受。可能受所学专业影响,我一直很崇尚创新。这几天,我也想了一些构图,在创意上,我更倾向于自然和田园、绿色和无公害。这样不仅我们年轻人喜欢,就是欧美一些国家的人的生活追求。"

范长风点了点头。潘红柳打开自己的手机,把自己的一些构图给范长风看。范长风看到一个个精美的图案时,很是震惊。他没想到,潘红柳才来短短的时间,竟如此用心。

3

"嘀嘀——"两声电动摩托车刺耳的鸣笛声在范长风背后响起。

"啊,婷婷,怎么是你呀?"

范长风扭头一看,黄婷婷带着一身茉莉花香气袭来,还是那样娇艳。

"怎么不可能是我呢?是不是喜新厌旧了?我看这妮子长得还不错嘛,叫什么名字呀?我这还没有和长风彻底分手呢,就想上位了?"黄婷婷一脸的不屑。

既然有人敢挑衅,潘红柳自然不会无缘无故地被一个陌生的人辱骂。

"对不起,我并不认识你,我和范长风范总也不是你想象的那种关系,至于你和他什么关系,我一不想了解,二也与我无关。

但有一条，下次在开口之前，请先弄清楚情况，信口开河不是一个成年人该做的事情。"

"哎哟喂，你这小妮子脾气真大，敢教训起老娘我来了，吃老娘的剩饭看来就是不好消化呀，说话都一股口臭味，你信不信我把你的嘴撕烂？"黄婷婷说着停下车子，立即冲过来发飙。

眼看着要出大事，范长风急了，大喝一声："婷婷，你要干什么？给我住手！你也太不像话了！"

范长风过来一把抱住黄婷婷，制止了一场恶斗。

"小潘同学，你先回家吧。她是我以前的同学，也是我曾经的恋人，实在抱歉。有些事情我以后会慢慢告诉你的，赶紧回家吧。"

潘红柳很生气，但看到事情弄到这种地步，她也不好意思杵在那里了。

潘红柳刚转身走开，黄婷婷便忍不住趴在范长风的肩膀上狠狠地咬了一口，顿时，一个半圆形的牙齿印子清晰可见。

范长风忍住了，一声都没有吭。

停了一会儿，他才断断续续地说："婷婷，回来吧，回到我身边，我当什么事情都没有发生，行吗？我是真的爱你，你也看到了，我正在努力，在广交会上第一批订单也签约了，你要相信，我是不会比储银来差的。"

面对范长风的一腔热情，黄婷婷的脸绷得紧紧的。

"范总？哼哼，我看你就是一个饭桶。刚才别人那么骂我，你连个屁都不敢放，现在还想装无辜，在我面前表演可怜，你可真是个表演天才呀！我也是真服了你，范长风，明知道我和储银来什么都做过了，你还口口声声地说原谅我，让我回到你身边，你真是够自欺欺人的,说给三岁小孩子听都不相信。天下男人都死光了,我也不会找你的!"

一句句恶语如冷冷的冰雨,再一次无情地砸在范长风的心头,刚才那团爱情之火瞬间熄灭,渐渐被冰封,直至被这一阵狂风吹到九霄云外。

面对如此陌生的黄婷婷,范长风的脸色由红变白,由白变青。

他真的没有想到,他在黄婷婷心目中是如此不堪!

尽管他有一万个想让黄婷婷回心转意的念头,但在黄婷婷心里,这可能就是个天大的笑话。

范长风气得指着黄婷婷说道:"你、你给我走开!我永远不想再见到你!"

"哼哼,你以为我想见到你吗?你也不撒泡尿照照你自己。你等着瞧吧,再过上一年半载的,储银来会在城里给我买房子,我在那边给他生儿育女,享受这一生。而你,永远都走不出淮河濛洼,一个没有任何品位的渣男、垃圾男,白痴一个。还有,你和储银来作对是吧?你就等着看好戏吧。"

黄婷婷骂完,这才心满意足地骑上电动车离开了。

范长风捂着隐隐作痛的胸口,连晚饭都没有吃,就躺到了床上。

晚上9点半,手机传来嗡嗡的振动提示音。范长风翻了个身,倦意依然笼罩在心头,想再睡一会儿。他本不想看手机,过了几秒钟,又担心其他人有事情找自己,他不自觉地拿起手机,发现是潘红柳给自己发来了微信。

"范总,休息了吧,还在生气吗?我觉得和这种人生气,真的不值得。你有你自己更高远的追求,爱情这东西不是生活的全部,在事业未成功之前,充其量只是生活的调味品。记得英国著名作家培根先生曾说过,'过度追求爱情必然会降低人本身的价值'。当然,这话不完全对,但也有一定的道理。你我都是活在现实中的人,不是爱情剧的主角。你还有很多事情要做,高质量地如期完成老外的订单,才是当务之急。我想从这方面帮帮你……"

潘红柳给范长风的留言,情真意切,字字珠玑。

从留言上看,现实中的潘红柳不光心灵手巧,情商、智商高人一筹,特别是在大是大非面前,也是十分清醒和理智的。

看到潘红柳的留言,范长风心里舒服了许多。他只是简单地回了一句富有诗意的话:"放心吧,我不会沉沦的。寒冬已经来临,春天还会远吗?"

回复完后,范长风再次昏昏睡去。

睡梦里,范长风再次梦见黄婷婷那张迷人精致的脸,长发飘飘,如仙女下凡。

"婷婷,我爱你,你还是那么美丽,我这一生都没有改变对你的爱,你爱我吗?"

黄婷婷笑得很迷人,低下头,有一种羞涩的少女青涩感。

"傻瓜,我不爱你爱谁?这个世界上,你就是我的唯一。来吧,我的小宝贝。"

黄婷婷戴着轻柔的面纱,张开双臂迎接着范长风的怀抱,范长风兴奋地飞奔过来,紧紧抱住了黄婷婷的细腰。

这时,黄婷婷的脸色突然大变,仿佛要吃了他。

范长风害怕极了,高喊着"救命啊",但在荒山野岭之中,云端九霄之上，没有任何人能够听到他的呼喊，他就这样挣扎着死去。

范长风被这一噩梦惊醒时，单薄的背心都汗透了。

这时，东边的太阳已经明朗地照射在范长风房间的玻璃窗上。透过厚厚的窗帘，几束强烈的光从缝隙里穿过，照射在床头边的梳妆台镜子上，房间里明亮起来，恍惚中，给人空荡、鬼魅般的失落。

范长风看了看手机上的时间，已经是早上8点了。不行，赶紧起床，说不定，学员们一会儿就来了，他还要授课呢。

范长风打了个哈欠，伸了个懒腰，向窗户走去。他拉开厚厚的窗帘，迎来刺眼的晨光，新的一天开始了。

忘掉过去。人们常说，时间就是治疗伤痛的一剂良药，范长风更是希望如此，他要做情感上的智者，忘掉一切，重新开始。

正如潘红柳所言，他还有更多重要的事情需要去完成。

4

正所谓重赏之下必有勇夫。

范长风放出话来，要以高于市场价10%的价格收购学员的柳编产品后，带来了一拨加速生产效应。

学员们通过认真学习，不仅领会了范氏柳编精髓，每天刷新着自己编织柳编产品的数量纪录，回到家中，还现学现卖，教自己的亲戚朋友一起做柳编，毕竟周边一些村庄不乏柳编基础的人，上手也特别快。

一个半月后，范长风就完成了订单总量的三分之二。望着偌大的仓库渐渐堆起的小山头般的柳编产品,范长风心里有一种说不出的欣慰和自豪。

范淮河拄着拐杖一瘸一拐地来到仓库前,满脸写着笑意。

"长风呀,还是你肯动脑子,这一招就是好使,一是进一步提升了咱们范氏柳编的影响力,二是提高了柳编产品的加工速度,能够如期完成订单。我们诚信经营比什么都重要,尤其是你的人生第一单,一定要一炮打响。这对你以后的成功也是特别重要的。"

"是的,爸爸,您说得太对了,但要不是您和爷爷亲自上阵支持,我哪能如愿以偿呢?所以,我就在想,老将出马,一个顶俩。"

范长风十分懂事,他太了解父亲,这个时候能真心实意地夸一下爸爸,更是想让爸爸高兴。爸爸一高兴,情绪一高涨,身体就会恢复得更快一些。

从病史学上看,这世上各种疑难杂症都有康复的可能,所以爸爸这病也不是不可能恢复的,万一哪一天老天开眼了呢?

范淮河也理解儿子的心情。对于儿子,从小时候的亏欠到长大后的担心,他无时无刻不希望儿子尽快强大起来,只有这样,范氏柳编才有延续辉煌的可能。

"青出于蓝而胜于蓝。我范淮河的儿子肯定比他老子强,再说,我和你爷爷支持你的事业也是应该的。"

范长风点点头,看着爸爸喜笑颜开,眉间也舒展了。

这时,范淮河好像又突然想起一件事儿。

"长风,爸爸想跟你说个心里话。"

"爸爸,我是您儿子,有什么事别犹豫,快些说,马上又要忙了。"范长风一想到柳编产品的事,又开始火急火燎起来。

"我发现你教的这批学员里面,有个叫潘红柳的女大学生挺好的,身材、形象和气质都没话说。"

"不错,小潘同学是聪明能干,人长得也漂亮,特别是设计创新这一块,别说是在这群学员里,就是在咱鹿城县也应该是数一数二的。"

"难道你对她一点想法都没有?孩子,你也不小了,也到了谈婚论嫁的年纪了。当爸爸的哪能不着急?"

"爸爸,人家可是还没有毕业的大学生,是以事业为重的,现在想这些不合适。再说,我看上人家,人家也未必能看上我,就像我看上黄婷婷,结果呢?感情这种事真的没有想象中那么简单。"

这一句话把范淮河噎了回去。

是呀,想想儿子好不容易才走出爱情失败的阴影,万一潘红柳拒绝了儿子怎么办,以后范长风还敢奢望世间的真爱吗?

想想儿子说得也有道理,范淮河不作声了,默默地转身,又一瘸一拐地回到了院子里,摆弄起了柳编。

正在这时,潘红柳走了过来。

"范总,门口又来了一批送柳编产品的人,拉了好几车柳编成品呢,说让你去现场把把关,验货过关后,就能入库了。"

范长风答应了一声,便和潘红柳一起走出门外。

大门口,连人带电动三轮车摆出了个"一"字长蛇阵。电动车上精制的柳编产品分门别类地堆放在一起,白花花的刺眼睛,像一条长龙,让人看了有一种眩晕的感觉。

天气太热了,排队送柳编产品的人们摇着扇子,满脸焦急。

范长风安排潘红柳,除了免费给供货商提供矿泉水,还买来一二十个大西瓜,给大家解渴。

在大家乘凉解渴之际,每家出一个代表跟着范长风验货,产品验收合格后,再清点数量,直接送到后面院子的仓库里,然后现场兑现货款。

范长风对符合标准的柳编产品给出的收购价高,又能现场兑现,不少柳编户直接过来要给范长风供货。

昔日冷清的淮河柳编厂又热闹起来。

范长风向着完成订单任务的目标又迈进了一大步。

这天晚上,夜空里没有月亮,星星显得格外明亮。

银河的星辰有点泛滥成灾,一颗一颗的星星如堆积的碎银,像极了调色盘里装着的白色颜料。

夜已经很深了。突然,厂子里的大狼狗大黄疯狂地叫了起来。

"不好啦,仓库着火了,赶紧救火!"

有人突然喊救火,刚刚入睡的范长风也被惊醒了。他来不及多想,穿着裤衩和背心,提着一桶水朝仓库方向跑去。

刚进入仓库院子大门,就听轰隆隆几声,不远处的地上有三只汽油瓶相继爆炸,一时火光冲天。

幸亏他没有急着向前冲,否则后果不堪设想。

赵明亮也拎着一大桶水冲了过来,还有几只汽油瓶不时发出爆炸的声响。

"第一声爆炸响的时候,我还以为是别的地方,直到看见这里一片火海,我才相信这事情是发生在咱们厂子里。"

火光映红了赵明亮那黑红色的脸膛。

"长风,我现在就过去看看。"

"等等,再等一分钟,太危险了。我也是听到咱们家大黄狂叫才起来的。"

范长风一把拉住了赵明亮,直到爆炸声完全消失,两个人才一前一后地在仓库周边搜索起来。

由于汽油瓶抛掷的力量过大,距离装有柳编的仓库还有很长一段距离,爆炸的火光并没有对仓库造成实质性伤害。

大伙悬着的一颗心总算是落了地。

范淮河和老伴也从屋里走了出来。他们一上来就问:"咱们的人有没有受伤?"

见长风和赵明亮摇头时,才长舒了一口气。

"只要人没受伤就没事,看来咱们家暂时躲过了这一劫。"

爷爷也拄着拐杖出来了,颤巍巍地说:"不太平了,看来真的有人跟咱们家作对啊,你们大家要拿个主意才对呀!"

爷爷的话不无道理,范长风的眉头顿时拧成了一个疙瘩。

"爷爷,爸、妈,你们都回去休息吧,这件事我来处理。我前几天还想着抓紧时间安个监控呢,这两天只顾着集中收购柳编产品,把这事忘了,明天一大早我就安排鹿城县的朋友过来安装。"

家人们听了范长风的话后,才悄无声息地返回各自的房间。

5

第二天早上,还没等安装监控的人到厂子里,淮河柳编厂的办公室负责人、兼职会计赵小慧就急切地敲响了范长风的房门。

范长风睁开惺忪的眼睛,连眼皮都没抬一下,开门问道:"小慧呀,这么一大早的,你忙忙慌慌地干啥呢?我才睡了不到三个小时呀!"

"范总,不好了,大事不好了!咱们家的狼狗大黄被人下药了!"

豆大的汗珠挂满了赵小慧的脸庞,她恨不得把所知道的一口气讲完。

"那还磨叽啥?赶紧去找兽医陈老猫呀!我现在就过去看看怎么回事!"

赵小慧哦地应了一声,便在范长风面前如旋风般消失了。

范长风急匆匆地直奔大门外拴大黄的地方,发现大黄正躺在地上呻吟,双眼半闭,眼泪顺着眼角往下流淌。

见此情景,范长风的心都碎了。面前的大黄是范长风从小看着长大的,想想从亲戚家抱过来时,一身皮包着单薄的躯体,是范长风用牛奶和米粥一口口将它喂养大,从慢慢能站起来但四条腿发软,到逐渐强壮和调皮,过往一幕幕就像电影在范长风脑海里循环往复。

每次范长风从外面回来,大黄都会摇头晃脑地跑出来迎接,然后围绕在他身边久久不愿离去。现如今大黄流着眼泪看着他,而他一点办法都没有,只能在心里祈祷它再多挺一会儿。

"大黄呀,你再坚持一小会儿,赵小慧去请陈老猫了,一会儿就到,你不要闭眼呀!"

大黄的呻吟声越来越小,等赵小慧和陈老猫一起赶过来的时候,大黄已经彻底闭上了眼睛,停止了呼吸。

范长风悲愤地看着大黄离去,而自己什么都不能做,这种无奈是人世间最难承受的。

范长风亲自将大黄送到濛洼区深处的杞柳地里,挖了个很深的沙坑将大黄埋葬,眼含热泪,守了整整一个下午,直到夕阳落山,他才悲伤地离去。

范长风心里很郁闷,有些事情他明知道太蹊跷,因为缺乏证据,也无法向别人说什么。

内心深处,他知道对方不会善罢甘休的,一波接着一波,甚至会越来越猛烈。此时,范长风明显觉得自己在明处,对方在暗处。而且对方处于主动,对方下一步意图是什么,会采取什么样的措施,范长风完全不知道,他只有不断地根据一些新的变故,焦头烂额地东一头西一头地应付。

范长风不喜欢这种钩心斗角、尔虞我诈的斗争方式。作为淮河汉子,他更希望直接一些,与对方摆开阵势,刀枪剑戟随便挑,来一场真正的武斗,谁输谁赢,由实力决定。像这种暗地里使绊子的下三烂动作,真的让他恶心透顶。

现在,即便自己怒发冲冠,每一拳的出击也都像是打在棉絮上,难以发力。

残酷的现实提醒他要打起十二分的精神,除了完成订单,还要防止其他不测发生。

晚上回到家,全家人围坐在一起,商量着下一步该怎么办。范淮河也是难掩一脸的焦虑,双眉紧锁。

"长风,我们厂子里安全的事情你可要想想了,你得有个详细周密的计划,有人扔汽油瓶,守门的大黄也被人药死了,下一步还不知道要使用什么恶毒的手段,我们是防不胜防呀!"

爷爷范中国气鼓鼓的,额头两边青筋突起。

"长风，不能再忍下去了，这事越闹越大，必须报警。"

范长风郑重地点了点头。

"报警是必须的。我们再想一想，一旦警察介入，对方肯定会暂时收手。注意我说的只是暂时，再过几天，对方还会耍什么花招我们谁也不知道。警察也不可能一天二十四小时盯着这里，所以我觉得当下只能静观其变。等量变引起质变后，一切都会水落石出。"

"就怕那时候晚了。"爷爷范中国咳嗽了几声，连晚饭都没吃就回屋休息了。

"长风呀，仓库安全保卫的事情想清楚了吗？当务之急你得拿个主意呀！"

"我知道，爸爸，现在我们一直处于被动挨打的状态，实在没有太好的办法。唯一的办法只能是加强看管，严防死守，加大值班巡逻力度，二十四小时轮流值班，发现可疑情况及时处理。另外，我想加快柳编成品的收购速度，提前一周从申城市海关把货物送出去。这样缩短时间周期，以免夜长梦多。"

范淮河点点头说："如果人手不够的话就和我说，我也参与进来。儿子，你放心，爸爸除了腿脚不灵便，身体还是能扛上一阵子的。"

范长风握紧了父亲的手，点了点头又摇了摇头，然后上前抱紧了父亲。

"我的好儿子，创业路上没有谁是一帆风顺的，要想成功，这是一条你必走的路。"

"爸爸，放心吧，儿子会没事的，一切都会过去的。"

6

接下来一连三天,范长风的仓库安全保卫工作做得滴水不漏。这三天里没有任何动静,像是什么都没有发生过。

大家的思想也就慢慢松懈了下来,有人甚至认为范长风实在过于谨慎,甚至有点小题大做了。但范长风仍再三强调,一定要保持高度警惕。当然,这里最紧张和担心的反而是范长风的父亲范淮河。

范淮河的担心和紧张不无道理,他也清楚地知道,自己在明处,对方在暗处。常言道,害人之心不可有,防人之心不可无。在现实生活中,其实防人远比害人累得多。

坚守到第四天,凌晨2点左右,范淮河被噩梦惊醒了。

近段时间发生的事情实在太多了,范淮河没有过一天安宁的日子。他总担心年轻的范长风会在某一个时间点或某个环节上出现问题。

好在范淮河经历了这么长时间的康复训练,身体机能有了较大恢复,几乎可以扔掉拐杖独立行走了。但为了保险起见,他还是挂着拐杖感觉更踏实一些。

他看了看手机上的时间,再睡已索无兴致,干脆一骨碌爬起来,穿好衣服,习惯性地挂着拐杖朝存满柳编产品的仓库方向走去。

夜色深沉,繁星如昼,四下里静悄悄的,甚至连掉在地上一根针都能听得见声音。

不远处,仓库的院子里两只白炽灯明晃晃地亮着,照映得整个院子里白花花一片,如同白昼,甚至连仓库门上偌大的弹簧锁都看得非常清楚。

范淮河环视四周,没有发现异常情况,抬头看看院子里各个角落的摄像头,像人的眼睛一样,一眨一眨闪着微弱的红光,这才叹了口气,转身离开。

可就在转身离开之际,他似乎隐隐听到了一种窸窸窣窣的奇怪声音。

他以为自己的耳朵出了问题,走几步,又退回到原地,再次来到仓库的门锁前,晃几下锁——没有异常呀!

此时,整个院子依然静悄悄的。但不大一会儿,那种奇怪的声音又响了起来。

范淮河不放心,走出仓库大门,出了院子,顺着仓库的院墙向外面走去。

刚转过屋角,他突然发现了不妙的一幕。

好像有几个黑影在仓库的院墙外忙活着什么。他以为是自己的眼睛花了,对着那几个黑影大喝了一声:

"谁?干什么的!"

范淮河一边呵斥,一边将手电筒打开,一束强烈的光照射了过去,三个正在盗窃的黑衣人立即手忙脚乱起来。

听到呵斥声,正在仓库大门岗值班的赵明亮迅速赶了过去。

他边提着裤子边喊道:"贼羔子,哪里跑!"

那几个黑衣人看到赵明亮往这边飞奔,赶紧逃窜。

赵明亮手提警棍向范淮河跑来,边跑边对着范淮河喊:

"叔,你退后,赶紧喊人去!"

"来人哪,不好了,抓贼呀,有人盗窃呀,赶紧抓小偷啊!"范淮河的声音越喊越大,淮河柳编厂的员工和家人们一下子全都聚集过来,足足十来个人。

范长风更是冲在最前面。他想要抓住一个黑衣人,问问究竟是受谁指使。但结果让范长风再次失望了。

早在范淮河发现三个黑衣人的第一时间,他们就紧张起来。

他们没有想过再把盗窃进行下去,或者是选择第一时间和范淮河、赵明亮两人对峙,而是在这紧要关头考虑如何脱身。

此时他们三个人什么都不顾了,飞奔逃窜。

其中一个还喊道:"什么都别顾了,抓紧时间跑呀,要是被抓住可就坏了!我可不想再进去吃牢饭了。"

领头的这么一喊,其他人也不犹豫,个个跑得比兔子还快,只是脚下深浅不平的稻田水沟将他们一次次绊倒,他们再一次次地爬起来,浑身泥水,逃命般地往田野不同的方向冲去。

范长风等人来到靠近稻田水沟的墙头背面,发现水田里、水沟半坎处到处都是从仓库里偷出来的柳编成品。

再仔细看院墙的外侧,墙头早已被这些人挖出了一个能开进电动三轮车的大洞,仓库的后墙一连被开了两个天窗,足以容得下这几个人进出。

还好被夜不能寐的范淮河及时发现,里面的柳编产品只被盗走了极少的一部分,但仓库内已经被翻腾得混乱不堪。

虽然眼下损失不是太大,但这种无所不用其极的手段,引起了范长风的高度警觉,他的担心在一步步变成现实,他的心理上产生了沉重的压力。

"保持现场,大家赶紧回去休息吧。老赵,你继续守在这里,我现在就打110报警。"

大家总算放下心来,打着哈欠回去休息了。

上午8点半左右,鹿城县公安局刑警大队来了两辆警车,实地进行勘查、走访,还在布满足迹的稻田里测量犯罪嫌疑人留下的脚印,并在水沟的边沿发现几只长短不一的烟蒂,警察们一一进行了提取,并带回了警局。

其中一个年长的警察找到范淮河,第一时间做笔录。

"范淮河同志,你是几点发现这帮黑衣人的?他们的个子有多高,是胖还是瘦?"

"大概是凌晨2点半左右,天黑得很,我拿了一只手电筒,没有看清楚他们的脸,但他们几个人应该都在一米七左右。"

"最近我们这附近的村子可听说有被盗的现象?"

"好久没有了,而且这破墙盗窃我还是头一回听说,以前只在电影电视里看过,没想到轮到咱们淮河柳编厂了。"范淮河心有余悸地说。

警察们录完口供,握住范长风的手说:"你放心,我们回去分析案情,比对物证上留下的指纹,有进展会及时通知你们的。"

范长风连声道谢,送走了公安局的人民警察。

然而,一时静下来后,思绪又活跃了起来。范长风知道,面对对方的步步紧逼,尽管自己用尽全力,想把损失降到最低,但他又清楚地知道,这一切的主动权并不在他这一边。

阴险狡诈的对方接二连三地使用盘外招,虽屡屡失败,但他们并没死心。

对方没有将自己彻底搞垮,看来是不会死心的,后面还很可能会有更大的暴风雨,且来势会更加猛烈。为了防止意外再次发生,范长风决定提前一周备齐所有产品。提前三天,他就让赵明亮和县运输公司联系,准备了五台集装箱车开到厂子里,连夜装货。

7

　　第二天天刚蒙蒙亮,范长风就让赵明亮带着车队,沿着淮河大道向申城市驶去。
　　当缓慢的车队离开黄岗村进入鹿城地界时,东方初升的太阳才露出小半张脸,微风轻拂,不知名的鸟儿在淮河上空尽情地撒欢儿。
　　"总算离开黄岗这个让人一刻不得安宁的是非之地了。"
　　赵明亮的心里一下子轻松了很多,脚下的油门也不自觉地加大了。
　　"日出东方亮堂堂啊,装满柳编的汽车去呀去东方,春风那个得意呀,马蹄疾哎,行驶在淮河大道上,我就开始闯荡这四方了呀哎……"伴着汽车里的淮河琴书伴奏,赵明亮不自觉地唱起了自编的淮河琴书。
　　为了整个车队的安全,范长风专门安排赵明亮开集装箱车,作为领队行驶在车队的最前列,而自己坐在最后一台集装箱车里负责断后,这样,一旦发生什么情况也好前后照应。
　　赵明亮的车速明显提高后,后面的车队也渐渐提速。
　　离开鹿城县三十多公里后,车队很快进入了慎城县。太阳光开始有些刺眼,这时,突然从左侧的堤坝下面跑出来四五头壮硕的黄牛,一下子横亘在淮河大道上,眼看要将黄牛撞倒,赵明亮来了一个紧急刹车。

刹车一脚踩到底的时候,集装箱车竟还没有停下来的意思,一个劲地斜冲着右侧的淮河水面方向快速翻转。

"轰隆——"一声巨响,连人带车冲进了淮河。紧急关头,赵明亮打开驾驶室门从车里向外淮河的浅滩处逃,汽车冲进淮河不久后也遇水熄火了。车上的柳编成品在撞击过程中包装散开了,在淮河里四处飘荡,像一只只下水的巨型鸭子浮在水面上。

范长风吓坏了,他从最后一辆车上下来一路飞奔,冲到了赵明亮的集装箱车旁,发现赵明亮正躺在浅滩上呻吟,并无生命危险,这才长舒了一口气。

"老赵,你没事吧?"

"我没有事,只是右腿又痛又麻,现在连动都不能动了,汽车上的货物怎么办?"

"你别想那么多了,我现在打120,赶紧到医院检查。货物的事我再安排,先将你送到医院,然后再打捞落水的汽车。"

不大一会儿,一辆车顶上闪着蓝红色警示灯的救护车,呜哇呜哇地开到了淮河岸边,赵明亮被几个穿白大褂的医护人员抬上了车。

赵明亮很快被诊断为右腿粉碎性骨折,虽无生命危险,但残废已成事实。一周后,老赵的妻子带着上初中的儿子找范长风谈赔偿一事。

范长风二话没说,把她让进屋里,直言道:"嫂子,老赵的事你放心,即使我的厂子破产了,我也要给他把腿治好。厂里事先已经给老赵买了保险,保险公司能解决多少算多少,剩下解决不了的我全包了。还有侄子的学费、生活费都算在我身上,我会每个月支付到位的。"

赵明亮的媳妇听了后,连声说谢谢,带着儿子回家去了。

赵明亮拉着范长风的手,一脸愧疚。

"范总,我的亲兄弟呀,车子出事故是我的问题。你这么做,让我心里也难受呀,给公司造成了那么大的损失,我有不可推卸的责任呀。"

范长风拍了拍赵明亮的肩膀,安慰他说:"老赵,只要你好好的,我就放心了。咱们不说这个了,这么多年来,你为淮河柳编厂、为范氏柳编的付出,我都看在眼里,记在心里,这是范家应该做的,你不必多想。"

赵明亮点了点头。

"范总,你放心,只要我腿好了,不管我有没有用,只要范家需要,我就是当个看大门的,也要尽一下我的力。我赵明亮活着是范家的人,死了也是范家的鬼。"

赵明亮说着,眼泪流了下来。

"哥哥言重了,我们携手,一定能渡过这个难关。"范长风深情地看着赵明亮。"哦,对了,刚才保险公司来电话,询问我一些情况,我看你在休息,就没有打扰你。"

"他们问啥了?"

"他们问,这次出车前,咱们的车辆有没有进厂大修过?或者让汽车修理厂保养过?"

赵明亮连想都没想,脱口道:"这个肯定有啦,车子上路跑长途之前,哪有不保养的道理?大修倒没有,保养是一定的。"

"在哪个汽修厂保养的?可知道谁给你做的保养?"

110

"咱们县最大的汽修厂——颍淮汽修厂,这个厂子不光做大车维修养护,还做宝马、奔驰等豪车养护,一年挣上百万呢。老板叫胡颖淮,外号胡老邪。保养的时候他还给我开了发票呢。

"还有呀,听说这个胡老邪嗜酒如命,爱赌博,更爱女色,在外面光不三不四的女人就有好几个。他是不是有问题呀?"

赵明亮好像突然想起了什么,将胡老邪的事情一股脑倒了出来。

范长风点点头,又摇摇头,没有再说什么。特别是保险公司找专业人员检查了赵明亮车辆的刹车制动系统的事,他没有向赵明亮说明,这件事到目前为止,只有他自己心里清楚。

"没事了,哥,你再休息一下吧。"

范长风起身要走时,赵明亮又拉住了他的胳膊。

"厂子里破墙盗窃案侦破了吗?咱们在外墙角上也安装了摄像头呀,难道一点作用都没有发挥?"赵明亮一脸急切地问。

范长风苦笑了一下,摇了摇头。

"还记得那三个黑衣人吗?他们在行动之前,已经对几个重要的摄像点的镜头做了手脚,用黑胶布和口香糖把镜头糊住了,什么都看不见。"

"这帮孙子真是可恶至极!"

"没事了,哥,放心养伤吧,这事我来处理。"

"哦,那剩下的几车货到达申城市了吗?还差一车货怎么办?"

范长风抬眼看了看窗外。

"剩下的那几车货已平安抵达申城市,我在海关那边租了一个仓库,货已卸了下来,等把剩下的那一车货补齐后,统一经过海关检验,到时候再一起上轮渡。"

"只是时间上有些紧张了,留给我们备这一车货的时间不足5天了。"

"那该怎么办呀?"

范长风也处于焦急之中,像只热锅上的蚂蚁。

说话间,范长风的手机响了。

"喂,范总,我是《顺昌晚报》文化和旅游部的记者王晖,我想找你聊聊。"

范长风本来想说,我这阵子被搞得焦头烂额的,哪有心思和你聊天。但又一想,这样不太礼貌,只好硬着头皮说:"我的美女大记者,你现在在哪里呢?"

"我就在淮河柳编厂等你呢,已经来了半天,你能回来一趟吗?"

"能,一定能,半小时后到家。"

范长风一边接电话,一边和赵明亮说再见,一边将身上带的2000元现金偷偷塞在赵明亮的枕头下面,迅速离开了病房。

紧赶慢赶,半个小时以后,范长风风风火火地回到了淮河柳编厂。

会议室里坐着三个女人,潘红柳、办公室主任兼会计赵小慧,还有《顺昌晚报》的王晖。

潘红柳和王晖正在亲密地谈论着什么,赵小慧很自觉地远远躲在一旁,偶尔给他们加加茶水。

"你们几个聊,我出去一下,等一会儿再来给你们加水。"

赵小慧说着,就走出了会议室。

"美女王大记者,你咋这个时候来采访?我现在还有什么值得报道的吗?这下脸都丢尽了。"

"我来当然是奉命行事了。"

王晖说着话,嘴巴对着潘红柳努了努。

潘红柳有些不好意思了,脸也红了。

"让我姐现在过来,也没有啥意思,淮河柳编厂出了那么多的事,就是想让姐姐出面,看看作为官方媒体能不能在这个关键时刻帮咱们一把。"

范长风一脸的不解,脸色阴郁。他心里想,小潘同学,我都不知道该咋说你,公司出了这么多事,你还嫌不够乱吗?让王记者来不光解不了当下的燃眉之急,还会添乱。

但这句话范长风想了想,还是没有说出口,他知道作为一个企业经营者,是不能轻易得罪媒体的。

他随即一笑道:"王记者,你也和小潘同学聊到现在了,大概也知道我们厂子的窘境了,我只想知道你下一步打算怎么帮我们的厂子。"

王晖作为记者的职业敏感,使她听出了范长风话里有话。而且这"皮球"踢得相当有水平,来而不往非礼也,你既然会这一招,不妨我再教你一招。

"范总,我知道厂子的事让你忙得焦头烂额,也知道你心情不好,不太想见我。但你可知道,我的身份不仅是一个职业媒体人,我还是你的好朋友、红柳的表姐,从这一点上说,朋友有难,我关心一下难道有问题吗?"

"没有,我没有其他意思。"

"红柳小妹把你的事都和我讲了,我现在问你,你要我怎么帮助你,才能使你走出困境?"

范长风心想,拉倒吧,你一个小女子,地级晚报的一个小记者能帮我什么忙?你说得再天花乱坠,我也不可能相信你呀!

王晖从范长风眼里读懂了他的内心。

"范总,你可别小看我们地级晚报,我可以负责任地对你说,在整个顺昌地区,我们帮扶企业纾困的事举不胜举。

"你大概也了解三年前发生的那个农产品事件吧?什么'蒜你狠''豆你玩''姜你军',其实,我们顺昌地区的相关产业也无一幸免地受到波及。由于市场影响,价低伤农,农民朋友的白菜、土豆、南瓜烂在地里都没人要,都是我们晚报帮着找大客户来解困的。我们的媒体不光可以对咱们的企业进行正面的宣传报道,也能在你们企业困难的时候给予你们帮助,做企业真正的朋友。"

王晖的一席话,让范长风一股暖意涌上心头,他点着头说:"这件事我知道,你们媒体有很强的社会责任感,解民困、分民忧,是顺昌老百姓发声的一个重要渠道。"

"你说得特别对,我们晚报办报的宗旨是:观天下,知顺昌,做朋友。"

王晖越说越起劲,似乎完全忘记了今天来这儿的任务。

范长风端起水杯,重重地咽下一口茶水,沉思了一下。

"企业这个困难还是真实存在的,但企业有企业的特殊性,我这个忙你们不好帮呀!"范长风一脸愁容。

"这都不是问题,我觉得你当前要摆正心态,有党和政府的支持,全县还有那么多非遗柳编传承人和好多热心朋友,他们一定会想办法帮你的。"

听了这些话,范长风好像在迷雾里看到了前方的光明,便把企业当前的困境向王晖详细地说了一遍。

"缺资金、缺技术还好克服些,但时间紧,订单任务迫在眉睫,就不好办了。本来资金就有些紧张,加上赵明亮的受伤、泡在淮河里的一车柳编产品报废,还有申城市的仓库租赁、海关验收等支出,资金就更是捉襟见肘了。家里连爷爷的棺材钱都拿出来了。"

范长风这边说,王晖那边记录着。随后,王晖又带着手机到生产车间和仓库里转了一圈,录制了一些视频。

"放心吧,范总,我下午回到顺昌后,除了在咱们晚报上给你呼吁,还会将咱们企业的情况发在我们顺昌新闻的公众号上,多方面宣传,或许真的能帮助你渡过这一劫呢。"

果然,第二天上午,《顺昌晚报》记者王晖的《我市一出口柳编企业突遇车祸,急需非遗能人伸手援助》的报道见诸报端,报道呼吁全市柳编非遗传承人齐心协力帮助淮河柳编厂渡过出口难关。

信息在网上发布没多久,就有许多网友留言表示,会大力支持范长风,他们将会连夜筹集质量上乘的柳条,供范长风挑选,不用担心价格上涨,和市场价一样。

社会主义制度的优越性在此时体现得淋漓尽致,一方有难八方支援,这也是黄岗柳编人在困难面前体现出的强大的团结协作精神。

范长风很是感动,在群里发的表情包全是泪流满面的那种。

当然,这还不足以表现他的诚意,他往群里连续发了几个大红包。

8

第二天一大早,赵明亮就电话通知范长风,赶紧来一趟厂子,送柳条原材料的车来了十多辆,抓紧时间过来招呼一下。

"好、好,你马上和他们说,我几分钟后到,你要给他们这些杞柳种植户准备好矿泉水、饮料。还有,再让老万早点铺送一二十笼蒸包,还有膪汤、咸淡马糊什么的,你安排好,别让他们等急了。"

"明白了,你快过来吧,范总。"

赵明亮接到范长风的指示,一边安顿送柳条的人们,一边给老万早点铺打电话,安排给这些人送早点。

等范长风火急火燎地赶来时,送柳条的人们正坐在自己的电动车旁吃早点。

"各位父老乡亲,感谢大家对淮河柳编厂、对我本人的支持,我范长风生在淮河边,长在淮河边,对大家的帮助我特别感恩,以后有用得着我范长风的地方,尽管开口。你们今天一大早来,我也决定每一斤柳条给大家加两毛钱,请大家按顺序一个一个过磅秤。"

范长风让赵小慧把现金带过来,现场收一家柳条付一家现金,不要现金的也可以微信或支付宝转账。

"范总,你虽然年轻,做事却很讲诚信,我们除了要卖柳条给你,还想为你的企业做事情,给你代加工柳编产品,不知道行不行。"

人群里,一个四十多岁、头戴柳编斗笠的男人喊道。

"黄叔叔,那当然可以了,随时欢迎您老人家啊!"

这个中年人叫黄淮海,比自己的父亲范淮河年轻几岁,也是市级柳编非遗传承人。

"哎呀,老黄这么一说,我还真想起一桩事来,储银来不光收我的柳条打白条不给一分钱,我供给他们家的货都三年了还没给结账呢!"

站在队伍倒数第二个,身着素青装的朱翠花阿姨,一提这事儿,就是一肚子火。

范长风听了这话,没有接话茬,此时此刻作为同行,他一点儿也不想评价别人,做好自己、安分守己就够了。

可是类似这样的话题,一旦开了个头,就很容易议论开了。

"他翠花婶子,你讲得一点都没错,这遭瘟的储银来爷俩就不是个好东西,欠我们加工费也有好几年了。我当时和当家的一起在他厂子里上班,为了孩子的大学学费,我找他要了不下十次,他才一点一点地给,像挤牙膏似的,到现在还没给完呢!更过分的是,那个不正经的老东西还想老娘的好事,呸,这种人渣才真叫不要脸。"

站在朱翠花前面年纪稍长的王明珍阿姨也是愤愤不平。

"各位叔叔、阿姨,你们放心,凡是以后跟我范长风打交道的,我不但会及时足额给你们现钱,如果我赚了钱,生意稳定了,哪一家有困难,我也会随时随地帮助你们。"

大家听到了范长风的表态,一起给他鼓掌。

"放心吧,长风,我们都相信你。你和某些人是不一样的,你们祖孙三代没有骗过人,长在淮河边上,谁不了解谁呀!"

"那是,那是,我们可都是看着长风长大的,更知道范氏柳编这个牌子值多少钱,人家范氏家风我们有目共睹——说到做到。还有那么早给我们弄早餐吃,这事你在哪见过?"

"人过留名,雁过留声。范总就是我们的贴心人,我们都是相信你长风的。"

范长风给大家过磅称柳条,听到大家的赞赏,心里还是美滋滋的。范家做生意的态度,还有对柳编户细心的举动,都让他们看在眼里,记在心里。

一早上的时间过得很快,转瞬即逝。一直忙到接近9点,范长风才收购完乡亲们送来的柳条。

在收购现场,对于愿意到淮河柳编厂工作的编织农户,范长风留下了他们的联系方式,告诉他们随时待命,以件计工资。大家都高兴地回家了。

望着从父老乡亲们那里及时收来的柳条,一堆堆如银白色的小山,范长风的眉宇间总算舒展开了。

"老赵,你还记得你那一车泡进淮河里的柳编产品的编号和样式吧?今天中午吃了饭,咱们工厂就要开工,连同前几天政府从网上帮咱们招募的那些志愿者一起。你负责通知一下,你要是不清楚,让赵小慧通知也行,我们得赶紧开工,不然,时间就来不及了。"

"放心吧,范总,马上落实到位。"赵明亮的回答坚决而响亮。

下午2点刚过,淮河柳编厂的生产车间里就来了三十多人,半个多小时以后,又陆陆续续来了四十多人。

范长风见到他们像见到亲人一般,人多力量大,这个道理他当然懂。

但凡五十岁左右,上了点年纪的,范淮河都认识,年轻点的也都是范长风的朋友。

"感谢大家能来到我们淮河柳编厂,给予我爸爸范淮河、我范长风大力支持,辛苦大家了。还有三天时间,我们要赶制完这一批货,然后还要运抵申城市。请大家加班加点,当然了,加班的工资另计,不会让大家白忙活的。"

"晚上还有夜宵,大家放心,绝不会让大家饿着肚子干活的。"范淮河也在一旁做着补充。

范长风把缺失的那一部分柳编产品的样品,以及编织法一一给大家做了讲解,并提出了在编织过程中需要注意的问题。

范淮河亲自给大家现场编织了几个大大小小的花篮,还有柳木、柳铁搭配的艺术品。

这些农民艺术家兴致很高涨,分成七个组,每组十个人左右,流水作业,先进行简单的工序,由范氏父子审核通过后再进行下一步工序。

这个办法十分奏效。短短一个小时,这些省、市柳编非遗传承人就上手了。

毕竟,他们都是凭实力进入省、市非遗人员名录的。

又编织了一个小时,有的人已编织了三到四只验收合格的出口产品。而年轻的经验少的后生和姑娘们,速度明显跟不上。

潘红柳来到范长风身边,轻声说:"还是再分一次组吧,年轻人由我来带,干些细活、慢活,做产品的后期修整之类的活儿。另外,有经验的师傅们,你和叔叔带队,提高产量,这样才能提高效率。要不然,都混在一起耽误时间呀!"

范长风想了想,觉得潘红柳的话有道理。将和自己年纪相仿的后生们集中到原来上课的教室,那个地方比这个加工车间稍微小了那么一点点,但足以保证二十名左右的柳编人员同时工作。

晚上10点半左右,范长风安排的夜宵送来了,卤鸡腿、红烧鱼块、香辣板鸭,还有清蒸甲鱼等上等佳肴美味,啤酒每个人一瓶,不能超过两瓶,考虑到饭后还要加班,多数人喝一瓶就够了。

吃饱喝足,又干了一个多小时,眼看接近12点了,范长风赶紧要求大家停下来回家休息,离家远的实在不想回家,淮河柳编厂还提供集体宿舍。

随着这些省、市非遗传承人陆续离开,厂子里又恢复了安静。

"范总,今天的工作量挺大的,完成得如何呀?"

潘红柳一脸疲倦地从教室里走了出来,看到正在生产车间验货、打包的范淮河父子。

"简直神速,没想到这么快就已经完成缺货的三分之一了,如果明后两天再努力努力,应该没有多大问题。"范长风很自信地回答。他随后斜眼看了一下父亲范淮河,见父亲两眼通红,两腿发抖,站立不稳,便心疼地说:"爸,您先回屋里休息吧,您的身体还没完全康复,这里有我和潘红柳呢,我们年轻,能再撑一会儿,您现在就得回去休息了。"

范淮河看看潘红柳,苦笑了一下,意思是自己还能撑一会儿。潘红柳上前扶住颤巍巍的范淮河,点了点头。

"是的,叔叔,你回屋休息吧,我和长风在这里忙一会儿就完工了,你不能再熬夜了。"

看到两个孩子这么懂事孝顺,范淮河知趣地点了点头,他也想给年轻人一些空间。

"好吧,你们再辛苦一会儿吧,人老了是不中用了。"

范淮河用手捶着后背,连声咳嗽着走开了。

"长风哥,不,应该叫范总,我太不礼貌了。"

潘红柳不自觉地纠正了自己对范长风的称呼。

"你就直接叫我长风或者长风哥就行了,什么范总不范总的,听起来像叫我饭桶,哈哈。"范长风自嘲道。

他瞟了潘红柳一眼,两人不好意思地笑了。

"好,那就叫你长风吧,但你以后得叫我红柳,不准叫我小潘同学了。"

"没问题。不过,细想想,咱们俩的名字如果放在一起是不是更有点意思?"

"哪有什么意思呀!你的名字是你爸妈起的,我的名字是我爷爷起的,八竿子打不着呀!"

"红柳,你再仔细想想,我叫长风,你叫红柳,是不是有点风吹杨柳哗啦啦的意思?"

"哗啦你个大头鬼呀,那个歌词里是杨柳,我是红柳好吧,就喜欢占人便宜!"

"红柳跟杨柳不都是柳吗?只不过一个生长在淮河岸边,一个生长在戈壁沙漠而已。"

潘红柳沉思了一下,不说话了。

"长风哥,和你说件正经事吧,看到你能一次次战胜困难,一次次站起来,我真的很佩服你,你可是我们青年人学习的榜样!"

"啥榜样不榜样的?我都是被逼出来的,你看看我的家都成什么样子了,我不坚强能行吗？哎,我以后改叫范坚强得了。"

"其实,当下好多年轻人别的不缺,缺的就是你这种坚强和韧劲。"

"我能成功克服这些困难,其实不是因为我本领有多大,你看我的背后有那么多人帮我呢,有你和像你这样的一群热心青年,还有政府、媒体。那些老老少少的非遗工作者,他们才是真正的农民艺术家呢。我说这些话可不是唱高调,句句都是大实话。"

潘红柳点了点头。

"长风哥,我今年大学毕业后哪里都不去,就想留在淮河柳编厂,留在你身边好好学习柳编,给你当个助手。我觉得我学的设计专业,在你这里说不定就能够放开手脚,干出一番事业。"

"你能来我厂子,我们肯定是夹道欢迎呀,你年轻又专业,而且组织管理能力又强,属于新派女强人,人家高薪聘请都请不来呢,你能不嫌我这庙小,实在令人感动。"

潘红柳听后有些发呆,她一时分不清楚范长风的话是真是假。

歌词里唱到,女孩的心事你别猜,猜来猜去也猜不明白。在潘红柳看来,男孩子的心事也是一样,不是想猜就能一下子猜明白的。

"你是口头说说逗我玩呢,还是真心话？"潘红柳倒率先认真起来。

"我敢对天发誓,绝非虚言。"范长风表现得有些惊慌,他边说着边迅速举起了右手要发誓。

潘红柳见状,一把将他胳膊拉了下来。

"算了,我相信你的。"

两人边说边干,不大一会儿,就将半天生产的合格柳编产品打包封存完毕。

等两人走出生产车间时,一弯新月高高地挂在西边的夜空,像是在注视着这对积极向上的年轻人。院子里的白炽灯光将他俩的身影一会儿分开,一会儿又相互交织在一起。

当潘红柳回到厂子里的宿舍准备休息时,已是鸡叫第三遍了。

经过三天的忙碌,赵明亮所损失的一集装箱十万多套柳编产品,终于成功地在有限的时间内补齐了。

范长风带着潘红柳,在申城市海关整整待了近一个星期,这一批货物才正式下海,漂洋过海,平安抵达了德国。德国小胖公司接到这批货物后,检验全部合格。

杨汤姆很快将剩余的货款打进了范长风的账户。

范长风第一次与外国人做生意就取得了成功,净利润50多万元。人生的第一桶金到手,让范长风兴奋不已。

第六章　谎言

1

这天晚上的 8 点 15 分,黄婷婷拎着大包小包准时地出现在储银来面前。

"银来,这两天我坐高铁去了省城,然后又在顺昌市转了一大圈,除了给自己买了几件衣服,还给你买了两套,你快看看合不合身。"

"婷婷,你真是会折腾,顺昌盛不下你了?还往省城跑。你只管自己买些衣服,照顾好自己就行了,我的事你就别瞎操心了。"

"真是狗咬吕洞宾,我们俩在一起这么久了,我不关心你谁关心你?难道关心一下你还遭你嫌弃了?真不知道你脑子是不是进水了。"

储银来不再理会她,他知道和这种女人说一夜也说不过她的。

黄婷婷不悦,将给储银来买的两件衣服往沙发上一扔,转身离开了。

"婷婷,等一下。"储银来好像突然想起来什么,上前一把抱住了黄婷婷。

黄婷婷一脸娇羞,扭过脸正对着储银来炽热的眼神。

"怎么啦?你们男人都是这样,还没有走两天,就急成这样了?"黄婷婷话语里包含着几分挑逗。

"婷婷,我不是那个意思,你别误会。"说这话时,储银来额头上渗出了一层细细的汗珠。

"我想,我想要你……"储银来竟然第一次在黄婷婷面前说话结巴了,这下弄得黄婷婷也不自在了。

"知道你想要我,你放开手,我先去冲个澡,马上就给你。"黄婷婷含情脉脉地说。

"婷婷,我说了我不是那个意思,我想要你帮我一个忙,特别重要的忙,如果你不帮我,我这回可就死定了。"

黄婷婷这才从胡思乱想中清醒过来,并且意识到储银来所说的这件事的严重性,以她对储银来的了解,说不定这件事弄得他几夜都没休息好呢。

黄婷婷理了理凌乱的头发,苦笑了一下。

"你有什么想法直接说吧,免得你憋在心里难受,让我也跟着你一起难受难受。"

"婷婷,经过这几天的深思熟虑,我想让你重新回到范长风身边,帮我搞定他。"

"储银来,你没有毛病吧?我伤害范长风那么深、那么久,现在还能回到他的身边吗?我早已将我的身子给了你,现在还去和他在一起,他范长风是个傻子吗?我想他连看都懒得看我一眼,别说对我有什么想法了,我在别人眼里成什么了呀!在你眼里,我又是什么呀?你当着我的面说这些话,你还是个人吗?"

"婷婷,别激动,我知道,我一说这话,你肯定上火,你听我慢慢跟你解释。"

"你解释个屁呀!我们俩的事你怎么解释?我跟你那么多年了,你想过要和我结婚吗?你想过我的感受吗?是的,我承认我爱慕虚荣、贪恋财富,但我错了吗?我有资本呀,我比别的女人聪明、漂亮,为什么不能得到我应该得到的东西?"

这时的储银来倒不急了,他给黄婷婷倒了一杯西湖龙井,轻轻地放在她手里,让她坐下来静一静,然后双手齐动,开始帮她按摩双肩。黄婷婷静静地闭上眼睛,很是享受这个过程。

"我刚才和你说的那件事,就是为了咱们俩的下一步。"储银来一反常态,和风细雨地说。

"这个事情是这样的。现在你应该清楚我和范长风的状况。他是蒸蒸日上,我是每况愈下。如果做不掉他,估计我这个小厂子撑不到一年。黄岗村柳编产业有他没我,有我没他。你想想,当初我拜在他爸门下学习柳编后,就是范长风上大学的那几年,我的生意是何等红火,不说日进斗金,咋说也得年入百万吧。而现在呢?你也看到了,自从范长风从事柳编产业后,我是王小二过年——一年不如一年。非遗比赛从市到省再到全国,他拿奖拿到手软,只要是我和他一同参加的比赛,刚开始我是一等奖他也是一等奖,我是亚军时,他总是超过我零点几分夺冠。这是为什么?我为什么事事都比他差那么一点点?我不服呀!为了和他斗争,我绞尽脑汁、费尽心思。我把你从他手中夺走,撞伤他的父亲,还有别的,不方便说了。总之,我做了我能做到的一切,我成功了吗?到头来,还是一败涂地,我不甘心呀!你不在我身边的这几天,我就在想,如果你假装回到他身边,向他承认你跟着我是错误的,苦肉计加上美人计,他一定会服软的。到那个时候,你趁机窃取他公司的商业秘密为我所用,我一定会东山再起、获得成功的。如果我成功了,你想想,那我们俩不也就顺理成章了吗?我为什么迟迟不提咱们俩的事,还不是因为我不够强大和富有吗?我不富有、不强大,你的幸福从何谈起?如果我们不冒这个险的话,我们就没有未来了。什么结婚,什么幸福,什么爱情,都统统见鬼去吧!"

储银来一番荒唐的说教犹如一剂迷药,让黄婷婷再一次中毒。

此时的黄婷婷在对与错之间已经看不到明显的界限了,是非观彻底混乱。

她竟然选择了默认。

过了一分钟,黄婷婷抬起头来。

"银来,你发个话吧,你想怎么做,我都听你的。从现在起,为了我们俩的爱情和幸福,我也会付出所有。你放心,我绝无怨言。"

听了这句话,储银来如拿到了惩治范长风的尚方宝剑,没容黄婷婷多想,上前啪啪就给了她两记响亮的耳光,又飞起一脚将毫无防备的黄婷婷踢倒在地。

黄婷婷倒在地上,储银来照着她的脸又左右开弓了四五次,起身后,还对着黄婷婷的腰、腿和肚子狠狠踢了几脚。

短短两分钟,黄婷婷的脸上就挂彩了,整个俏丽的脸庞被抽得嘴歪眼斜,五官变形,背上、腿上和小腹处青一块紫一块,甚至有的地方都破皮流血。

黄婷婷真的没想到储银来能下如此狠手,一时间心灰意冷。

储银来将她拉起来,又是一番甜言蜜语和糖衣炮弹。

"亲爱的,相信我,我也于心不忍,但如果我不痛下狠手的话,凭范长风那么机灵的小人,他怎么会相信你?他可是鬼精鬼精的。"

听到这话,黄婷婷心里稍微好受了些。

"不过,婷婷,你要是真记这仇,就记在范长风那浑蛋的头上,是他逼得咱们无路可走,我们才不得不出此下策的。我就要亲眼看到范长风这个家伙众叛亲离,让他彻底垮台,让他跪在咱们面前求咱们!"

储银来在发飙的时候,黄婷婷静静地听着。

此时的黄婷婷心里说不出地难受。她明明知道这样做,意味着自己的良心今后会受到谴责,而在受到储银来的蛊惑后,她一时间又觉得理所当然,现实告诉她,要想得到就要付出,人与人之间多数是这样。

黄婷婷一句话也不想说,她想回到宿舍休息一会儿。

"婷婷,我告诉你,事已至此,你哪里也不能去,现在你赶紧去找范长风,就说是我储银来打的你,要他恨我,才能够接受你,这时候去效果最好,不能耽误了绝佳机会。至于见了他该怎么说,这不用我教你了吧?下一个阶段的戏怎么唱、怎么演,就看你这个主角了。"

黄婷婷没有吭声,披头散发地跑出了储氏金银柳编厂,直奔长风柳木工艺品有限公司的方向,连跑带喊。

"来人哪,救命呀,储银来打人啦!快把我打死了!"

月光如银,洒遍了黄岗村的角角落落,在杞柳的守护下,道路两侧的乡村水泥路上,路灯忽明忽暗。淮河柳厂也因业务越做越火,成了如今的长风柳木工艺品有限公司。

黄婷婷像一个落魄的疯子,与正要下班的范长风撞了个满怀。

"长风呀,救救我吧,你再不出手相救,我就要被储银来那个畜生给活活打死啦,我求你了。"

"婷婷,你是黄婷婷?"范长风被面前的场景搞蒙了。他简直不敢相信如今的黄婷婷会以这样的疯癫状态出现在他面前。

"长风哥,你一定要救我,我不想活在他的阴影下。"黄婷婷一下子跪在了范长风面前,苦苦哀求。

"婷婷,到底怎么回事?你先进来吧,正好我公司医疗室的朱医生还没走,让他给你看看再说。"

范长风搀扶着跌跌撞撞的黄婷婷向医务室走去。

医务室里是一位六十多岁,从鹿城县人民医院退休的老军医,他工作极其负责。

他戴上老花镜察看了黄婷婷脸上和身上的伤痕,发出一声长叹。

"这谁打的?出手这么重,不说要人命吧,一般人还真吃不消啊!"

说着,朱医生拿来了酒精棉球和碘酒给黄婷婷消毒、包扎。

"还好,都是些皮外伤,你这几天估计也动不了了,好好养伤吧。"

黄婷婷像一只受伤的小狗,用无奈的眼神乞求范长风。

范长风为难了,怎么办?收下她吧,自己的尊严往哪儿搁?

不收下她吧,她却这么一副可怜相。

"婷婷,这么晚了,朱医生也给你看了,没什么大碍,这样,我开车送你回去吧。"

范长风一脸的无奈。

"长风哥,你要把我送去哪里呀?还送回储银来的身边,让那个畜生继续打我吗?"

"你娘家不是大田集的吗?回你娘家养伤啊!"

"我不能回娘家,我出来好几年了,他们都知道我和储银来的关系,我要是这样回去,还不让人笑话死呀,我就是死也不可能回娘家的。"

黄婷婷此时意志很坚定。

"别跟我提储银来那个畜生的名字,我现在帮你报警,让公安局的人把他抓起来!"

"长风,别这样,我想到你的办公室或宿舍里跟你聊聊,这事一时半会儿真的说不清楚,你一定要相信我。"

两人争执不下,朱医生走也不是,坐也不是。

范长风知趣地说:"走吧,到我办公室去,那里有个沙发,你先凑合一晚上再说。"

黄婷婷呻吟着跟在范长风后面,向范长风的办公室走去。

范长风将办公室的灯打开,里面的富丽堂皇让黄婷婷惊讶得合不拢嘴。

缅甸花梨木的办公桌,足有一个双人床那么大。除高档的红木茶几、靠椅外,还有一个海南黄花梨的罗汉床。

一组好梦来咖啡色真皮沙发彰显出主人的尊贵身份,发财树、阔叶绿萝和盛开的君子兰,错落有致地摆在办公室的各个角落。

黄婷婷见此情景,惊讶得合不拢嘴,一下子上前抱住了范长风。

"长风,我对不起你,我真的对不起你,你能原谅我吗?"

范长风仰面对着天花板叹了一口气。

"唉,算了吧,过去的就让它过去吧,覆水难收,我一直尊重你的选择,更不会强迫你、为难你,你也把我忘了吧,我们的感情有可能一开始就是个错误。这几年,我才从我们分手的阴影里走出来,你就放过我吧。"

"长风,不,我知道这不是你的心里话,我也知道你一直是爱我的,你的眼神不会撒谎。因为自从我站在你的面前,你都不敢正视我,哪怕一次,你始终在躲闪着我。"

"即便这样,那又能说明什么?"范长风冷笑了一声。

"说明什么?说明了很多问题。首先,你嘴上在撒谎,其实你的内心一直有我的。你还记得你在淮河鱼馆和我说过的话吗?我至今都记得。没错,我是个拜金女,但你只知其一,不知其二。我生活在重男轻女的家庭,我就要多付出,我不能挣钱,不能帮助爹娘,他们会高兴吗?我弟弟上学我要给他挣学费,母亲生病我要带她去医院,哪一样不用钱?你以为我真心想离开你吗?你不让我提那个王八蛋的名字我可以不提,我和他在一起,他对我的态度是什么,你知道吗?他始终认为他得到了我的身体,而我的灵魂却一直守在你这里。那一次,我快要和潘红柳干仗的时候,你就在现场吧?你想想,如果我不爱你,心里没有你,我何必跟她计较?她爱不爱你与我何干?我要打她,还不是怕她从我这里夺走你吗?"

讲到动情处,黄婷婷哽咽着讲不下去了,竟然斜躺在沙发上号啕大哭起来。

黄婷婷这么一哭一闹,反倒让范长风束手无策了,更让他想起那次在柳荫大道上的三个人相遇时的尴尬。

作为一个事业强人,处理感情问题却是他的弱项,毕竟这些事情都是他人生第一次经历,他经得起各种挫折和打击,但未必能经得起曾经的心爱的女人的眼泪。

范长风觉得这一生没有他过不去的坎,可在这个女人面前,他放下了所有的尊严,也暂时忘却了那刻骨铭心的伤痛。

是呀,面前这个女人也挺可怜的。为了所谓的金钱梦,违背了自己的爱情,违背了原来的本真,到头来碰得鼻青脸肿的,还不是乖乖地来求自己吗?

男人不应该更大度一些吗?别人是为了我范长风才挨这一顿打的,被那个畜生抛弃就够可怜的了,如果我范长风再抛弃她,她还能活下去吗?在这个世上,她还能依靠谁呢?

人活一世,谁还能不犯错误?浪子回头还金不换呢,不到危难之时,谁愿意轻易低头?人家上门来认错了,寻求你的保护,你范长风再不是人,也不能见死不救吧?何况,曾经的初恋又是那么美好。

黄婷婷见范长风还在犹豫,停止了哭闹。

"长风,当初如果不是我用自己特殊的方式逼着你考上了江淮大学,读国际经济与贸易专业,不是我赌气和你分手,激励你创业,你能有今天的成就吗?我不要求你回报什么,我再不好,起码内心也是曾经爱过你的。你曾经也是那样疯狂地爱过我,对吧?我知道,这一切都过去了。好了,我今天晚上也不让你为难了,我现在就走,出了你的门,我是死是活,和你没有丝毫关系,该说的心里话,我都向你表白完了,就是今天晚上我跳淮河死了,心里也轻松了,不会带着遗憾去另一个世界了。"

黄婷婷说完,挣扎着向门外跑去。

范长风被黄婷婷搅和得心乱如麻,他真的不知道该如何应付这样的场面,手足无措得像个傻子。

"婷婷,别闹了好不好?让我安静一会儿。我想想给家里人怎样的交代,还有公司的其他人。"范长风抓住黄婷婷的手渐渐松开了。

思考了一会儿,他直直地看着黄婷婷。

"婷婷,希望你这一次是认真的,不要骗我,我再相信你一次。"

黄婷婷眨了眨眼睛,点了点头。

"你先暂时留下来吧,我再想办法。"

范长风说完,转身离开了办公室。

夜色深沉,院子里静悄悄的,一切都像是静止的。

办公室里的灯一直没有熄灭。

黄婷婷毫无困意,她要趁无人时,打开范长风的电脑,盗取里面的商业机密。

她轻手轻脚地走到电脑旁,看到电脑屏幕上的壁纸不断地切换着春夏秋冬的风景图片。

黄婷婷深深吸了一口气,试图打开电脑,从中找到秘密。但因为电脑开机需要输入密码,她试了几十组都没有成功,开始有些沮丧。

正在无精打采时,她猛地一抬头,发现不远处的角落里有个摄像头正闪烁着微弱的红光,一闪一闪地对着范长风办公桌的方向。

黄婷婷心里一惊,打了个寒战。

"完了,说不定我到范长风办公桌前的视频会传到范长风那里。我怎么能这么操之过急呢?这是要坏大事的!"

黄婷婷有些追悔莫及,但她转念一想,说不定范长风很累了,回到家里关闭手机倒头便睡了。

想到这里,黄婷婷的内心才平静下来。

接下来,她不敢再造次了,乖乖地重新回到沙发上,拿起手机联系储银来,谁知道储银来早已关机了。

她很是懊恼,怀疑储银来是不是又出去偷腥了。

但怀疑又有什么用呢?自己是他什么人呀,又不能跟踪他。想到这些,她有些失落了,加上大半天的折腾,黄婷婷筋疲力尽,倒在沙发上很快睡着了。

这一次,黄婷婷只猜对了前半段,但无论如何她都猜不到后半段。在她以为没有人发现她的行迹的时候,有一个人一直在死死地盯着她,这个人就是长风柳木工艺品公司办公室主任、兼职会计赵小慧。

赵小慧是何许人也?说起来,她的身份极其复杂。

先说说她在长风柳木工艺品公司里最亲的人——司机赵明亮——她的二叔。

赵小慧很小的时候父母双亡,她是在二叔家长大的,因为二叔的家境也不是太好,还有三个孩子要养,赵小慧上完初中,就考入顺昌市职业技术学校,学的是会计专业。这种技校国家每年都会补贴的,三年下来,赵小慧也没怎么花家里的钱。但毕业后，因为是中专学历不好找工作，就在叔叔赵明亮的介绍下，来到当时的淮河柳编厂做临时会计。新老交替，没几年，赵小慧成了这里年轻的老人，转为正式办公室主任兼会计。

她为人忠厚老实，对朋友以诚相待，对事业兢兢业业，很快成为范长风及爸爸范淮河的贴心人。

她在范长风身边工作，自然对长风柳木工艺品公司高度负责，暗地里没少帮助范长风。

潘红柳是她从小学到初中时的同学，也是她的好闺密。包括潘红柳来长风公司学习、上班，都是赵小慧安排的。她劝说潘红柳，给她讲范家人对她如何如何好，劝她一定要留下来。

当她们把所有的思想都融合在一起的时候，她们俩就有了一个约定，就是不能在范长风面前暴露她们是最好的闺密这种关系。一是让人知道了对公司开展工作不利，二是对范长风本人也不利。她们最初的设想就是暗中帮助长风柳木工艺品公司，因为这个公司一路走来不容易，面善心坚的范长风更是不容易。

就这样，她们不管有人没人，只要在公司里，两人就维持表面上的工作关系。

公司办公室的工作千头万绪。赵小慧每天都是晚睡早起，从产品出口，到账目流水、公司生产和安全管理，事无巨细，每时每刻都在考验着这个年轻的老管家。

这天晚上，赵小慧和潘红柳提前一个小时离开了公司。她们俩从不同地方去参加一个初中女同学的婚礼，一直闹到晚上近 10 点，大家才各自散去。

回到家中，赵小慧正准备洗澡休息，手机里突然传来嘀嘀的报警声。不好,难道公司办公室里出事了?

2

在这个公司,只有两个人的手机是与办公室报警系统相连的,一个是她的,另一个是公司老总范长风的。

她的手机早已经连上系统了。

其间她催过几次,范长风都因为太忙而没放在心上。到现在为止,她还不清楚范长风是否连上了这个报警系统。

赵小慧静静地坐在家里灰褐色的藤编摇椅上,仔细翻看办公室里从下班后到现在所发生的一切。

当赵小慧把视频倒回来仔细看时,她惊讶地发现了范长风和黄婷婷在一起的镜头。

黄婷婷的哭闹喊叫,在范长风面前的尽情演绎,赵小慧一览无余,特别是黄婷婷那些无厘头的话语,更让赵小慧看清了现代版的画皮是如何伪装出来的。

旁观者清,当局者迷。虽然范长风还算头脑清醒,对黄婷婷也没有做出过分的肢体动作,但赵小慧还是感到范长风已经快到崩溃的边缘。

男人的理智是有限的,理智与不理智之间仅一步之遥。范长风此时放下强硬,决定要把黄婷婷留在办公室过夜,其实已经犯了一个严重的错误。

不管黄婷婷和他做了什么,还是什么都没有做,只要黄婷婷此时咬上范长风一口,他即使浑身长满嘴也说不清楚。

赵小慧已经意识到了事态的严重性,她不能坐视不管,更不能让黄婷婷这个害人精把长风柳木公司（原淮河柳编厂更名）给祸害了。

当赵小慧再往下看时，她发现黄婷婷竟然在摆弄范长风的笔记本电脑，只是因为输了N遍密码没有打开，才懊恼起来。并且，当黄婷婷惊恐地发现墙角的摄像头时，她才一脸恐慌地逃回到沙发上。

这时，赵小慧才突然意识到，黄婷婷可不只是表面上投靠范长风这么简单，她一定还有什么重大目标。

究竟黄婷婷为什么选择这个时候利用苦肉计执意回到范长风身边，她觉得这里面一定有更大的内幕。就黄婷婷突然要回归长风公司这个表象看，有可能只是这件事情的冰山一角，到底黄婷婷的真实意图是什么，她暂时还不清楚。暂时不清楚的话，就不要打草惊蛇，她要等等看，黄婷婷究竟会露出怎样的狐狸尾巴。

赵小慧想把这件事情跟潘红柳说，但一想到今天太晚了，她才作罢。

一切等明天再说吧。赵小慧想着想着，雄鸡报晓，东边的天空泛白了。

这天早上，赵小慧是第一个到单位上班的。和往常一样，她到办公室的第一件事情就是把电脑打开，擦桌子、沙发、茶几，并将开水送到范长风的办公室。

黄婷婷还在沙发上躺着没有醒来的意思，赵小慧装作什么都没有看到。

将范长风的办公室收拾整理完毕，正准备出门时，赵小慧迎面碰到了潘红柳。赵小慧没有说话，向潘红柳使了个眼色，暗示她不要进范长风的办公室,里面可能有情况。

潘红柳有些好奇,这一大早的,范长风在干什么?她反而想弄个明白。

赵小慧急眼了,潘红柳从门口左边进她从左边堵,换个方向,赵小慧从右边堵。

"小慧,你今天怎么啦?难道我不能进入范长风的办公室了吗?"

赵小慧不说话,仍一个劲地对着潘红柳挤眼和摇头。

推搡间,黄婷婷被吵醒了,她伸了个懒腰,发现赵小慧和潘红柳在门口争执,她一下子预感到大事不妙,现在已经无处躲藏,怎么办?她只能继续装睡。

"哎哟嗬,这是哪股香风把这么一个大美女刮到长风公司来了呀。我看看,哎,这风也太大了吧,把鼻子、脸都刮肿了,五官都吹走形了,可不大美观啊!"

潘红柳进屋看见沙发上的黄婷婷就气不打一处来,她真想上去给这个贱人两记响亮的耳光。这个不要脸的女人竟然能披头散发地跑到长风公司来睡觉!

"范长风人呢?你们是不是重温旧情了呀?范长风肯定是累着了,跑了,喂不饱你了,对吧?"

潘红柳的情绪一时失控了,作为一个有素质的人,在正常情况下,不会说如此不着边的话。但是,当她看见黄婷婷这般模样地出现在她面前时,她无论如何都受不了。

"红柳,你不能侮辱黄婷婷,好多事你并不了解。"范长风这时如天神下凡一般地出现在了三个女人面前。

"真相?我不了解什么叫真相,是你们俩深夜在你办公室约会的真相,还是你英雄救美的真相?说来听听呀!"

潘红柳一见范长风此时此刻还在执迷不悟,偏袒着黄婷婷,就气不打一处来,立即进行了反诘。

范长风苦笑了一下,摊开双手,表示无奈。

"潘总,你先回避一下好吧,抽个时间,范总再和你解释行吗?"见双方都有火气,赵小慧急忙上前打圆场。

"小慧,这里没有你的事,我今天就要把这事情弄清楚,毕竟我还是长风公司的副总经理。范总,你的记性不太好,忘性倒是大呀,你还记得你面前这个好女人在几个月前是如何侮辱我的吗?我想你应该不会忘记吧。既然她在你心里如此重要,我潘红柳又算个什么?你今天必须把这件事说清楚!"

范长风也无语了,他理解潘红柳此时的心情。是呀,换作谁能承受得了?可他一时又陷入了无尽的惆怅——平心而论,黄婷婷为我做了什么?潘红柳主内又主外,公司的产品设计、销售、市场运作,在公司危难之际,潘红柳连爷爷的20万元棺材本都拿出来了。而我因为和黄婷婷的私情,就不顾别人的感受了吗?但事情也不能就这样僵持着吧?这啥时候是个头呢?马上公司的人都来上班,传出去,我还怎么做人?

"好了,好了,红柳,别闹了好吗?你先回去休息两天,我把这事情处理好再通知你行吧?你别在这里无理取闹了行吗?"范长风想尽快平息这件事,说了这句连自己都听不明白的话。

"长风,我算搞清楚了,我现在在你的心里就是个无理取闹的泼妇,黄婷婷才是你的梦中情人,对吧?我知道,你们男人得不到的都是好的,得到的永远都不知道珍惜。我知道你这话的意思,让我回家休息两天?好啊,我岂止休息两天,我要休息两年、一辈子,我要彻底离开长风公司,不再成为你们的眼中钉和肉中刺。祝你好运,祝你和你面前这个狐狸精能够天长地久,OK?"

潘红柳实在忍不下这口气,简单收拾了一下自己的东西,泪流满面地离开了长风公司。

刚走到公司大门口,她就与范淮河撞了个满怀。

"潘总,你这是去哪?"

范淮河看见满脸是泪的潘红柳,不知道发生了什么事,于是喊住潘红柳了解了事情原委后,范淮河对着潘红柳吼了一声:"该离开的人不是你,黄婷婷必须彻底离开长风公司!"可他终究没有留下来潘红柳,心里无比遗憾。

在办公室里,范淮河看见黄婷婷披散着头发坐在那里,心里的气就不打一处来。

"长风,你小子是昏头了吗?你把潘总气走,你一个人当光杆司令呀?你怎么干公司呀?赶紧追她去,我不能让你这样对待她。"

"爸爸,我们年轻人的事,您能不能别管?我会处理好这件事的,您别担心,好吗?"

"是的,范伯伯,您不用担心,我会和长风一起把公司打理好的,我会帮助他的。"一旁的黄婷婷急着替范长风解围,冷不丁插上了一句话。这一下子点燃了范淮河的火药桶。

"就你?你个害人精,我家长风被你害得还不够吗?你还准备祸害他多久?他是当局者被蒙在鼓里,但我们旁观者清呀,你这个扫帚星!长风公司是怎么啦?不该走的走了,你赶紧离开长风公司,不然别怪我对你不客气!"

范淮河举起巴掌的时候,范长风一下子抓住了父亲的手。

"爸爸,我说过了,不让您管您就别管了,您怎么还动手了?您不知道吧,昨天晚上很晚了,婷婷被储银来那个畜生折磨得走投无路了,才来咱们长风公司的。婷婷是为了我,才被那畜生打的,那狗东西一直怀疑婷婷心里面有我,我再不伸手帮她一把,她在这个世上还有活路吗?"

"呸,她为你挨的打?乖乖,我的好儿子,我知道你心地善良,但是你太单纯了,人家说好了伤疤忘了痛,你难道忘记这个女人当初是怎么羞辱你的吗?你什么都敢担当,唯有在感情上你却失去了理智。别人两个演双簧,唱一出苦肉计,连我这个老头子都看出来了,而你就什么都相信了。你咋这么糊涂呀?你这样做,对得起自己的良心吗?对得起红柳姑娘吗?"

范淮河都明白事实真相,而范长风的心结却始终打不开。

"爸爸,咱们不能乘人之危,何况婷婷已经承认她以前的错误了,杀人不过头落地,我们再给她一次机会不过分吧?让她留在公司里先养着伤,等把伤养好了再说下一步。"

范长风坚持自己的意见,范淮河很是无奈。离开长风公司时,范淮河对着儿子说了一句:"长风,爸爸说一句话,不管你爱不爱听——你会为你现在的做法而后悔的,不信你走着瞧。"

他们都离去后,黄婷婷向范长风投来感激的目光。

"长风哥,你放心,你给了我这次机会,我就是当牛做马也要报答你,我会真心实意地跟你在一起,走过这一生的。"

此时的范长风真的有些不知所措了。平时有什么事情,他都会找潘红柳商量,这下好了,潘红柳赌气出走,让他突然失去了主心骨。

面前这个妩媚的女人他能相信吗？何况这么多年,她可是一直在恶魔储银来身边呀。

人常说,近朱者赤,近墨者黑。她怎么可能一点改变都没有呢？想想这些,范长风也有些担心和害怕起来。

但事已至此,范长风又能怎么办呢？这可真是没吃到羊肉,反惹了一身臊味。

"婷婷,别那么多废话了,好好安心养你的伤吧！你也看到了,为了让你留下来,我已经是众叛亲离了。你现在去找医疗室的老朱,再换一次药吧,我还有别的事要忙。"

黄婷婷嗯了一声,这才离开了办公室。

办公室里只剩下范长风一个人的时候,他头昏脑涨。

这时,赵小慧敲门进来了,给范长风送来一份上个月的公司财务报表。

赵小慧看见范长风的杯子里没有水了,上前给他续了一满杯。

"小慧,我知道有些事情我可能想得太简单了,你替我多关注一下红柳,打听一下她去哪里了。她这一走,我好担心她呀！"

范长风的脸上写满了牵挂。

赵小慧抬眼看看范长风,又将头低了下去。

"范总,我和红柳不熟悉,平时也没怎么打过交道,我觉得解铃还须系铃人,要找还得您亲自去找。我一个外人不想涉入你们的是是非非,请您理解我。"

范长风听了,心里也不是滋味。他本想训斥赵小慧一通,转念之间,又安静了下来。

是啊,赵小慧没说错什么,也没做错什么,凭什么将人家拉进来蹚这一趟浑水呢?自己如果再拿赵小慧出气,是不是真的要变成孤家寡人了?

按说,赵小慧还是有素质的,换成其他人的话,风凉话一大堆,让他范长风的脸往哪里搁?

"小慧,我明白了,我也是随便说说,你忙你的吧,我看看上个月的账目。"

范长风仔细翻看公司上个月的出口情况,整体还算不错。前几年公司出口对象主要是欧美一些国家,自2007年美国出现经济危机,三年时间里,全球经济一直萎靡不振,现在公司产品慢慢向东南亚、中亚和东亚转移,日本、韩国等也在引进长风公司的产品。

但这一切都归功于潘红柳呀,潘红柳努力在产品创新和市场运作上做文章,即使因一些因素影响了市场销售,潘红柳还是通过线上和线下的产品解读、推广和销售,使长风公司立于不败之地。

眼下潘红柳离开了公司,没有人能取代她。黄婷婷能吗?显然不可能。她懂什么?一不懂产品设计开发,二不懂市场营销,充其量只是个中看不中用的花瓶,这一点范长风比谁都清楚。

潘红柳离开长风公司后,没有回到鹿城县的家。她先是暗中安排赵小慧,在她不在长风公司的这段时间里,一定要盯紧黄婷婷,对这种来路不明的女人要打起十二分的精神,多加关注,一旦有什么风吹草动,要第一时间向她报告。另外,潘红柳还给哥哥潘东阳发了一条信息,她没有一下跟哥哥说太多事情,怕哥哥担心她。

"哥，这一段时间公司不是太忙，我想回西北戈壁滩上去看望一下爷爷，你别担心，我坐晚上9点的火车，是路过顺昌的长途火车，从杭州发过来的，我订的是卧铺。到了爷爷那里我再给你报个平安。"

3

一连几天，范长风试图联系潘红柳，但对方电话不接、微信不回复，犹如人间蒸发了一般。

范长风急得像热锅上的蚂蚁。他担心黄婷婷安危的同时也在担心潘红柳，生怕她万一想不通自杀。

如果真是这样，自己就是个间接杀人犯。毕竟，潘红柳是从长风柳木工艺品公司离开的，也可以简单地理解为范长风的言语刺激了潘红柳，导致潘红柳一时想不开而结束自己的生命。

这可能要承担刑事责任，这一点读过大学的范长风应该清楚。

这几天，黄婷婷倒是很安静，不是在范长风的办公室里看书，就是到生产车间监督工人的安全生产，俨然要取代潘红柳的样子。

工人们私下里怨声载道，有的人直接到范淮河那里反映问题去了。

"老范呀，那个妖里妖气的女人什么都不懂，她凭什么对我们指手画脚的？你们要是再不把她弄走，我们就罢工了。"

"淮河，我们来这里干活，可都是看在你们范家讲诚信和为人善良才投奔来的。这个女人是储银来的女人,有她在的地方没有我们,有我们的地方就不能有她。"

"老范总,你也该管管你家小范总了,办企业不能这么任性,你们这样不通过董事会随意进人,我们几个股东就撤股了。"

一连串的压力像夏季淮河洪峰时期过境上涨的洪水,排山倒海,一浪高过一浪。

当天晚上,范长风回到家,父亲有生以来第一次发这么大的火——

"长风,如果再坚持自己的意见,你就不要认我这个爹了!你知道因为你留下黄婷婷,我们范家遭受了多少非议吗?大家意见大得很哩,马上连活都不愿意给咱们干了,连股东都要求退股。你再执迷不悟下去,公司就毁在你手里了。你想想,为了如此一个没有廉耻、没有底线的女人,你把你亲手创办的企业还有范家的名声都毁掉,值得吗?长风,你自己选择吧,你是要这个家,还是继续让黄婷婷留在长风公司?我的乖儿子,爹给你跪下了好吧,你是我的爹行吗?"

范淮河说完,扑通一声,跪在了范长风面前。

范长风完全被爸爸的举动惊呆了,他真的感受到了前所未有的压力。

才短短几天,范氏家族的历史像被范长风,不,是被黄婷婷重新改写了一般。

原来无比理智和坚毅的范长风,在众人眼里变成了商纣王,而黄婷婷就是那个祸害商朝大业的妲己。

自己不但没有发现身边的千年狐狸精,还助纣为虐,听信谗言,将眼下的长风公司弄得狼烟四起。

范长风在心里不住地骂自己,他的委屈的热泪也顺着白皙的脸庞流了下来。谁知道,他只是为了收留一下黄婷婷却惹来如此大的风波,现在连爸爸都给自己跪下了,这一切都是如此不真实。

范长风立即双膝跪地。

"爸爸,您不能这样,我会遭雷劈和天谴的。"

说罢,父子俩抱在一起哭了起来,范长风的妈妈走了过来,劝着面前的这两个男人。

"你们两个男人呀,怎么一碰到什么事一点主意都没有?一个是我爱的和爱我的,另一个是我生的和我爱的,你们在外行走江湖那么多年,什么样的事没听过,没见过?怎么一到自己头上,就开始犯起浑来呢?长风呀,你都这么大了,你的事业又是这么成功,怎么处理起感情的事情来就婆婆妈妈的呀?连外人都看出来来者不善了,你怎么还傻傻地等着被人再次伤害啊?你现在什么都不要想,明天就让你爸爸去公司,替你暂时管理车间生产,你得抓紧时间将潘红柳找回来,咱们公司要生存,要发展,一时一刻也离不开她呀!"

"妈,那黄婷婷咋办呢?"范长风一脸愁容。

"黄婷婷的事你就别问了,妈妈找她谈谈,做做她的思想工作。女人和女人好交流些,最终她还是要回到她父母亲家,或者回到储银来那里。"

事情发展到这一步,范长风实在没有更好的解决办法了。经过一番周折,范长风还是找到了潘红柳远在大西北的奶奶的电话。

"您好,我是江淮省鹿城县长风柳木工艺品有限公司的范长风,请问您是潘红柳的奶奶吗?我是潘红柳的同事,请问她在您那里吗?"

对方一听说是找潘红柳的,赶紧将电话递了过去。

正在帮爷爷按摩颈椎的潘红柳去拿电话时,信号中断了,潘红柳很是无奈。这些天里,大西北刮起了沙尘暴,手机信号经常中断也是常事。

来到戈壁滩的爷爷这边,潘红柳的手机信号就不知中断了多少次。她坐火车两天两夜又转汽车一天多,才到达了生她养她的这片熟悉的地方。

经过几天的折腾,来到爷爷身边的潘红柳冷静了许多。遥想爷爷奶奶那一辈人,为了响应国家的号召,为了振兴国防科技,还有他们心中的那个青春梦想,他们从山清水秀的家乡一路劳苦颠簸来到这穷乡僻壤。他们将青春、梦想和汗水都洒在了这戈壁沙漠里。他们完成了祖国的重托,原子弹、氢弹爆炸成功后,他们又辗转迁移,助力航天腾飞,他们对自己一生的选择无怨无悔。

而自己呢?因为一点不顺心的小事,就让别人下不了台,甚至不给别人解释的机会。想想当初对待范长风的态度,实在有些冒失,为什么不能听进别人的半句解释?为什么一点就燃的性格就不能改改呢?

冷静下来之后的潘红柳正应了那句话,"静坐当思己过,闲谈莫论人非。"

她本来也想给范长风打个电话过去,让他别担心自己。可是作为女生,她还是觉得不能那么主动。人说,女人是最敏感的动物,如果自己的主动成为别人的话柄,或者变成被动,实在有些得不偿失。

她要等着范长风表明对这件事的态度,她一时不想什么结果,只要范长风能在她面前说一声对不起,她就能立即原谅他。

那几天里,潘红柳盼星星盼月亮,总算盼来了范长风的信息和电话,但在这个鬼地方,通信信号经常中断。她还盼来了王晖表姐的留言,告诉她自己是如何帮她教训范长风的,内心深处,她真的很感激表姐。

今天范长风再次给她打电话,令她欣喜若狂。

当潘红柳对着手机大声地喂喂时,对方早已挂断了电话,气得潘红柳将手机重重地摔在了床上。

4

鹿城县润河街道派出所的民警在这次突击扫黄打黑行动中,一共抓获了十二名男性和十七名女性。

一一审讯后,多数人没有太大问题。念在有的是初犯,交了罚款后,也就放了回去。但当审讯胡老邪时,民警明显感觉到他的问题不是一般的出来放风或找刺激的了。

刺眼的白炽灯下,胡老邪还在醉意蒙眬中。

一男一女两名刚从江淮省警官学院毕业不久的实习警察对他展开了审讯。

"姓名?年龄?住址?"

"胡老邪,四十三岁,住在鹿城县淮上镇南山公园路198号颍淮汽车修理厂。"

"醉得还没有清醒,是吧?我问的是你的姓名,不是你的外号,明白吗?"

对于突审这样的醉鬼,年轻男警察显然没有经验,更没有一点耐心。

胡老邪翻了个白眼,接连打了两个哈欠,审讯室里充斥着难闻的酒气,两个年轻人下意识地捂了一下鼻子。

胡老邪没有理会年轻警察,又将头重重地低了下去,侧着单薄的身子半躺下了,还打起了鼾。

年轻警官很是恼怒,正要发火,被站在审讯室玻璃墙后面的派出所所长钱志强发现了。

钱所长赶紧走到那名男警官的身边,向他低语了几句,那名年轻的男警官点了点头。

"胡老邪,胡颖淮,你现在看着我的眼睛,立即振作起来!"

审讯桌前,钱志强所长啪啪几下响亮的拍桌子的声音震惊了胡老邪。

胡老邪打了个冷战,有一种想小便的感觉。

"报告,我招,我全招。"胡老邪从座椅上滑下来,扑通一声跪在了地上。

钱志强一时也蒙了,心想,我什么都没问,他怎么喊着要全招了呢?即便到"江南俏妹妹"洗脚屋找个妹子,也没有那么严重吧?他怎么要全招呢?莫非这里面还有什么隐情不成?

想到这里,钱志强所长冷冷一笑。

"胡颖淮,在这方面你可是个惯犯了,你一年也得被我们所里请上三到五次吧,都是熟人常客了,当然不需要客气了,你要是从头全部招出来,我们会从轻处理的。"

钱志强说这番话的时候,最直接的意思是你要老老实实把你找小姐的事情交代了,但迷迷糊糊的胡老邪倒不是这样想的,他以为钱志强说的是他犯下的其他事情,钱所长都一一掌握了。如果自己不如实招来的话,别指望今晚离开派出所,严重的话,甚至还要蹲大牢。

他可不能为储银来去蹲大牢。即便自己有错,也是储银来背后指使的,他也是为了钱才干的。从内心讲,或者从出发点上讲,他没有害人的本意,如果不是为了那2万元钱,他根本没有必要一次次冒险作案去害范长风。

"警察同志,我说,我招,我全招。我一共害过长风柳木公司的老总范长风三次,就三次啊,多一次都没有,不过这三次也都不怎么成功。第一次,是在前年冬天,天还不是太冷的时候,也就是农历十月里吧,储银来经常来我店里保养他的宝马车,他知道我喜欢钱和女人,也知道我是个不成正形的老男人,就拿给我2万元钱,让我在背后弄范长风。他让我去范长风的仓库放火,烧毁他即将出口德国的柳编产品。我想了想,怕事情弄大了,没敢整太大动静,怕惊动了你们公安局,就弄了十来个汽油瓶点着了往他们家仓库里扔,谁知扔的不是地方,没有点燃他们家的仓库,这应该算我纵火作案未遂吧。"

钱志强惊呆了,这个案子在县公安局挂了几年,可是省、市专案组一直督办的案件呀,怎么这么巧啊?有点不真实哦。

但他不动声色,仍一脸严肃。

"继续讲,最好慢慢想,慢慢讲,重点要把作案细节讲出来,才有可能获得轻判。"

"好,好的,放心吧,我一定会的,警察同志。第一次放火未遂，储银来督促我继续搞破坏，不管使用什么办法，都不能让范长风的货物出口。我想来想去，一连想了好几个晚上。我拿出储银来给我的活动经费5000元，雇了三个人夜里去偷盗范长风仓库里的出口产品，他们三个人分工明确，一个看守，两个挖墙入内盗窃。他们用黑布条和口香糖把范长风装的摄像头镜头给糊住后开始行动。谁知，又被早起的范淮河发现了。他们三个人只能拼命逃窜，要不是跑得快，一旦被他们公司的人逮住，可真要露馅了，那倒霉的可不仅仅是他们三个人。接连两次搞破坏，都没有弄倒范长风，储银来就跟我急眼了，说再给我一个月时间，一定要我给范长风整个大的动静。我也是急呀，真的不知道用什么办法了。正巧那天上午，范长风的司机赵明亮将他们公司的集装箱车开过来，让我给他保养一下，全面系统地检查一遍，保证车辆长途行驶安全。他不说去哪里我也知道。我就把这一情况反馈给储银来。储银来听了十分兴奋，说这有可能是最后一次机会，要我把握好，他授意我，实在不行，就在大车的刹车片上做手脚，但不能让人察觉到刹车片的问题。我明白了他的意思，就将赵明亮原来的刹车片拆开来，给他换成几片质量差的放进去。这样一来，开个二三十公里是感觉不到问题的，这个距离已经安全出了鹿城县境，应该走到慎城县内了。这时候，事先埋伏好的人放几头黄牛过去，堵住赵明亮的路，赵明亮肯定要急刹车。就那刚换的刹车片质量，我心里是有数的，必出事无疑。果不其然，把赵明亮的腿给弄残废了。好在范长风坐在最后一辆车上，如果他一开始就跟赵明亮的车，他不死估计也得残废。"

钱志强听了实在忍无可忍，狠狠地一拍桌子，将桌子上的茶杯都震翻了,大骂了一声。

"你胆子太大了,简直无法无天,为了那 2 万元钱,做这种伤天害理的事!"

"是呀,是呀,后来你们都知道了,赵明亮住进了医院,保险公司进行了赔付,范长风小子命大,依然安然无恙。其实,这亏心事干了几次,我也害怕了,后来不管储银来怎么给我打电话,我都懒得理他。你不知道这孩子有多坏,前几天,居然问我要剩下的 1 万元钱。老子能给他吗?我酒钱还欠一大堆呢,再说,老子可是提着脑袋给他干的这亏心事的,真他妈的太不够意思。警察同志,该说的我可都说了,我这可等于主动自首,要轻判吧。"

钱志强微微一笑,将那个警察的笔录大致看了一下。

"洗脚屋的事情你就不交代了?"

"警察同志,洗脚屋里啥也没弄成,我刚脱光衣服,那女的还没脱完,你们就进去了,就把我给抓了,我什么也没干呀。不信的话,你们去问问叫小月和小容的两个姑娘呀。"

"嗯,你还怪厉害,一下子找两个人伺候你。你看看上面你说的内容是否属实,如果属实,就在笔录的最后被问讯人的地方签上你的名字。"

胡老邪哆哆嗦嗦地看了一遍,最后签了自己名字。

"我最后跟你说句话,你今天所有交代的事情不能走漏半点风声,明白吗?"

胡老邪点了点头。

"明白,明白,放心吧,警官,这事我不会说。"

储银来坐不住了,自从黄婷婷的弟弟黄海波告诉他胡老邪被润河街道派出所抓捕后,他连续两个晚上都没有睡囫囵觉了。

如果这个胡老邪招认了自己陷害范长风的事情,他差不多就要在监狱里度过下半辈子。储银来越想越睡不着觉,越想越害怕。他这一段时间都没有敢和黄婷婷联系,也不知道黄婷婷是不是得手了。

如果黄婷婷无法下手,这边胡老邪又暴露了真相,估计所有一切真的要黄了,他的人生也要万劫不复了。他这时突然觉得黄婷婷在他身边,他就没怎么顺利过,想想光这个名字都不吉利。她爸爸真没文化,给一个女孩子取这么一个晦气的名字。

储银来内心盼望着黄婷婷永远别回来,更不想见到她。如果不是为了搞垮范长风,他哪里对黄婷婷有半点意思呀。可他心里又无时不在盼望着黄婷婷早日归来,那样的话,有可能黄婷婷得手了,范长风垮台的日子便指日可待。

眼下,储银来的重点还不是黄婷婷,他最关心的是胡老邪这个老家伙。黄海波这帮成事不足,败事有余的东西是指望不了了,他要亲自去找胡老邪探个究竟。

半个月后的这天中午,刚吃过午饭,储银来算好了胡老邪被放回来的时间,去找胡老邪。

储银来想,去早了的话,老胡肯定没起床,去晚了他又会出去溜达了,大中午的,只要他在家里吃饭或者睡觉,一定跑不了多远。

天有些阴沉,没有一丝风,储银来开着白色的宝马 X5 车,不到十分钟,就来到了颖淮汽车修理厂。

汽车修理厂的大门半掩着,大门鼻子上挂着锁,锁上还插着没有拔下来的钥匙,看来主人还没有走远,说不定刚刚打开大门。

"老胡,我要保养车呢!"

储银来压低了嗓音,故意蒙蔽胡老邪,让他一下子猜不出来是哪一位。

院子里没有人回应。

储银来轻轻闪身,贴着墙头向老胡的住所蹑手蹑脚地摸去。

待储银来慢慢靠近一间破旧的生满锈迹的铁皮房时,听到里面传来了窸窸窣窣的声音,好像有个人影正在忙碌着。

"胡老邪,我看你往哪里跑!"

储银来咣的一声推开铁门,大叫一声,冲了进去。

那个人影反应极快,顺着后门逃窜了。储银来接着追出去,看着是前后脚,但因为储银来太胖,那人早就跑出了二十米开外。

即便如此,储银来也已经看清楚了,那个人就是胡老邪。

其实,从储银来进入院子大门喊保养车的时候,胡老邪就知道是储银来亲自找上门来了,他赶紧拿上自己的手机和现金,及时从后门逃了出去。

储银来张嘴骂了一句,无奈地转回了身。

回到车上,储银来再次对当前的形势做了研判,他敢断定,胡老邪有98%以上的可能,把一切的事实都招了,不然,依胡老邪的性格不会跑得那么利索。

看来,胡老邪这边是指望不上了,说不定还要出大问题。他想给黄婷婷发个信息,问问她那边的情况。

刚掏出手机,就收到黄婷婷的信息。

"银来,晚上 11 点半到长风柳木工艺品公司的北墙外接应我,东西基本上到手,为了保险起见,你必须亲自过来。"

"收到,明白,我 11 点 25 分准时到,你要注意安全,亲爱的。"

储银来的心这时才稍稍放松了一下,他开着车回到了自己的柳编厂。

晚上 11 点多,天气更加阴冷,天上零零星星飘起了毛毛细雨。

储银来生怕开车目标太大,换了一辆小型电瓶车朝长风柳木工艺品公司方向驶去。一路上静悄悄的,没有碰见一个人。这样的场景,反而令储银来的心怦怦直跳。

临近 11 点 30 分许,储银来将电瓶车放置在长风柳木工艺品公司的北墙外,悄悄接近公司的大门口,迅速将提前准备好的工具拿了出来,将大门口的摄像头全部破坏。

透过大门缝隙,他看见黄婷婷从办公室里探头探脑地四下张望,然后,提着一个黑色的背包朝大门口疾步走来。

刚走了几步,突然窜出来一个身影。

"黄婷婷,看你往哪里走,你个害人精!"赵小慧如天神下凡,当头棒喝。

这一声喊,吓得黄婷婷脚一软,膝盖一弯,当即双手抱头跪了下来,嘴里喊着:"饶命呀,我投降——"

但当她抬眼看到只有个子不高的赵小慧一个人时,立即爬了起来,继续向前奔跑。

这时,大门彻底打开了。黄婷婷一眼看见了来接应的储银来,急忙喊了一声。

"哥哥,快些救我,后面有人追我。"

储银来并没有应声,而是身子一个反转,藏在了大门右边的柱子后面,待赵小慧跟上来,快抓住黄婷婷的那一刻,储银来闪出身来,对着赵小慧的后脑勺一掌劈了下去,赵小慧应声倒地。

"走,快撤!"

储银来拉着黄婷婷坐上电瓶车,飞快地逃走了。

今天公司的保卫科不是赵明亮值班,赵明亮这几天患上了流感,是新来的老张替他值班的。

五十多岁的老张有些耳聋眼花,他虽然也听到大门口有打斗声,但等他穿好衣服,带着警棍出来时,没有看见是谁下的手,只看见倒在地上昏迷的赵小慧。

老张急忙抱起赵小慧,将她抱到了保卫科值班室的简易竹床上。

"赵主任,小慧主任,你醒醒,发生什么事了呀?"

老张喊了一分多钟,赵小慧才努力睁开眼睛。

"老张,赶紧打110报警,再给我二叔赵明亮打电话,说公司出大事了。"赵小慧说完,又昏了过去。

老张这时才反应过来,他第一时间打了120,然后又拨打了110报警电话,最后才给赵明亮打电话。

"赵科长,您赶紧来公司一趟,公司出大事了。办公室赵小慧主任被人暗算了,咱们办公室也失窃了。"

"注意保护好现场,我三分钟后到。"

严重感冒的赵明亮带着浓重的鼻音。不大一会儿,就听到救护车和警车鸣哇鸣哇地朝着长风柳木工艺品公司飞驰而去。

5

鹿城县第一人民医院的急救室里,白色的药液高高悬挂在铁杆莲花头顶部,五瓶药液像绽放的花朵,从细细的软管里一滴一滴输进赵小慧的静脉。

赵小慧脸色苍白,没有一丝红晕,似睁非睁的眼睛显得异常疲惫。

赵明亮见到了范长风,上前一把拉住范长风的手说:"范总,我对不起你呀,你说我这关键的时候感什么冒,要不是我感冒那么严重,让新来的老张顶替我的岗,小慧也不会出这么大的事呀!"

潘红柳上前抚摸着赵小慧的前额,抚了抚她的头发,轻轻地喊了声"小慧"。赵小慧想睁开双眼答应一下,但很快又把眼睛闭上了。

潘红柳轻叹了一口气,无奈地摇了摇头。

见到赵明亮如此愧疚,范长风拍了拍他的肩膀,安慰说:"老慢,这事也不能全怪你,有些事情,我们想躲也躲不掉。"

赵明亮把目光移到窗户外面,盯着对面墙边的那棵独立的高入天空的雪松发呆了许久。

"范总,我明白你的意思,这件事让小慧受到如此严重的伤害,我就是拼了老命也要报仇的。不然我咋对得起我姓赵的家人?我可就这一个侄女呀,我跟我家死去的大哥大嫂咋交代?我太粗心了,没有照顾好孩子,万一她有个三长两短,我该怎么活下去呀?还有就是,我真的没有想到黄婷婷是如此恶毒的女人。"

赵明亮说出黄婷婷恶毒这句话的时候,明显有些不自信了,毕竟他知道在范长风的心里,黄婷婷还是有一定的位置的,但话一不小心说出口了,他多少还是有些后悔的。

而身旁的潘红柳听了赵明亮的话,她明白现在不能直接讲的话,让赵明亮讲了,下一步就看范长风的态度了。如果此时范长风仍然和稀泥,那么眼前这个男人她真的感到陌生了;如果他能从此和黄婷婷一刀两断,赵明亮绝对是为她潘红柳做了一件大好事。

不过,范长风接下来的表现再一次让潘红柳和赵明亮失望了。不管大家对黄婷婷有多么恼恨,在处理这件事情上,范长风一直显得格外犹豫,相比当初收留黄婷婷时的百般解释,这一次,范长风不愿意多说一个字。

在众人期盼的眼神里,范长风只说了一句话:"这件事不会那么简单,真相也将会在不久后大白于天下的。"

在场的人都蒙圈了。大家原以为范长风会为此暴跳如雷,对黄婷婷要杀要剐,甚至要她下油锅,没想到潘红柳的赌气出走、赵小慧的遇袭事件,竟然换来他如此冷血的回答。此时,大家的心凉了大半,犹如医院的院子里突然飘来的零星雨雪,带来的寒意,直入骨髓。

上午9时30分,值班医生开始巡诊。

潘红柳哀叹了一声,不想再说什么。她明白,范长风应该不会是个糊涂至极的男人,如果真的是那样,她将毅然决然地离开这个男人,决不后悔。

她希望冷静的范长风是在下一盘大棋,在这盘棋还没有完全获胜的把握的时候,他不会透露任何蛛丝马迹,这或许才是一个男人应有的城府和心态。

巡诊的主治医生带着几个实习医生进来了,旁边还跟了一个戴眼镜的漂亮女护士,双手捧着一本病人的记录夹,倾听着主治医生的医嘱。

主治医生是一位年近五十、两鬓斑白的男医生。他仔细看了看赵小慧的CT影像,用手指撑了撑赵小慧合拢的眼皮,问女护士:"量体温了吗?多少度?病人有没有出现呕吐、恶心现象?"

"36.4℃,从昨晚到现在一直处于昏迷状态,倒没有出现呕吐和恶心现象。"女护士小心翼翼地回答。

"从目前看,问题不大,CT报告显示是轻微脑震荡。注意观察,有什么情况及时报告。"

"明白。"漂亮女护士机警地点了点头。

接着,主治医生带着实习医生和护士去巡诊下一个男病人。直到这时,大家才算松了一口气。

范长风把医院的事情安排妥当后,和潘红柳一起回到了长风柳木工艺品公司,办公室一片狼藉。

桌子上的电脑显示屏被掀翻了,主机的硬盘也被盗走了。

潘红柳看着一脸愁容的范长风道:"范总,现在什么情况你看到了吧?怎么办?报警吧!"潘红柳都快被如此冷静的范长风气蒙了。

范长风却冷笑了一声。

"红柳,你肯定也是被气糊涂了吧?警察早上都来过了,你现在才跟我提报警的事。"

潘红柳自己都笑了。

"是呀,不错,我真的被你的冷静气迷糊了。那下一步我们该咋办?"

范长风收拾了一下桌子上的东西,坐下来,两手死死抓了几下头皮,头顶上竖起一簇簇如锥的硬朗头发。

"咋办?我要是能知道咋办我都办过了。红柳,你难道看不出来,我的冷静都是装出来的吗?遇到如此大的事情,我还能冷静下来吗?我真的不知道该咋办了。"

说完这一通话,范长风憋得通红的脸才稍稍平静下来。

"我知道我这是自作自受,可作为男人,我做不到那么冷血,看着她来找我,我应该视而不见,最好把她臭骂一顿,可毕竟我们之间有过那么一段交往,要说决绝我一时真的做不到呀。"

"长风,我知道你心里难受,可是事到如今,难受解决不了问题呀,路还是要往前走呀!"潘红柳安慰范长风时都不知道用什么词语和语气了。

"红柳,我真的希望你能理解我,别人的理解并不重要,只要你能理解我就足够了。你心里肯定会说,我是个软弱无能的男人。"范长风说这些时,竟然流下了眼泪。

"长风,我理解你。作为女人,我为黄婷婷感到幸福。我深深地知道,你是一个重情重义的男人。如果你将来成了我的男人,我也会一样幸福。男儿有泪不轻弹,只是未到伤心处。你应该擦干眼泪往前看,全公司那么多人看着你,你是这个公司的定海神针啊!如果你过不了这道坎,倒下了,公司怎么办?赵明亮、赵小慧,还有你父母这一家子人该怎么办?"

潘红柳苦口婆心地劝着范长风的时候,自己的内心何尝不是酸酸的？试想,公司一旦倒闭了,她潘红柳能全身而退吗？

谁都不希望长风柳木艺品有限公司再出什么事了。

范长风抹了一把眼泪,到洗手间把水龙头拧得大大的,双手捧起水向脸上泼去。

冰冷的水刺激着范长风的神经末梢,他不禁打了个寒战,他的眼前顿时浮现出黄婷婷那张原本美丽却幻化成画皮般的面容。

这个无数次背叛自己的女人,究竟是为了什么？

如果说一开始是为了金钱离开自己,去委身于储银来,他倒可以理解。可现在完全不一样了,现在的储银来已经到了事业的尽头,快成为过街老鼠了,他还能有什么吸引力呢？

第七章　警事

1

这天晚上，鹿城县公安局的会议室灯火通明。

二十八岁的县公安局局长许壮志正眉头紧锁，和刑侦、技侦及经侦等科室在一起综合分析赵小慧被人偷袭伤害案，以及长风公司被盗案。

眼下，除了逃跑的黄婷婷一条明线，还有许多没有浮出水面的暗线在相互交织着，让他们时而有"剪不断，理还乱"的烦恼。

这里面究竟有没有人指使？背后的指使人是什么动机？还有没有更高层次的人参与或者指使？他们最终的目的是什么？

这一切的一切，如团团迷雾在这些年轻的干警头顶上缭绕。

许壮志是从江淮警察学院毕业的，五年时间里，在顺昌巡警大队破获了入室抢劫案、马路劫匪案、飞车党流动案等多起大案要案。

赵小慧被人偷袭伤害案，绝不会是表面上看起来那么简单，这里面水有多深，谁也说不清楚。

这种事情越是复杂和尖锐，越是具有挑战性。许壮志和他的同事们乐意接受这种挑战,无挑战不青春。

他们这群年轻的公安干警就像在空中巡逻的猎鹰,俯瞰着祖国的大地。一旦有猎物出现,他们会毫不犹豫地扑上去,并能一招制敌,将邪恶尽收囊中。

赵小慧被人偷袭伤害案是许壮志来到鹿城县公安局当局长的第一个案件,打好漂亮仗,取得开门红是关键,而案件的突破口在哪里,怎么顺着黄婷婷这根明线理出暗藏水面以下的复杂暗线,是许壮志当前考虑的首要问题。

集思广益、群策群力、依靠群众是破获类似大案要案的最佳途径,发动群众积极参与,也是保障案件少走弯路的必要条件。当然,这里面的群众不光是指当地的人民群众,还包括县公安局全体干警这一精干群体。

听完各部门的集中汇报,特别是目前掌握的线索汇报,许壮志又在刑侦科科长王凌云的带领下,仔细查看了现场的证物。

面对长风柳木公司第一起汽油瓶爆炸未遂案的汽油瓶证物,第二次破墙盗窃案留下的现场证物,第三次赵小慧被偷袭后现场留下的半截雪茄烟蒂和半矿泉水瓶等现场证物,许壮志思索着,嘴里含着一根细长的圆珠笔,转脸看向王凌云。

"目前,从这些现场遗留的证物中能看出哪些问题?说来听听。"

王凌云仰起脸,紧皱着眉头。

"我们从这些证物里提取了DNA,并上报了市局和省厅,初步化验了这几个嫌疑人的DNA,经初步排查,这几个人均是鹿城县人,活动范围基本也就是鹿城和省城。"

"先不要打草惊蛇,继续往下挖和进一步排查,重点查查这个姓储的有没有上线或者下线,查查他背后的主谋是谁、是什么社会背景、背后是否隐藏着更为复杂的涉黑网络。如果有,就是不在我们鹿城或者不是我们鹿城人,都要追查到底。这个团伙肯定藏得很深,我们要有足够的信心和耐心。"

许壮志和王凌云深入地交流着。

"还有一件事,我们要安插卧底,想办法进入储氏金银柳编厂,随时掌握他们公司的情况。让润河路派出所加大对胡老邪的监视工作,保证他的人身安全,防止姓储的对他下手,当务之急就是要跟踪储银来,查他的行踪。"

王凌云不停地点头表示赞同。

对于许壮志,王凌云打心眼里佩服。别看许壮志小自己两岁,但他们是同一所母校——江淮警察职业学院的老校友,他们在一起办案也不是一次两次,二人可以说都是心有灵犀一点通。

"许局长,我的线人反映,这几天储银来和黄婷婷像是人间蒸发了一般,始终不见踪影,连他们的白色宝马 X5 也不见了。"

"明白,让技侦部门通过技术锁定目标,看看储银来和黄婷婷的通话记录,查查他们这几天有没有和外界取得联系。一个细节都不能放过。"

他们俩正在讨论案情时,钟小晨突然给许壮志打了一个电话。

"好,很好……是,是的……抓紧时间和省城杏花村路派出所联系,我们的人马上就到。"

放下电话,许壮志一脸严肃,将王凌云叫到身边。

"你现在放下手里的一切事情,连夜从局里挑出十名精干的业务尖子,迅速在十分钟之内集合,奔赴省城,嫌疑人有线索了。"

"是,局长!"

王凌云两眼炯炯有神,冒着炽热的光,立即安排全局业务骨干紧急集合。

室外寒风凛冽,雪花飘飞,十名业务骨干很快到位。

鹿城县公安局的篮球场上,大家全副武装,持枪待命。

"同志们,稍息,立正,稍息。"

许壮志一双猎鹰一样的明亮眼睛在这十名队员的脸上一一扫过,他坚毅的目光在无言地告诉队友,我们是什么人,我们要干什么。

"同志们,党和人民考验我们的时候到了,对党忠诚,对人民负责,守护鹿城人民的安宁幸福,是我们义不容辞的职责。同志们,立即出发,挺进省城!"

许壮志右手一挥,大家迅速上车,冒着飞雪,沿着合淮阜高速朝着东南方向的省城疾驰。茫茫雪夜,高速路上三辆警车拉着警笛呼啸而过,几束明亮的车灯像擎天立柱划破苍穹。

2

当着储银来的面,黄婷婷被梁振北带来的几个不明身份的人绑架了。他们还威胁储银来,如果拿到的范长风的商业机密硬盘是假的,他们会立即撕票。随后这帮人把黄婷婷带到一个废弃的化工厂区内,暂时控制起来。

"好好在这里待着,我们老大说了,不让你跟外界任何人联系。"

黄婷婷冷笑了一声。

"你们老大就是个蠢驴,知道吗?我不和家里人联系,家里人找不到我不报警吗?如果报警,你们以为你们逃得出警方的追缉吗?"

卷毛点了点头:"这小丫头讲得对,应该让她和她家人报个平安的,这样我们就安全了。哪怕发个语音也行呀。"

龅牙老二说:"可以是可以,要不我先跟老大梁总请示一下吧,咱们不能随便做主的,他交代咱们不要让这妮子和外面通话。"

斜眼老三道:"老二,你是真傻还是假傻?你跟老大说不是找事吗?他不骂死你才怪。我看不用和他商量了,我们拿着手机看着她说不就行了吗?"

卷毛和龅牙点了点头,他们三个人拿着手机一同慢慢靠近了黄婷婷。

一股烟酒的臭味扑面而来,熏得黄婷婷差点吐了出来,胃里翻江倒海,她示意他们离远点。

黄婷婷打开手机,给弟弟黄海波发了一条信息:"弟,我挺好,让父母勿念,事办成后回。"

三个人看见留的这句话没有问题,才缓缓松开黄婷婷的手。随即,他们又将这条信息在几秒钟内删除了。

"我要小便,你们放开我,我要解手。"黄婷婷心烦意乱地喊着。

"这下没问题了,你们两个在上面待着,我带她到一楼小便。"

斜眼老三这一次自告奋勇,主动扶着黄婷婷往楼下走去。

卷毛喊了一声："老三，你文明点，别憋不住把她给弄了，老大同样不会放过你。"

"咸吃萝卜淡操心，你以为我是你呀？把心放进肚子里吧！"

到了楼下，没有一处能遮挡的地方。

"哥，我要到外面雪地里解决，你远远地待在这里，别看我，行吗？"

"行吗个屁，你以为我没脑子呀？我待在这里你跑了我怎么办？你到哪里我跟到哪里，放心，我不会动你的，就是看一下你也少不了啥，我更挤不进眼睛里去。再说了，你又不是大姑娘了，你和那姓储的估计都百炼成钢了吧？"

"去你的吧，别跟我提那个姓储的，他骗了我的人，骗了我的身子，我都恨他入骨了。你们难道没看到，你们绑走我的那一刻，他吓得连个屁都不敢放，他还是个男人吗？从那一刻起，我的心就彻底地被他伤透了。我真是瞎了眼，看上了这种人。"黄婷婷大专虽学习的旅游专业，但多少还是有点表演天分的。

斜眼老三龇着大黄牙笑了："嘿嘿，我就说呢，一看那个储银来，就知道是个软蛋，一点种都没有，哪像我们这些人，打打杀杀地过着爷们好汉的日子，多潇洒！"

"我就说嘛，你们才真叫爷们呢，他不光长相龌龊，连那方面也不行，哪里是个男人呀！不像哥哥你，壮得像头熊，我就喜欢你这种男人。"黄婷婷说着，就往斜眼老三身上蹭。

斜眼老三哪见过这种阵势，当场性起，但一想到楼上还有两人，再加上老大梁振北的淫威，那种荒谬的想法在他脑海里瞬间闪过。

167

"不对呀,你是不是要对我使、使什么美人计了？老子不吃你这一套,你转过去,我不看你,赶紧点,老子差点败走麦、麦城了。"斜眼老三突然警惕起来。

"大熊哥哥,你这样绑着我的手,我怎么解裤子呀？来,你帮我解。"黄婷婷仍没有停止挑逗。

斜眼老三实在忍不住了,走上前去给黄婷婷解开手上的绳子,然后背过脸去说:"你赶紧去解决吧,我现在就背过脸去。"

黄婷婷斜了一眼,看到屋角处有一堆散乱的砖头,顺手拿了一块。她并没有去小便,而是趁机悄悄溜到斜眼老三的背后,对着正在捂着双眼的斜眼老三的脑袋就是一砖头。

斜眼老三像口闷缸被打翻在地,捂着流血的脑袋,嘴里发出哼哼的声音,再也起不来了。

黄婷婷赶紧向雪地里跑去,跑了大约三公里,才慌忙进入了城乡接合部的一个胡同口。

在斜眼老三带着黄婷婷下到一楼的时候,卷毛和龅牙两个人的眼皮几乎睁不开了,加上喝了点白酒和白天的劳累、紧张,两个人背靠着背呼呼大睡起来,至于下面的任何动静,两人都没察觉。

不知过了多久,大概到了凌晨3点多的时候,梁振北一行才从四牌楼的大观园歌舞厅归来,看见满头是血的斜眼老三躺在地上,就知道坏事了。

"老三,老邪,你怎么回事呀？是聋了还是死了？"

梁振北上前踢了两脚,斜眼老三才从昏迷中醒来。

"梁总,黄婷婷她……她暗算我,她趁着解手的机会,将我打昏后,我就什么都不知道了。"

"他们两个人呢？"

斜眼老三白了白眼，指了指楼上。

"应该在楼上睡觉吧。"

梁振北气得暴跳起来，让手下把上面两个人叫下来。

"废物，你们都是一群废物！赶紧去追呀，上车，都上车，给我把那个臭娘们抓回来！"

茫茫风雪夜，在一片银白色的世界里，在一个偌大的省城里，抓一个人谈何容易！

梁振北一行追了数十公里，也没见到人影。

"弟兄们，不要再追了，我们对江淮省的地形不大熟悉，我们现在立即回中原省蓼城县三河尖去，以后再也不踏进江淮省半步。还有，如果储银来这个人渣给我的东西是假的，我随时可以办了他，现在让他再多活几天吧，好好享受人间的幸福生活！"

黄婷婷在胡同里猫了许久，见没有什么动静，便走了出来，拦了一辆出租车，朝储银来所住的旅馆方向驶去。

黄婷婷留了一个心眼，她让出租车司机稍等两分钟，说去旅馆里拿个东西。当她轻轻来到储银来所住的那一间房子里时，里面早就人去楼空了。

黄婷婷蹑手蹑脚地走出来，看了看仍在倒头大睡的服务员，又蹑手蹑脚地向门外走来，重新回到了出租车上。

出租车司机有些不耐烦了。

"美女，这深更半夜，还下这么大的雪，你要我拉你去哪里呀？"

是呀，现在这个时候又能去哪里呀？

黄婷婷有些为难了,当她拨打储银来的电话时,电话早已关机。她无奈地摇了摇头,对着司机喊道:"走,去火车站,赶早上第一班去顺昌的火车,6点半发车,现在还有好几个小时呢,时间应该足够了。"

司机没有说话,一脸怨气。

一踩油门,一个大转弯,向着城市东北角的省城火车站驶去。

3

黄婷婷给弟弟黄海波发求救信息,是在当晚11点多钟,当时黄海波还没有入睡,正躺在床上玩手机呢。

"弟,我挺好,让父母勿念,事办成后回。"随着叮咚一声清脆的提示音,一条信息突然蹦了出来。

咦,不对呀,姐姐黄婷婷从来不给自己发信息的呀,黄海波一脸蒙。事出反常必有妖,言不由衷定有鬼。

姐姐半夜三更发这么一条信息,莫非遇到了什么不测?黄海波越想越害怕。

她不是一直和储银来在一起的吗?待问问储银来再做决定吧。

虽然是半夜时分,黄海波犹豫了一下,还是给储银来打去了电话。对方电话通了,但响了几声后,被挂断了,里面传来:"您拨打的电话正在通话中。"

停了几分钟再打过去,竟然出现"您拨打的电话已关机"的语音提示。

"储银来,你个王八蛋,我忠心耿耿地为你,你却这样对我!"

黄海波将手机重重地抛在了床上。

这时,有人敲门。打开门一看,原来是爸爸。

"海波,你个浑小子咋还不睡觉?三更半夜在这折腾啥?"

黄海波本来心里憋着气,看着爸爸过来就想发火。转念想到姐姐发的那条信息,他还是控制住了自己的情绪。

是呀,姐姐在信息里说,让父母勿念。这么大的事情不和爸爸商量一下,万一错过了救助姐姐的最佳时间咋办?不行,还是要和爸爸说实话。

黄海波放平了心态,对爸爸说:"爸,有件事不得不跟你老人家报告,我判断呀,我姐她有可能出事了。"

"你这傻孩子,你可是打游戏打得神经错乱了?半夜三更的,讲这不吉利的话,你个乌鸦嘴,啥事从你嘴里说出来,都是另一个味道,遇事一惊一乍的,你都多大的人了,还这么不成熟。"

"爸,我现在可是在郑重地和你谈我姐姐的事,你要是真的不相信我,那你就等着替我姐收尸吧。"

"海波,你个孬种,你信不信,你再敢给我胡说八道,我把你个熊孩子嘴撕八瓣,撕成皮鞋炸线!"

"来,过来,爸,你看,这是我姐刚刚给我发的信息:弟,我挺好,让父母勿念,事办成后回。爸,你分析分析,姐这几年给咱们家发过信息吗?'弟,我挺好'这一句话肯定是有问题的,就是说'弟,我现在很不好'。'让父母勿念',都让你们勿念了,就证明她在危难之中。'事办成后回来',什么事要办成后回来?那是别人把她给办了吧,她想回都回不来,明白吗?爸,我的亲爹,你再动动脑子想一想,这几个字要倒过来品,就有不一样的内容,我这是在跟你胡说八道吗?你还要撕我嘴,来来,你过来撕,你撕就是了,我连头都不动的。"

黄父一下子呆住了,儿子黄海波的话句句在理,在这样的关键时候他不能犯浑,时间一分一秒地飞逝,万一绑匪情急之下撕票,或者婷婷被歹人糟蹋了,他后悔也来不及了。

"海波,你个傻熊,你还发什么呆呀?赶紧报警,救你姐去呀!给储总打电话了吗?他难道不知道婷婷出事了吗?"黄父不停地责怪着儿子。

"爸,你可别提储银来那个王八蛋了,我刚才给他打通了,他挂我电话,再打时他关机了,这个孬孙。我也想到报警了,可这么大的雪,我往哪里去报警呀!"

"我说儿啊,你咋聪明一世糊涂一时呀?打110不就成了?你个憨货!"

黄父说完,骂骂咧咧地回自己房间了,临走时对海波说:"别忘记了,天一亮,去一趟公安局,再报一次案。"

"知道了,爸,赶紧睡吧,不早了,我明天一大早肯定要再去趟鹿城县。"

黄海波再度拿起手机,拨打了110。

"110吗?我是田集镇柳沟村的黄海波,我姐姐黄婷婷在省城出事了。她刚才给我发了一个奇怪的信息,全文是:弟,我挺好,让父母勿念,事办成后回。我跟你们说呀,我姐这么多年来,从来没有给我和我爸妈发过这类奇怪的信息。后来我打她电话,也没有人接。她是和黄岗村的储银来一起走的,储银来那小子,第一次打他电话没人接,再打时电话就关机了。我估计他们两个，或者是我姐已经被坏人绑票了，求你们救救我姐吧。"

110指挥中心立即给予了回复："您的报案我们已经收到，我们会尽快安排警力全力排查，一有情况我们会及时联系你，除了您现在的报警电话，还请您提供其他的联系方式，保持二十四小时开机，以方便我们能及时联系到您。"

黄海波又向警方提供了爸爸的联系电话，才躺下来休息，但发生这么大的事情，他哪能睡着呢？即便睡不着，他又有什么办法能联系上姐姐呢？

辗转反侧到快天亮时，他才迷迷糊糊地昏睡过去。

睡梦中，他梦见姐姐黄婷婷被一群蒙面人追杀，他全力以赴去阻止，无奈力不从心眼睁睁地看着姐姐被歹人祸害。

黄海波吓得大叫一声："王八蛋，我×你祖宗十八代！"便被这个噩梦吓醒了。

这时，黄父在门口喊："海波，这都啥时候了？赶紧去鹿城县吧。"

打开门一看，外面飞雪已停止，整个原野一片寂静，偶尔有几只小麻雀从屋檐底下飞出来在雪地里觅食。

黄海波不免想起自己和姐姐，他们两个不也和这屋檐底下飞出来觅食的小麻雀一样吗？说不准暗中有一把猎枪的枪口正对着他们呢，只要有人轻扣扳机，他们准会在毫无防备的情况下被一枪毙命。

4

外面的雪下得很大，深一点的地方能够淹没膝盖。就是走在大路中间,也能不时见到如波涛般堆积起来的雪块。

黄海波没有开车,等了近一个小时农班车,也不见踪影,好在柳沟村离鹿城县只有十二三公里。

黄海波本想骑辆电瓶车去的,但看到村口几个年轻的孩子骑电瓶车摔了几跤,爬起来龇牙咧嘴地捂着屁股喊痛后,他立即打消了骑车的念头。

走路也不远,等走到县城,公安局的民警差不多该上班了。

黄海波安慰着自己,走路也能呼吸一下新鲜空气,边走边等去县城的农班车,实在等不到,就走着去,姐姐的事是一刻也不能耽误了。

黄海波迈开大步,朝着县城的方向赶去。刚走出没一百米,他点燃了一支金皖香烟,边走路边吞云吐雾起来,面对茫茫雪海和满眼的银装素裹,他的心情也好了许多。

一路上,黄海波踩着吱吱嘎嘎的冰冻、积雪,没有见到一辆农班车,步行了一个多小时,才来到县公安局的信访接待室。

今天负责接访的领导,恰恰就是新任局长许壮志。

一连几天的部署、抓捕,至今案件没有什么进展,这让满腔热情的许壮志备受打击。

但作为新任局长的第一次接访,尽管他身心俱疲,还是强打起精神来。好在办公室的副主任、主持办公室工作的姚长明陪在他身边。

许壮志翻看着这几天的报警电话,昨天晚上11点多钟一个叫黄海波的报警引起了他的注意。

他将姚长明叫到身边,指了指警情说:"姚主任,这个警情处理得如何?"

"因为时间紧迫,据我所知,已上报到分管局长那里。"

"嗯,你赶紧再督促一下,抓紧时间,特事特办,今天上午接访完毕以后上局长办公室议。"

"明白,我这就安排。"姚主任拿出手机,给分管领导打电话。

"报告领导,我要报警,我有急事要报警。"黄海波慌里慌张刚踏进信访室,就喊着要报警。

姚主任放下手机,一脸疑惑。

"你叫什么名字?发生什么事了?你要报警?赶紧坐下来吧。"

黄海波上气不接下气地说:"报告领导,我姐姐黄婷婷有可能被人绑架了,你们抓紧时间施救吧,晚了的话估计只能收尸了。"

局长许壮志的神经再一次绷紧,皱着眉头,急忙问道:"什么?你慢慢说,你姐叫黄婷婷?是不是和储氏金银柳编厂厂长储银来一起的那个黄婷婷?"

"是的,我是黄婷婷的弟弟黄海波,你看看,这是昨天夜里11点多钟我姐给我发的信息。说实在的,多少年了,我姐从没有给我和家里人发过类似的信息。后来我打了多少次电话也没有人接,我就开始怀疑这里面有问题了。"

"储银来呢?他那边有没有什么消息?"许壮志问了一句。

"别提这尿货,我昨天晚上接到我姐姐发来的信息,还以为他们俩在一起,谁知道我打第一个电话他不接,再打过去他竟然关机了,谁也不知道他葫芦里卖的什么药。"

"好,我明白了。黄海波,你记住,为了保住你姐的命,你走出公安局的大门后,不管任何人和你联系,任何人的信息,必须如实报告给我。从现在起,你只有和我们公安局的同志全力配合,全天候和我们保持联系,才能保证她的平安。你记住我的电话,随时随地和我保持电话畅通。"

黄海波静静地听着,仔细端详着眼前的公安局局长。他的脑子里不断重复着许局长的话,他也觉得储银来似乎卷入了一个更深的旋涡中,连同他的姐姐黄婷婷都不能自拔。

"放心吧,许局长,你的话我明白,我也不是三两岁的孩子了。我现在走了,等我想起来什么事情,我会及时向你报告的。"黄海波坚定地说,转身离开了公安局的信访室。

直到黄海波走出公安局,姚长明才向许壮志报告。

"许局长,要不要再安排人盯紧黄海波,防止他走漏风声?"

许壮志沉思了一下说:"我觉得暂时还没那个必要,为了救他姐姐,他会和我们配合的,还有就是他现在已经知道他姐姐陷入了一个极其危险和被动的境地。我再强调一遍,黄婷婷是我们这桩案件的明线上的人,我们可以随时收网,但绝不能打草惊蛇,惊动了深水里的那条大鱼。另外,通知一下田集镇派出所,让他们部署好柳沟村的片警和辅警,随时注意黄海波家的动向,特别是黄婷婷,一旦现身,随时限制她的人身自由。注意,行动最好安排在晚上,减轻对社会的影响,明白吗?"

"明白,局长,我现在就通知田集镇派出所。"

上午10时许,天空突然放晴,阳光穿过灰色的云层,直直地照在白雪皑皑的淮河岸边平原上。

通往柳沟村的柏油乡村路上的积雪已融化了大半,县城的农班车、出租车和私家小轿车来来往往,络绎不绝。

黄海波忙了一上午,到现在才感到饥肠辘辘,他觉得如果再不吃点东西,随时都有可能摔倒。

他在海子早点店吃了一碗咸麻糊和一笼小笼包,才赶走了寒冷和饥饿,顺手用纸巾擦了一下嘴,用手机微信付了早点钱,正好碰上了回柳沟村的钱二牛的农班车,抬脚上了车。

崭新的农班车动力很强,不到二十分钟就到了田集街东头,车里有人要下车,短暂停靠后,又有人要上车。

黄海波几乎一夜无眠,趁这个空,坐在软绵绵的车位子上迷糊起来。

下意识中,他觉得有人在推他。一下、两下,他觉得这个人好无聊。

最终,黄海波忍无可忍,睁开眼就对着那人一记重拳。

只是出拳的那一瞬间,他又赶紧收了回来。

若不是收拳及时,真不知道这一拳打下去是什么后果。

但在收拳的同时,他傻眼了——推他的不是别人,正是姐姐黄婷婷。

"姐,你什么时候上车的?我怎么不知道?"

"你知道个屁呀,睡得像一头猪。昨晚干啥去了?偷人家去了?"

"姐呀,你还好意思说,你昨晚给我发信息,我、我……"

还没等黄海波把话说完,黄婷婷就一把捂住了黄海波的嘴,低声说道:"什么话都不要说,回到家里再讲,明白吗?"

黄海波半仰着点了点头,黄婷婷这才放下手。

刚进家门,黄婷婷就赶紧顺手关上院子里的大门。

"走,海波,我们到里屋说去。"

黄婷婷拉着黄海波的手,向家里最里面的房间走去。刚刚坐下,黄婷婷惊魂未定、面露恐惧地说:"海波,姐昨天夜里给你发信息的事,你不会给其他人讲了吧?现在有谁知道?"

"咱爸妈知道呀,他们现在有可能出去了吧。"

"还有谁知道?"黄婷婷急切地问。

"昨晚我和咱爸说了后,他让我连夜报警,我打110报警了,还有就是今天一大早,我又徒步走到鹿城县公安局了。他们公安局的领导知道。"黄海波一看姐姐这么着急,没敢说出新任局长许壮志的名字。

"不许报警!储银来说过这事绝对不能报警!"黄婷婷吓得浑身哆嗦,声音有些颤抖。

"姐,你咋犯迷糊呀?到现在你还相信储银来那尿货?我以为你昨晚和他在一起,打第一次电话,电话通了他都不接,再打他就关机了。这种人在危急关头当缩头乌龟,你想他还能靠得住吗?我报警就是担心你危险,怕你出事呀!"

"到了这个时候,靠得住也得靠,靠不住也得靠,谁叫我们两个是一根绳子上的蚂蚱呢?你这一下子把姐坑惨了,比打入十八层地狱还狠呢!"

"已经报过案了,那现在咋办?"黄海波有点不知所措了。

"你记住,从现在起关机,什么人都不要联系,把你的手机给我,听话,姐或许就会没事的。"黄婷婷一脸自卑的同时,不知道又从哪里得来一些自信。

黄海波犹豫了一下,还是把手机交给了姐姐。

5

天空中几大片乌灰色的云层这时完全散去了,头顶上火辣辣的太阳,少见地照得黄海波头昏脑涨。

许壮志的话语犹如洪钟至今在耳畔回响:"黄海波,你记住,为了保住你姐的命,你走出公安局的大门后,不管任何人和你联系,任何人的信息,必须如实报告给我……"

黄海波反复咀嚼着许壮志的话,最终还是走向了柳沟村治安室,拨通了许壮志的电话。

电话另一端,局长许壮志反复交代黄海波:"你现在立即回家去,就当什么事都没发生,好好休息,一切平安无事。有我们的人保护着,你要相信你姐现在很安全。"

黄海波点了点头,佯装没事地回家了。

其实,黄海波的电话尚未打给许壮志的时候,许壮志就得到了线报,知道黄婷婷已经回到柳沟村。

他当即召开局长办公会,研究部署夜晚的行动,先对黄婷婷实施收网,以便下一步对储银来进行调查。

晚饭时分,父亲黄忠贤准备了一大桌子菜让孩子们好好吃上一顿,毕竟上一次全家一起吃饭已经是很久以前的事情了。

他让老伴喊了十几遍黄婷婷吃饭,黄婷婷都没有走出房间。

只有黄海波打着哈欠走了出来。

"去,你再叫你姐吃晚饭去,这都睡了一整天了,哪有那么困呢?"埋怨归埋怨,儿女双双回到自己的身边,黄忠贤的喜悦之情还是溢于言表的。

"爸,你让她再休息一会儿吧,她工作那么累,只有回到家里来才能彻底睡个好觉。"黄海波给黄婷婷打着掩护。

"也是,也是,你说得对,要不再等她一会儿,让你妈再喊她一下,我们先看电视去。"

黄氏父子俩去客厅里看电视,黄母把冒着热气的菜放回锅里,怕凉了。

快到10点钟时,黄母再次喊黄婷婷吃饭,黄婷婷才披散着头发来到饭桌前。

看到如此丰盛的一桌好菜,黄婷婷兴奋地拍拍手,她感叹地说:"还是家里好呀,好久没有吃到这么好的饭菜了,闻着都香。"

今晚,她没有再想着减肥,而是放开胃口大吃了一次,毕竟经过这几天的折腾,她早已回不到从前了,惊恐度日让她的头发也是大把大把地掉落。

吃着饭叙着家常,等吃完晚饭收拾好,已经是夜里11点半了。黄忠贤和老伴打着哈欠要休息,让儿子海波去把大门反锁起来。

这时,许壮志带着公安民警在这里已经埋伏多时了。

当黄海波打开大门,向外四处张望时,他发现许壮志带了十多名警察像天兵天将一般出现在他面前。

黄海波正想对着屋里的姐姐黄婷婷喊,要她快跑时,一个"姐"字没喊完整就被两名干警控制了。

黄婷婷在屋里等了半天,一直不见动静,不禁警惕起来。不好,难道自己暴露了?

想到这里,她连门都没出,而是快速退回到自己的房间里,简单地收拾了一下,准备跳窗而逃,哪知,她刚打开窗户,准备跳下来时,就被四名警察牢牢按住了。

"报告一号,二号位置已经把黄婷婷抓获,请指示。"

"一号明白,一号明白。二号,二号,立即将嫌疑人押送上车,收队!"

明亮的月色照亮了雪地上的一切,三辆警车拉着警笛,朝着鹿城县公安局的方向驶去。

此次行动不仅抓获了黄婷婷,黄海波也一同被带到了鹿城县公安局。在二号警车里,黄海波嚷嚷着,骂公安局的领导不守信用。

"你们公安还是人吗?我明明是有立功的,为了破案,我把姐姐都出卖了,你们怎么连我都抓起来了?你们的诚信呢?你们这么做对得起你们头上的国徽吗?我要见你们的领导,我要见到你们的局长许壮志,我要亲口问问他,这到底怎么回事?"

刑侦科科长王凌云见黄海波一脸愤怒,对于这样的无赖泼皮,他早已司空见惯,正色警告道:"黄海波,收起你那套拙劣的表演,你以为你自己是个好人吗?我可告诉你,我们早就掌握了你的一些情况,我看你还是老老实实地到局里交代清楚吧,现在在警车上,你最好给我老实点。"

"领导呀,政府呀,我的包青天,我可什么坏事都没干过呀,天地良心。要不相信,你们去查呀!查出来我什么罪都认。但你们绝不能诬陷一个对破案有功的人哪!"

"快闭上你的嘴巴,你跟许局长是汇报了一些有价值的线索,但是,你和储银来勾结,盯梢胡老邪的事,你以为公安都不知道吗？这一个重要线索,恐怕你上次没和许局长提过吧？"

黄海波一下子傻眼了。是呀,公安局的这帮人简直太神奇了,他们怎么知道我派人暗中跟踪胡老邪？也不会呀,胡老邪本来就一屁股屎,他怎么可能自投罗网,提这事呢？看来自己真的低估这些公安干警的智商了。

想想这些,再加上王凌云的当场训斥,黄海波脑袋里嗡嗡直响,一句话也不敢多说了。

县公安局审讯室里灯火通明。

黄婷婷和黄海波兄妹俩每人一个房间,单独审讯。

"黄婷婷,你要配合公安,谈谈你为什么要上演苦肉计潜入长风柳木工艺品公司,背后是谁指使,赵小慧为何被偷袭,哪个指使的？"审讯的女干警提了好几个问题,等待黄婷婷回答。

黄婷婷抬了一下眼皮,没有理会,继续装睡。

"黄婷婷,到现在这个地步,你觉得抵抗有什么意义吗？我真不明白你这么做到底为了什么。"

"为了什么？为了我的生活和未来,还有我的心上人。"黄婷婷内心极其复杂,她知道听信储银来的谎言,自己一错再错,已经不能回头。

想想这个男人在自己生命安全受到威胁时的所作所为,以及他为了自己的生命安全,将她作为人质,黄婷婷的心彻底凉了。

黄婷婷现在觉得自己为储银来所付出的一切,都是那么不值得。但事到如今,她又能咋办呢？

她开始思念起范长风,从内心讲,她真的对不起他,一次次地伤害他,一次次地欺骗他,如果有来生,她真的愿意当牛做马来赎罪,或者报答范长风,只是人生的字典里没有"如果"。

"哼哼,你的心上人?黄婷婷,你想多了吧?你把他当作心上人,可他就只有你这么一个心上人吗?你敢确定?"女民警冷笑了一声,冷眼看了一下黄婷婷,而后又转身看了一下背后的磨砂玻璃。

磨砂玻璃后站着许壮志,嘴里叼着一支铅笔,用无线耳麦向办案女民警下达命令。

"按原计划实施。"

女警官点了点头。

"黄婷婷,我真的佩服你的固执和无知,你知道你的心上人现在在干什么吗?"

黄婷婷翻着白眼看了看审讯她的女警。

"还能干什么?不是在被你们公安审讯,就是在被你们公安追捕,亡命天涯呗。"

"我刚才已经提醒过了,黄婷婷,你不要太盲目自信,更不能相信储银来的鬼话,在我播放这段音视频之前,你要做好心理准备,我担心你会爆炸。"审讯的女民警死死盯着黄婷婷的脸。

"我会爆炸?警察同志,你是来跟我搞笑的吧?我是吓大的吗?我实话告诉你,如果我不是死里逃生,你们怎么可能这么快抓住我?我可是从魔掌里、虎口里逃生的,不然你们完全没有一丝一毫的机会抓住我。我都是从鬼门关走过一回的人了,我还有什么可怕的?还跟我在这里谈爆炸,收起你们的一厢情愿吧。"

"黄婷婷,真的看不出来,我低估你了,果然够狂,有种。你现在也别跟我嘴硬,你先看了这段录像再说。"

"能有多大的事,放马过来吧!"黄婷婷仍一脸的不屑。

女民警拿出一个乳白色的MP4,打开了。视频中,从黄海波的女朋友万小红走进房间,和储银来一段缠绵的对话,到储银来吃万小红给他送的蛋糕,喝着热饮,发展到最后,储银来一层一层脱去了万小红的外衣。

这个动作和当年储银来剥去自己的外衣时如出一辙,这个人面兽心的家伙,竟然把魔掌伸到自己的弟妹身上,黄婷婷气得直打哆嗦。

审讯女警官按了一下暂停键,抬头问黄婷婷:"黄小姐,往下的内容不用再看了吧?想必你会想到结果的。"

此时的黄婷婷强忍着屈辱的泪水,点了点头,忽地又摇了摇头。

"不,我要看下去,我一定要看看这对男盗女娼的狗东西如何表演。"黄婷婷说着站了起来。

上来两个女协警,把她重新按到了座椅上。

审讯的女警一下子明白过来了,像这种一根筋的主儿,或许是不见棺材不落泪的。

"不要脸,两个畜生!"看完视频的黄婷婷歇斯底里,终于要爆发了。

6

只是过了不到五秒,她又突然冷静了下来。

"不对,我说你们这些警察,差一点被你们蒙了,我敢断定,这是你们找人演的。我不相信是储银来本人,那个女的更不可能是万小红,他们两个是不会做这种禽兽不如的事情的。"

黄婷婷嘴上坚持着自己的说法,其实内心早已碎成一地,难道她真的不知道储银来和万小红是一对什么货色?

只是她不愿意承认这个事实而已,可以不承认,但并不代表什么都没有发生过。

看完视频黄婷婷真的快崩溃了,第一次见到万小红时给她的感觉就不好,直觉告诉她,万小红的心绝对不在弟弟黄海波身上,这下真的被她猜中了,但她仍然不死心。

"你们拿出什么物证,我才会相信这个男人是储银来。"黄婷婷似乎在寻找支撑她内心的最后一根稻草。

"这个简单,你不会忘记你和储银来住在一起的时候,他喜欢抽的雪茄吧?"

说话间,女警官将画面对准视频中床头柜上摆放的燃烧了半截的雪茄烟,拉了个近距。

"你仔细看看,这是不是储银来常抽的那个牌子的雪茄?你再看看他们离开这个旅社的时候储银来的动作,他是不是又拿起这支没抽完的雪茄,点了火才离开的? 先走的是万小红。"

黄婷婷点了点头,眼神里充满着绝望。这个时候,他们这对狗男女鱼水合欢的时候,她黄婷婷在哪里? ——正在被那帮绑匪羞辱呢,如果不是她机智勇敢,或许早被那帮歹人祸害了。

"还想看看他们后来又去春风旅社209房间的精彩表现吗?那个时间段就是储银来关闭手机的时候,所以说,那个时候你和你弟弟黄海波没有一个人能打通储银来的电话,我说得对不对?"

黄婷婷不再言语,刚才的暴戾和自负早已被面前的现实击碎,她本希望这种事情来得再晚一些,她或许能学会慢慢接受和忍受,就像她忍受储银来的一切那样。

令她猝不及防的是,储银来和万小红之间的男女之事来得那么猛烈、那么突然,现在的她犹如住在 ICU 的垂死之人,毫无办法,等死,是唯一的结局。

另一间审讯室里,黄海波同时在被审讯。

他在车上的嚣张气焰几乎不复存在。

"黄海波,你是个男人吗?"王凌云问道。

"不容置疑,必须是。"黄海波咬紧了牙。

"你知道你的未婚妻万小红和储银来的关系吗?他们现在在哪里?在干什么?你知道吧?把你知道的都说出来吧。"

问这个话题,黄海波的脸一下子红了。

"他俩应该是普通朋友关系吧,储银来可是我姐的未婚夫呀。还有,万小红现在在干什么,是不是和储银来在一起,我哪里知道?前两天,万小红告诉我她去省城参加她同学的婚礼了。哎,对了,她参加同学的婚礼吃喜酒没有钱,还是我给她拿的钱随礼的呢。"

"一共拿了多少钱?"

"2000 呀,我是从储总让我给他办事提前支取的 5000 元里面拿的,我哪有一分钱?对了,万小红说只要 600 就行了,我说多拿点,手里宽裕点,更方便些。她千恩万谢,我们当天在顺昌开了个钟点房,做完那事后,是我亲自送她到顺昌西站上的高铁。"

"她当天有没有回来?"

"她给我打电话了,告诉我几个女同学好几年都没见面了,她们要在省城玩两天,我也就相信她了。"

"你的意思是说,她参加完同学的婚礼后,并没有及时回到顺昌或者鹿城,而是留在了省城和女同学们在一起?"

"难道不是吗?她一直对我那么好,怎么可能欺骗我呢?"

"肯定不是,你是没有欺骗过她,可是你能保证她一定没欺骗你?还有,你认为在她心里你的地位很高吗?比方说,你和储银来在一起对比,万小红是更看重你呢,还是储银来?"

"这个……这个事情我还真没想过,不过我觉得,她一定是很爱我的。对于储银来,她只是逢场作戏罢了,大家都是朋友,相互给个面子吧。"

"哈哈哈哈,黄海波你真的是自欺欺人,无知到家。我现在实话告诉你,你的未婚妻万小红到现在还躺在储银来的被窝里,你不大相信吧?连你的姐姐都知道这事了,你肯定不相信吧?"

王凌云一针见血,对于审讯黄海波这样的无赖泼皮,只能用这种招数,使他崩溃。

"不,你们在撒谎,万小红不是那种人,储总也不是,我相信他们是清白的,你们再侮辱他们的人格,我要告你们!"

要不是坐在审讯椅子上,黄海波都想冲过去,照着王凌云的面门打上两拳。

"你的姐姐黄婷婷正在隔壁接受审讯,你不会不知道吧?我们公安拍摄的视频,完整记录下了他们两个在一起发生的事,你有没有兴趣看一遍?"

黄海波无言以对,他甚至都不敢想象万小红那白花花的扭动的身子,在储银来猪一样的怀里的情形,但越不往那处想,脑子里就越会出现那种让人作呕的画面。

"王警官,别说了,你们直接说,想知道什么,我说还不行吗?"

攻破了黄婷婷和黄海波姐弟的最后一道心理防线后,对他们的审讯自然就顺畅了很多。

——交代了。

毕竟,他们在被储银来耍得团团转后,又被他捅了一刀,撒了一把盐,直到现在心还在滴血。

黄婷婷低垂着眼睑,声音不大,似乎已经没有能够支撑她说话的底气了。

"我承认我是在储银来的授意下,潜入长风柳木公司的,就想盗取范长风公司的商业秘密,然后搞垮他的公司。"

"就这么多?这么简单?"女警官问道。

"我只知道这么多,别的我不知道。"黄婷婷说话有些有气无力。

"不可能吧,你再想想,你为什么后来又被绑架了?你应该知道其中的原因,我认为到了这个时候,该讲的你不能做任何保留了,否则对你和案情都不利。"女警官步步紧逼。

"对了,你不提这事,我还真的给忘记了,绑架我的另有其人,至于是不是储银来指使的,我还真不好说。"

女警官点点头,示意黄婷婷继续说下去。

"我敢肯定,听口音那帮人不是我们本地人,但离我们不远,应该是邻省,所以不仔细听听不出来,毕竟与我们只隔一条淮河,口音极为相似。他们一帮有五六个人,将我和储银来堵在了房间里,一开始我以为是要债的,事实上却不然。要债只是一方面,储银来拿了他们 150 多万元的货款,没有及时供货,他们就认为储银来是个大骗子。其实我后来才了解到,储银来不光欠梁氏兄弟集团的货款,还欠当地柳编编织户们 100 多万元工钱和材料钱。到处人模狗样地招摇撞骗,把大把大把的钱用在了赌博和女人身上。我跟着储银来混日子,一时也不敢揭穿他这个人面兽心的东西。直到我刚才看到他和万小红的龌龊行径后,我才彻底地对他感到绝望。"

黄婷婷说着说着,就有些气愤。有一个女警察给她递了一杯热水,她趁热喝了一口。

"那帮绑匪看到储银来没有任何利用价值后,才向我动的手。对了,这中间还有一个细节差一点漏掉了。一个硬盘,一个打不开的硬盘,就是我从长风柳木公司里盗取的那个硬盘,是范长风公司的商业秘密,储银来简单地以为,只要将范长风公司的商业秘密盗取,就会断了他所有的商业来往。开始我也以为是这样,为了能和储银来走在一起,我才决定再冒这次风险的,昧着良心回到范长风身边。在范长风那里,我知道潘红柳是我的情敌,我也是有意让她醋意大发,逼着她离开长风柳木公司,这样,我就可以无忧无虑地整天陪着范长风了。谁知道半路里又杀出个程咬金。这个人就是长风柳木公司办公室主任赵小慧。哎,你别看她天天不怎么说话,按说办公室的一把手应该能说会道,滔滔不绝,但这个赵小慧有点例外,说句不好听的话,她可是个不爱吭声却真咬人的狗。"

审讯女警有些不满意了,敲着桌子提醒黄婷婷。

"注意你的用词,说话要文明,不许侮辱人。"

"是的,是的,我的错。我一直没有想到这个赵小慧是一个狠人。那天已经很晚了,大概11点多吧,我得手后,和储银来约定,他来长风柳木公司大门口接应我,我知道那几天范长风不在鹿城县,去哪里了,他没说,我也不方便问。正当我拔腿逃离长风柳木公司办公室时,赵小慧突然幽灵般出现了。当时就把我吓蒙了,我一看就她一个人,加上门岗室刚来的老张,年纪大耳朵背,我就赶紧站起来继续往外面马路上跑,因为那里有储银来呢,我才不会害怕。转回头,赵小慧又紧紧跟在我后面,还拉着我的衣服不松手。这时,储银来看到我跑了出来,从我身后一掌砍了下去,直接把赵小慧打晕了。虽然储银来对大门口的摄像设备做了手脚,但我们还是害怕事情败露,这才连夜逃往省城,后来的事你们就清楚了。梁氏兄弟拿到了我盗取的那个硬盘,心头的气算是暂时平息了一些,但狡猾的梁振北怕硬盘有诈,就把我作为人质抓走了。他们将我绑到一个废弃的化工厂里面,梁振北带着其他几个人到城里去狂欢了,我以小便为借口,几历生死,最终逃出魔掌。出来后,我就给储银来打电话,没想到他关机了。省城到处都有你们公安的眼线,我在天明之前到了省城火车站,坐最早的车回到了顺昌。"

整个案件的线索形成闭环,女民警总算松了一口气,连磨砂玻璃后站着的许壮志局长也是长长地舒了口气。

另一个审讯室里,黄海波也在老老实实地交代自己参与的储银来的犯罪活动。

"你安排你的几个弟兄去盯胡老邪,是谁授意的?你们拿了多少好处费?"王凌云敲着桌子问。

"当然是储银来了,他当时跟我说,这个胡老邪拿了他的钱,不给他办事,想黑吃黑。我也没拿他多少,是他随便给的,他说是先用着,办事哪有不花钱?我觉得他大方义气,才安排小兄弟们帮他盯梢的。但有一点,我和我的那帮小兄弟可没有伤害胡老邪啊。你说,胡老邪现在不会死了吧?我们几个背上了命案?"

"胡老邪现在下落不明,但不能说明你们几个没一点责任。你们这叫帮凶,知道吗?"

"知道。"黄海波低下头,声音低得只有自己听见。

"毕竟胡老邪是我同学胡一瓜的爸爸,我们再过分也不会要他的命。"

"我相信你们几个毛头小子也不敢。"王凌云自信地说。

"我就不明白了,我们几个干的事怎么都瞒不住你们公安的眼睛?"

"不是我们厉害,是天眼工程厉害。你不知道现在的各十字路口、小区出入口到处都安装有天眼吗?只要想查你们哪一个人,不用费很大的劲吧?"

许壮志和局班子碰头后,大家形成了一个统一的意见,那就是先放了黄氏姐弟,让他们先回到柳沟村家中,次日回到储氏金银柳编厂上班,当什么事都没发生一样,要他们平静地等着储银来回到黄岗来。

7

这年春夏之交,注定是不平静的。

一场席卷中国的扫黑除恶专项斗争轰轰烈烈地展开了,打击力度前所未有。一批社会闲散人员形成的黑恶势力长期独霸一方,全国上下公检法系统以摧枯拉朽之势铲除了这些毒瘤,人民群众对此拍手称快。

一切黑恶势力的保护伞都被连根拔起。

三个月了,范长风终于得到一个令他兴奋的消息。淮河对岸的梁氏兄弟集团覆灭了,这个长期欺行霸市、带有黑社会性质的民营企业被中原省彻底打掉了。

同时还揪出了他们从县到地级市,甚至省厅里的一系列黑恶势力保护伞。"打网破伞"的力度空前,淮河中游两岸人民群众欢呼雀跃,一片沸腾。

在审查梁氏兄弟集团犯罪事实的过程中,他们一并交代了如何利用储银来一步步陷害范长风的犯罪经过。

中原省警方将这一重要信息向江淮省警方通报,并表示会全力配合,两省跨地办案即将翻开新的篇章。

黄婷婷还是一直在储氏金银柳编厂上班,万小红离开了,离开的同时,直接将黄海波的手机号拉黑。

黄婷婷懒得管这些,她自己的事都已经够让心烦的了。

至于储银来和万小红的关系,只要一天不摆在明面上,她黄婷婷能忍则忍。

毕竟,要是因为这事去惹恼储银来,储银来再跟自己来个破罐子破摔,硬是撵走你,也不是不可能。

黄婷婷心里清楚,现在的她,已不是储银来当初心中的花,现在连个路边小草都不算。

在双方不撕破脸皮的情况下,这日子能过还得过下去,最起码对自己的父母也是个交代,她黄婷婷好歹也算个有工作的人吧。

实在不行,到了下半年,她想到顺昌或省城的其他工厂里打工去,从此再不踏入黄岗。

办公室里,储银来的脸色阴沉,焦虑不安地踱来踱去。

"婷婷,看来真的要出大事了,从现在的情况看,我们俩都自身难保。你赶紧走吧,我给你拿些钱当路费。"

黄婷婷没有言语,也没有拒绝,事情到了这个地步,她实在没有太好的办法。

"这里有2万元钱,你带在身上,无论到哪里都不要提我和你的事情,既是对我的保护也是对你自己负责,明白吗?我也知道这么多年你一直跟着我受委屈了。说实在的,你知道我不是真的爱你,只是利用你来报复范长风的。直到有一天,你让我遇到了万小红,我才找到了属于自己的红颜知己。你可以骂我,海波也可以为了万小红杀了我。我都不在乎,但有一条你们必须明白,万小红是真的爱我、崇拜我,我们两个哪怕死在一起,这一生也值了,现在她还怀了我的骨肉。"

"骗子、流氓,你无耻!别再说了,我受不了。我不想说我这么多年的付出,我知道我是你利用的工具。如果你还有一点人性,你的心里难道就一点不担心我吗?在你心里,我难道连一只小猫小狗都不如吗?钱,2万元钱,好多呀!你个畜生!"

黄婷婷冷笑了一声,瞬间将钱高高抛起,撒落一地,空中的钞票纷纷扬扬,一张张飘落在地板上。

"在你的眼里,我就是个拜金女、垃圾女,走到今天我才知道,我是多么傻呀,我放着和范长风的恩爱不要,而和你这个人渣鬼混,干尽了泯灭良心的坏事。你让我和范长风再也回不到从前。我的一切既毁在了我自己的手里,也毁在了你这个畜生的手里！记住,储银来,在这个世上,我得不到的,别人也别想得到！你去死吧！"

说话间,黄婷婷顺手操起茶几上一把长长的尖刃水果刀,向储银来脸上刺去,储银来一见寒光闪闪的刀尖将要捅到脸上,本能地一偏头,刀尖唰的一声,还是划到了脸上,绽开了深深的口子,瞬间血如泉涌,顺脸而下。

黄婷婷正准备转身再补一刀时,发现为时已晚,由于自己扑得太猛,整个人扑到了储银来身后。

"够狠,今天我也要你知道马王爷有几只眼,给你脸不要脸的东西！"

储银来在骂声里飞起一脚,对着黄婷婷的腰和屁股踢了过去。这一脚力气太大,将黄婷婷踢到了储银来办公室的沙发上。

储银来趁机拿起扫把,朝着黄婷婷的脑袋砸去。黄婷婷躲闪不及,被砸得头破血流,衣服领子里都进了血。

储银来还想上去再补一扫把,这时,办公室的门被踹开了,四名全副武装的警察持枪对准了储银来。

"住手,把手举起来,不然就开枪了！"

面对黑洞洞的枪口,储银来两腿一软,双手举起,跪了下来。

黄婷婷在哀号声中也被铐上锃亮的手铐,带上了车,在戴手铐的过程中,黄婷婷将储银来送给他的D货金手链扣下来,扔到了储银来的脸上。

这副黄金手链也是假的。

鹿城县人民法院再次开庭这天,天空飘起了毛毛细雨。法庭的被告席上,储银来往日的嚣张化成了沉默。

公诉人再一次对被告提起公诉,面对法官一次一次地在人证物证面前的质问,储银来无言以对。尽管代理律师"赵铁嘴"使尽浑身解数,但终究无力回天,在一件件铁一样的事实面前,储银来无话可说了。

在法庭的最后陈述阶段,储银来轻轻地说:"我没有任何可以陈述的话,只能在这里向范长风表示深深的歉意,我对不起范家三代人。"

这时,万小红哭了起来。

"范长风董事长,你大人有大量,你出个谅解书吧,再给储银来一个机会,我是真心爱他的,我现在肚子里都怀上他的孩子了。你不看他的面子,也可怜一下我肚子里的孩子吧,孩子出生不能没有爸爸呀!"

万小红哭得歇斯底里。黄海波气得骂了起来:"你个不要脸的,你咋开得了口呢?你不嫌丢人我还嫌丢人呢!"

万小红没有理会黄海波,还是一个劲地向范长风求情。

审判法官用法槌猛地敲了两下审判桌。

"肃静,这里是法院,不是菜市场。"

万小红这才觉得自己失态。

法官看了看范长风,直接问道:"范长风,你愿意给法院出具谅解书再次原谅储银来吗?这个问题,你还是要慎重地考虑一下再回答。"

范长风仰了仰头,一脸轻松。

"法官大人,我早已经想好了,我不会出具什么谅解书,储银来对我所做的一切,必须受到法律的制裁。我一直相信,正义有可能会迟到,但它从不缺席。"

范长风的话刚说完,法庭上响起了一片热烈的掌声。

第八章　试种

1

县里要在黄岗镇推行杞柳种植的时候，哪怕每亩补300元，响应者也是寥寥无几。

"我先试种一万亩！"在工作组面前，范长风把胸脯拍得啪啪响。

范长风一语使在座的十多个人惊出一身冷汗。工作组带队的农业农村局局长杨万里的眼睛睁得如铜铃一般。

"什么？范董，你这一大早的还没睡醒吧？咱们淮河边上的儿女可没有喝早酒的习惯，你是不是昨晚上喝大了，而且还喝了假酒？怎么到现在还没有清醒过来呢？"

范淮河也颤巍巍地走过来，拉了拉范长风的衣角说："长风呀，你是不是前几天感冒发烧烧糊涂了？咱们家每年十多亩地的杞柳收割时，都没地方堆，你一万亩得堆多少个山头呀，用也用不完，卖也卖不掉，你准备当柴烧是不是？"

范长风甩了一下父亲的手说："爸，这里没有您的事，您赶快回家去吧，帮我妈做点家务，这事我心里自有主张，放心好了，儿子不会给您添麻烦的。"

范淮河长叹一声,甩开儿子的手走了。

黄岗镇分管农业的副镇长石金刚,对推动杞柳试种的事也是颇感头痛,他真的没想到,一批较有规模的柳编户这个时候也反水,纷纷表示,这玩意种出来除了编柳编就是当柴火烧了。

现在农村人也懒了,都用煤气罐了,连锅都不烧了,地里的玉米秆、豆秸秆都烧不了,快造成环境污染了,何况这些乱蓬蓬的又占很大地方的杞柳枝呢?如果不是编柳编能挣钱,放在田野里都碍事。

如果此事推动不下去,那么县委、县政府的红头文件岂不成了一纸空文?到头来在黄岗镇搞试点就成了全县最大的一个大笑话,会成为当地年度热门话题。

不行,就是再难也要往下推进,黄岗镇不能成为全县的笑话,他郑光明、王冲和石金刚更不能成为大家茶余饭后的谈资。

这天下午,副镇长石金刚风风火火地找到范长风。在长风柳木公司,石金刚完全没有了平时的霸气,温柔得不可理喻,但说话间,多少还是带点情绪的。

"范董,我这个副镇长干得真是觉得累和委屈,虽然有些决议是我们党委集中研究决定的事,但是最终拍板子还是要落实到具体某个人的头上,对吧?你说你从山东临沂学习考察就学习考察,你还和镇里领导汇报个啥呀?结果好了,碰见了好事的郑书记、想出成绩的王镇长,我就是个倒霉蛋,结果这事都落实到我这个分管农业的副镇长头上,这都是你范长风干的好事!"

范长风一听这话里有话,心里当然不是很舒服。

"石镇长,你要是这么说,我心里很是难受,个人有困难找警察,我企业有困难找政府难道找错了?你要是真的不想再挨家挨户问了,我们可以和郑书记一起说说,黄岗的濛洼荒滩地我全承包了,我种杞柳,所有亏损我个人承担,和镇政府一点关系都没有,行了吧?"

石金刚一听,范长风来真的了,连一句话都不让说了。他这个副镇长当得真够窝囊的,不过想想在新时代,领导干部就是为人民服务的,自己再胡说八道对着范长风耍脾气、摆架子,明显不合适,立即软了下来。

"范董,我的好兄弟,不是哥怪你,你也站在哥哥的立场想想哥的处境吧,你要是来当这个副镇长,难道你就不头大吗?弄到这份儿上,试点推行不下去,柳编户不愿意种杞柳,原因是什么你该知道吧?还有,我知道你是为了咱们镇的面子,自己非要试种杞柳一万亩,那是气话。黄岗的濛洼荒滩地总计不到三万亩,你承包一万亩,你把各级领导当傻蛋忽悠呢!"

其实,事情发展到这一步,一切都是按照范长风第一个五年计划进行的。这恰恰也是范长风最愿意看到的一幕,有了政府支持,他像大鹏展翅一样翱翔蓝天,像水中蛟龙一样遨游四海。

他的规划正在一步步变成现实。他的第一期规划,是要把长风柳木打造成国内尖端的柳木工艺品公司,不管是规模、档次还是出口额,他都要做国内第一方阵中的排头兵。

第二个长期规划是,范长风要把中国淮河柳编品牌打造成国际一流水准,他要在欧美一些国家建市场、走高端路线,最后在沪交所成功上市。

他这可不是狂妄无知,而是中华民族伟大复兴的中国梦让他自从事柳编产业第一天就能看到希望和他设想的美好未来。

要做就做国内顶尖的,要做就做世界一流的。

如果说第一次的广交会让他开了眼,看到了与国际的差距,那么后来一次次广交会的成功运作,都为这个宏伟目标的实现奠定了坚实的基础。

在柳编领域里,他不光要把柳编编织技艺这个国家级非遗传承好,更要把柳编产业做强做大,做到海外去,成为国际性品牌,这才是他的终极目标。在国际的工艺美术展里,中国淮河柳编要成为最亮丽的风景线,成为万众瞩目的那一颗耀眼的明星。

这一切,想想都让他激动。

面对石副镇长的焦虑和无奈,范长风有些想笑,但在这个比自己年长几岁的人面前,他还是忍住了,对别人的尊重是最起码的。

"石镇长,其实这个事情真的很好办,我在县工作组面前说的也是心里话,绝不是满嘴跑火车和不着调。我们现在这个柳编协会不是成立了吗?我和杨老商量过了,由柳编协会出面,镇政府配合,把我们镇上所有种植杞柳的农户集中统计出来一个数据,我估计应该在两万亩左右。据我所知,有的杞柳田已经改作水稻田了。如果像欧阳明珠那四五家大户一样,政府继续鼓励他们种下去,但每家不能少于二百亩,这样才能形成规模,到后来剩下的我范长风全部兜底。我估计能有一万亩,只多不会少。"

石金刚点点头,原来,一脸阴沉的他已经由阴转晴了。

2

今年春天来得格外早,枝头嫩绿的叶片刚刚含苞待放,天气突然变暖,人们脱去了厚重的棉衣,活跃在田间地头。

范长风百无聊赖地徜徉在濛洼滩头上,眼望着一垄垄青色的杞柳田发呆,仿佛这簇簇杞柳的根苗像列队的武士,嘲笑着自己不敢再前进一步。

河道南侧有一条叫润河的河流,正缓缓地注入淮河。

夜幕降临,河边的人们陆续散去,寂静归于自然,天上的星星越聚越多。

今晚,没有月光,一切都显得那么安静,这种安静让范长风觉得有一种恐惧突然袭来。

他又燃上了一支烟,烟头的红色在夜幕里格外耀眼。抬头向润河望去,不远处就是20世纪50年代龙虎尊出土的河谷地段,范长风朝着那个方向走去。

"哗——哗——",在离范长风不到三百米处,传来落水声。

"有人落水!不对呀,这么冷的天,谁会在这个时候落水呢?还是不慎失足跌入河中?"

这个念头在范长风的脑海里一闪而过,不管是什么原因,他都要下河救人。

范长风甩掉手里的烟头,脱去外衣,向润河呼救声传来的方向奔去。

落水者是一步一步走向润河深处的,一边走一边发出悲鸣,看来他是不想离开这个世界的。

"别再往里走了,停下来!"

范长风大喝一声,那个黑影果然停了下来,河水已经漫过了他的膝盖。

范长风离他只有一米不到的距离了。

"把手伸过来,快点!"

黑影犹豫了一下,还是往深处走。

范长风上前一大步,抱住了那个人的腰,直接把他拖到了岸上。

"别救我,我不想活了,活着真没意思!"

范长风看清楚了这个男人,一个年轻的后生,长得文文弱弱,但眼神中有一种倔强。

"你一个男人,年纪轻轻的,说什么屁话!你还能有点出息吗?什么事比活着还重要?"

向来遇事冷静的范长风恐怕连自己都没有意识到,自己啥时候开始学会发飙了。

"我,我一直以为自己是一个有出息的男人,但我所做的一切,为什么换不来别人的理解,还被看作无用之人?"

"我觉得你不应该活在别人的评价里,别人说什么不代表你就是什么,你是个男人的话,就应该活出自我,活出个样子来给他们看看。你看看你现在是什么样子,你还是个男人吗?"

落水者呜呜哭了起来,范长风一时不知道该怎么劝了。

过了一会儿,男人抬起头来。

"我想和你说说心里话,你愿意听吗?"

"我愿意。"

范长风想,我既然救了你,听你说一说自己的故事又如何?

"听后你会相信我的话吗？如果你不相信,我便不说了,免得白费口舌。"男人平静的心又不平静了,情绪上稍微起了点波澜。

　　"这个你放心,我百分之百愿意听,而且愿意信,首先你得保证你对我讲的都是实话。"

　　"我保证,并且可以对天发誓。"

　　"那倒不必,你安安静静地讲,我仔细认真地听,你放心好了。"

　　男人停止抽泣,开始了他的叙述。

　　"我叫郑前进,家住淮河南岸的中原省蓼城县三河涧淮上村,和黄岗村柳树头自然村的慕容盼盼是同学。这一点你不要觉得奇怪,因为我小时候是在外婆家长大的,我外婆的村子就是这个柳树头村。

　　"我们从小学到初中和高中都是同学,因为我高中时沉迷网络游戏,学习成绩直线下滑,没有考上心仪的大学,就到南方打工去了。

　　"慕容盼盼也只是考上了顺昌职业学院的大专班,学的是影像专业,毕业后留在了顺昌市中医院工作。我们俩约定,我一定在南方的城市闯出一条路,将来腰缠万贯时,再回到顺昌市找她,我们两个就结婚。

　　"五年间,我从一个打工仔做起,一步步办了一个自己的建筑企业,当了个小老板,手里也有了一定的积蓄。没想到她连面都不跟我见,只在微信里留言:你如果这一辈子进入不了公务员行列,请不要跟我联系,你再有钱我也看不上。

　　"我就在她的单位等她,听说她双休日从顺昌回黄岗了,又到柳树头村等她,她还是不跟我见面。

"我伤心欲绝,天色黑暗下来的时候,我觉得自己的人生也同这天空一样极其黑暗。我斗不过黑暗,只能在黑暗里消失,我觉得人活在这个世上好累,你再努力都得不到心上人的理解和支持,有可能最终你们都走不到一块去,活着还有啥意思?

"于是,我选择了走进润河,我绝不是一时的冲动,而是真的看不到我和她能走在一起的希望。"

"我明白了,也更加相信你的话,郑前进。其实每个人都有不同的经历,对待人生,对待爱情。"范长风淡淡一笑。

"你也有这方面的残忍经历?"

"何止有?直到现在都不能释怀,不知道该爱还是不该爱,甚至到目前为止,我都没有明白爱情是什么,所以我和你一样,也都不敢想这方面的事了。"

郑前进点了点头。黑暗中,范长风递给了郑前进一支中华香烟。

"我不会抽,我怕咳嗽。"

"我也不会,几分钟前才学会的,是男人就来一支吧。"

范长风给郑前进点燃了火,火苗由红变蓝,郑前进猛抽了一口,发出哕哕的干呕声。

3

"我叫范长风,是黄岗长风柳木工艺品有限公司董事长,今年二十六岁,有幸和你成为朋友。"

范长风很是爽快,心情也好了很多。

"范董事长好,我叫郑前进,今年二十三岁,如不嫌弃的话,我叫你声哥哥,看在你救我一命的分上,我想,我想和你结拜成兄弟,你看如何?不过,你不,不用为难,如果不行,就当我是随便说说的。"

郑前进结结巴巴,最终还是讲出了心里憋了许久的话。

"弟弟是个敞亮人,我一眼就看得出来。我也是家中的独子,早想找个得心应手的兄弟帮我了。这样吧,哥不光同意你和我结拜成兄弟,我还盛情邀请你做我公司的常务副总经理,年薪20万元,你看怎么样?这样你就哪里都不用去了,到了公司后,你主抓我公司的党建宣传和管理工作,公司包吃包住,一年后,再加薪5万元。"

"范总,不,我的亲哥,你能这样对待一个刚相识不到两个小时的弟弟,我就是当牛做马也难以回报哥对我的恩情。其实,我也不想在南方那个城市干了,我是个没有出息的男人,太恋家了,如果这边你能确定了,我就把那个厂子转手卖掉,回来跟你干,在那边我特别累,更是看不见天日。"郑前进说着,双手抱拳,双膝扑通一声,给范长风跪下了。

"弟弟,绝不能这样,记住哥的话,男儿膝下有黄金,除了天地父母,任何人都不值得你下跪,明白了吗?"

"我明白了,放心吧,我知道我以后该怎么做了。"

"走,趁天不是太黑,我们回镇上去,我给你买两套新衣服,然后带你到淮河鱼馆吃鱼火锅。"

"嗯,一切听哥的安排,走!"

郑前进总算是从迷茫中走出来,跟着范长风回到了黄岗的街道。

一阵微风掠过,春天里,门前的燕子也在天黑后立即归巢了,温暖的春天的气息,早早地升腾在淮河岸边的大地上,它们也格外勤劳。

两个人来到黄岗顺昌华联商场的男式服装柜台,范长风让郑前进挑选两套衣服。

郑前进选了一件浅蓝色的套头休闲T恤,范长风看他不舍得花钱,又帮他选了一套深色的利郎西装,这是在公司的会议上必须穿的正装。

晚上9点多的时候,刘满意的淮河鱼馆还没有关门,吃饭的顾客像盛夏里淮河的过江鱼,一拨接着一拨。

这是今天排队吃火锅鱼的第三批了,恰巧,范长风和郑前进赶上了这一拨。

"范董事长,就你们两个?还好,我剩下的鲤鱼虽然不多了,但管你们两位领导吃饱绝没问题。哎,对了,请问,这位是……?"

刘满意一直以来就是一个好奇心重的人,见到什么新鲜事都要过问一番的,这也是他常在街头站,与他人建立良好人际关系的方式之一。

"我兄弟,郑前进,刚从南方城市回来的老总,现在是我们长风公司常务副总,我的好兄弟,以后来你这店里吃饭,到时候别说不认识他了!"

"那是,那是,范董事长的兄弟就是我们的兄弟,您是这黄岗镇上的大企业家,一年收入都上亿元,我们这小本生意还得靠你们照着呢,郑总我哪能不认识呢?放心好了,和您一样。"

两人在临着玻璃窗的双人卡座上坐了下来。

黄岗镇上没有高层,楼房的平均高度也就是二至三层,城镇的绿化率却远远超过国家规定的标准,到处都是绿树、竹林、鲜花、水塘,有几位企业家建造的别墅小区更是装点得相当气派。

　　他们欣赏着窗外的风景,鲤鱼火锅很快端了上来。

　　"你喝酒吧?要不来点白酒或者啤酒什么的?"

　　"哥,我不胜酒力,如果要喝,白酒就算了,来两瓶劲酒吧。"

　　"那也行,何况你刚才又被冷水浸泡过了,我到现在还觉得身上有些寒冷呢。"

　　郑前进安排服务员上两瓶劲酒,范长风伸出三个手指头。

　　服务员点了点头。两个人开怀畅饮起来,每人一瓶下肚后,话自然多了起来。

　　范长风红着脸说:"兄弟呀,其实这么多年了,我身边一直缺一个蓝颜知己,我现在对女朋友都不敢太奢望了。和女人合作,我是又喜又惊,无法挣脱,直到今天碰见你,我才敢想下一步棋我该怎么走。"

　　郑前进有点受宠若惊,说话也开始结巴:"哥,咱们兄弟俩喝、喝酒,你可别再跟我提什么女人的事,这是个令人扫兴的话题。"

　　范长风笑了:"弟,不说这了,是哥的错。但是你可知道,在事业上必须两个人相互支持,也叫二人转,对吧?一个人独舞,舞姿再美,本事再大,你就是浑身是铁,又能打几根钉?这个道理当哥的明白。直到今天遇到你,我才知道,我有了兄弟,闯事业还得看亲兄弟,你得帮哥这个忙。当然,你努力工作也是在帮你自己。现在你的女朋友慕容盼盼可以对你不睬不理,我敢保证,三年后,你就能让她高攀不起,你有没有这个信心?"

打开第三瓶的时候,两个人都已醉意蒙眬。

"哥,我当然有信心,我要好好跟着你干,三五年后,我也想当个柳编产业的老板,让她对我另眼相看。"

"来,干杯!这就对了,男人就应该自己强硬起来,就像我爷爷和我爸爸当年教我那样,爷们就是一棵大树,自己足够茂盛、足够高大,什么风呀雨呀的都奈何不了你,自己不倒下去,没人能扳倒。"

"哥的话绝对有道理,放心。"

郑前进接过范长风的香烟,吸了一口,又咳嗽起来。

范长风打开了侧旁的玻璃窗,一股清新的晚风吹了进来。

"哥,我还有一个不情之请,请哥成全。"

"我们都是亲兄弟了,有什么话直接说。"

"以后在公共场合我不能喊你哥,私下里可以,在其他场合我一定要尊称你为范董事长。我在南方城市待过,这个规矩我还是懂的。在执行你的决议前,或是在执行过程中,我有权向你提出合理性建议,如何?"

范长风听了后十分激动,走过来赶紧抱住郑前进。

"我的好兄弟,我果然没有看错你,我完全同意你的建议。"

"还有,我希望一旦到了长风公司工作,对于全体员工的管理,我认为必须是军事化或者半军事化管理,你得给我授权,要在公司全体员工大会上宣布我的任命,让我名正言顺地行使自己的职责。"

"前进呀,这正是我所想的事情,如果能在长风柳木工艺品公司大力推行的话,你就是中国柳编界的翘楚!"

范长风说着,当胸给了郑前进一拳,这略带亢奋的坚实的拳头,让郑前进顿时觉得浑身充满了力量。

4

"这样,吃了晚饭,你就跟我回家,明天一天不要去公司,我明天去公司安排一下,后天上午 8 点半,准时召开公司全体员工大会,宣布对你的任命,把你的办公室什么的收拾好,让你好好大干一场。"

郑前进也站了起来,紧紧握住了范长风的手。

这时,范长风的手机突然响了起来。

"范总,你在哪里?我都找你半天了,急死了。"潘红柳在电话里急切地问。

"没事,我没事,我在淮河鱼馆和兄弟吃饭呢,你有事吗?"

"没有什么大事,就是担心你的人身安全,你们吃吧,酒别喝多,注意安全,早点回来。"

范长风摇了摇头。

"知道了,你先忙你的吧。"他正想挂断电话,突然又想起了一件事,赶紧对着电话说,"潘总,我们公司明天上午 8 点准时再召开一次董事会,你一定要通知所有董事会成员,还有公司中层以上领导干部。我有重要的事情要安排。"

"明白,放心吧,范董,我立马通知。"

次日上午 8 点整,长风柳木工艺品公司的小会议室座无虚席。

三分钟后,范长风西装革履地准时出现在主席台上。

赵小慧对着笔记本电脑,准备对会议进行记录。

会议由总经理潘红柳主持,潘红柳身着一袭细棉单薄的咖啡色长裙,脑后用绿色丝巾扎起的独辫子高高竖起,整个人显得干练成熟又沉稳。

"各位董事,中层以上领导干部,今天上午,我们再次召开董事会,有重要的事情要向大家报告,现在就让我们以热烈的掌声,欢迎我们的董事长范长风讲话。"

台下的掌声不是太热烈,有些稀里哗啦的,范长风并没有在意,他知道昨天几个董事吵闹着要退出股份的情绪依旧存在。

但在今天这次董事会上,他却神采奕奕,昂首挺胸,露出了久违的笑脸。

"各位董事,各位同事,今天召开会议前,我先和大家分享一个故事。在《权力的游戏》里有句话:'狮子从来不在意绵羊的看法。'我们今天讨论的话题是,别做易怒的绵羊,要做温和的狮子。当你是虚弱的绵羊时,再愤怒地嘶吼,也显得有气无力;只有当你成了强大的狮子,才能不怒自威,令人敬畏。为何弱者容易愤怒?因为除了愤怒,他们没有别的手段反击。为什么强者很少愤怒?因为不需要愤怒,他们就能保护好自己。所以说,愤怒不过是纸糊的老虎,看上去很凶猛,实则无用。与其自暴自弃、怨天尤人,不如将怒气转化为提升自己的动力,让自己一点点强大起来。当你拥有更强的实力,站在更高的地方时,就会发现,眼前坦途一片,风景这边独好。当然,上面这个故事也不是我创作的,我也只是动了动手指,在搜索引擎的帮助下查找到的,打开你的手机,你也一样能搜到。"

范长风说完上面一席话的时候,扫视了一下在座的各位,每个人的脸上都没有任何表情,会议开得有些尴尬。

"我刚才和大家分享这个故事,就是想问问大家,我这个董事长是该当狮子呢,还是该当个绵羊呢?我想,大家肯定希望我当头温和的狮子,但狮子过于温和,还能带领它的族群去和恶劣的大自然做斗争吗?显然不行!有时候,人就是一种矛盾的存在。比如,作为一个企业的董事长,都希望我成为兽中之王——狮子,因为狮子带领一群狮子去生存没问题,但若是带着一群绵羊生存呢?肯定就有问题了。要么在关键的时候,狮子不管它的羊群单独逃窜,要么带着这一群羊和对方作战。结果当然可想而知,许多只羊成了对手的美味,而狮子自然也不可能全身而退。每个人都希望自己的领导是头狮子,但每个人又不希望活在威严的狮子眼下,希望狮子最好比绵羊还温和,甚至对别人是狮子,而对自己就变成绵羊。这种逻辑的本质就是利己主义。利益面前没问题,大家你多点我少点都过得去就行,但是风险最好别转移到我的头上,因为我不愿意承担,而且承担不起。我在昨天的会议上已经强调了,不可能有这么好的事轮到你的头上,就像你坐在家里头,不可能从天上掉下金子砸中你是一回事。同时,我也不会让你一个不能承担任何风险的企业家在我的长风公司里。潘红柳同志,会后你再分别和每个董事会成员谈一谈,如果他们真的想撤资,明天就给他们办理撤资手续,如果公司流动资金不够,我就是贷款也会一分不少地退给他们。散会!"

大家你看看我,我看看你,还是没有一个人说话。

"明天中层以上干部会议放在大会议室召开,要求公司全体职工参加大会,我有重要事情要宣布。"

范长风说完,径直走出了会场。过了一两分钟,大家才醒悟过来,除了潘红柳需要找的几个董事会成员,其余的都一一退出了会场。

"我还是那句话,范长风太年轻了,敢闯敢干没错,但不是这么干的,这么干根本没有把我们放在眼里。"

"你们谁愿意跟着他干我不反对,我得把我的股份撤出来。潘总,您明天就给我办手续吧。"

尽管潘红柳费尽了口舌,但还是没有留住这三位早期进入公司的董事会成员。

潘红柳只得将谈判结果告诉范长风。

"没问题,明天你安排赵小慧和银行联系,看看他们的投入资金是多少,一分不少全额给他们。这样也好,从今以后,长风柳木公司不再是股份制了,而是我范长风独资经营了。"

电话那端的范长风一身轻松,仿佛卸掉了身上背负的沉重的枷锁。

潘红柳一头雾水,她真的不明白范长风要干什么,她早怀疑范长风是不是脑子出了什么问题,总是跟平常不一样,不太正常了。

5

第三天上午8点28分,长风柳木工艺品公司的大会议室里挤满了人,公司近三百个员工,除了一个病假、两个事假、两个负责销售业务的外地出差,其余的全部到齐。

主席台上坐着范长风、潘红柳,还有郑前进。

当大家看到主席台上出现一个陌生的面孔时,议论纷纷。

"这谁呀？一个毛头小伙子跑到长风公司来凑什么热闹？"

"说不准是范长风的亲戚,我看范董是真疯了,把几个董事会成员退掉,招来个毛头小伙子干什么？这是闹的哪一出呀！"

连潘红柳也纳闷,怎么从来没见过也没有听过这个人呢？这谁呀？他到底来长风公司干吗呢？一连串的问号在潘红柳脑子里闪烁,她百思不得其解。

这个范长风究竟是疯了还是怎么了？特别是过了年以后,潘红柳明显感到范长风在变,变得连自己都不认识了。

你范长风支持县委、县政府的决策不错,但没有必要把所有人都得罪吧！做企业这一块,如果没有一个好的领导机构和管理层,不是白瞎吗？

你就是引进人才,也得事先跟我这个总经理商量一下,征求一下我的意见。但你看你现在,像一头犟驴,拉都拉不住。

是我潘红柳平时工作做得不够好吗,还是你另有隐情？

想想这些,潘红柳对目前长风公司的局势也判断不清了,她甚至隐隐感觉到,依范长风这种性格和为人处世的态度,说不定自己哪天也要卷铺盖走人了。

这种对着眼企业长远发展,精准把握行业大势的雄才大略,哪是她潘红柳能够理解的呢？即便她知道,范长风去了一趟大西北寻找过她也不是因为当时公司缺个总经理,范长风在工作上离不开她。真正从感情上、爱情上,或许她和范长风的距离还很远很远,以至于现在也看不到未来。

今天范长风公司的全体员工大会并没有让潘红柳主持,他主动将话筒抓在了自己的手里,表情里也出现了少有的兴奋。

"长风柳木工艺品有限公司的全体员工,今天上午,我范长风宣布一个重要任命,我任命:郑前进正式担任长风柳木公司的常务副总经理,配合总经理潘红柳工作,直接对董事长范长风负责,分管公司的党建宣传和管理工作。完毕!"

大家的眼里满是惊愕。

长风柳木工艺品公司现在到底唱的哪一出呀?但不管哪一出,员工们都明白一个道理,就是长风柳木公司越发展越大,出口做得越来越好,员工的荣誉感、责任感也是逐年提升。员工的工资在国际国内经济这么不景气的情况下,每年都在上涨,福利也都在提高。所以,对于绝大多数人而言,他们还是拥护公司决定的,更加相信范长风的领导能力和人格魅力,都知道他是一个有大格局、大情怀和大抱负的民营企业家。因而在范长风宣布郑前进任职的那一刻,他们还是鼓掌表示同意和欢迎。

范长风回过头,看了一眼潘红柳,眼神里充满着期待。

"潘总,怎么样?我给你安排了一个很有能力的副手,也免得你天天那么累,你现在表个态吧?"

这叫什么事?到了这份儿上让我表态?在这个你范长风的个人公司里,啥不是你范长风一个人说了算?你尊重过我的意见吗?

潘红柳一脸的不悦,但看到范长风坚定的表情,只得象征性地鼓起了几下掌,同时又很礼貌地站起来,不情愿地伸出了自己的手。

"郑前进,欢迎你的加入,我是潘红柳。"

这冰冷的语气,让郑前进感觉到了寒意。他礼貌性地点了点头,伸出手回握了一下,很快坐了下来。

毕竟没有冷场,范长风的情绪多少还是活跃的。

"接下来,我想请我们的常务副总经理郑前进发表一下上任感言,借此也介绍一下自己。"

"大家好,我叫郑前进,家住淮河南岸的中原省蓼城县三河涧淮上村,黄岗村柳树头自然村是我外婆家,因为我小时候在外婆家长大的,所以黄岗也算是我的第二故乡。五年前,我到南方城市创业,也是边学边干,办了一个小的建筑企业,具备一些企业管理上的经验,我和范董事长的交情或许是命中注定,我想命运既然把我们联系在一起,我就要为长风柳木公司的明天去奋斗。既然我来到了长风柳木公司,我也想与大家一样,变成长风人,拥有长风魂。我们只有把长风做强大了,自己才能更强大。刚才范董事长宣布我任公司副总经理,我倍感荣幸和自豪。当然,我还很年轻,今年才二十三岁,我将以我饱满的热情全身心投入工作中去,以公司为家,以业绩为荣,青春面前永不言败。我愿与大家携手,推进公司的规范化、科学化管理,以党建为引领,加大公司的外宣力度,提高柳编非遗的美誉度,为长风公司做出应有的贡献!"

一番激情澎湃的演讲,让在座的所有员工都血脉偾张。

6

杞柳试种承包的事,迟迟不见结果,推而不动,石金刚副镇长比谁都急。

他就差把镇上这些柳编大户集中起来训话了。但训话又能起什么作用呢?这个事落在谁头上,都不是小事。

种多少亩不是你政府说了算的,谁也不是傻子,不赚钱只赔本的事是个正常人都不会干的。

即便我种了两三百亩,一旦洪水来了,淮河水位暴涨,为缓解下游危机,保南京、保上海,蓄洪区一开闸,别说是你几百亩地的杞柳泡汤,就连人畜都难保平安。

大难当头,还会有人关心你杞柳是丰收了还是赔钱了?事后更是无人问津,这种事不是没有发生过。

柳编人的心情,石金刚不是不理解,但这项目总得往前推进吧。两个夜晚没有睡一个囫囵觉,这天一大早,石金刚终于撑不住了,他拿起电话打给了范长风。

"范董事长,我的好老弟,现在这个杞柳试种工作到了'便秘'的地步,我知道你说的种一万亩是开玩笑的,但不管怎么说,事情推进到这一步,也只能往前走了,进一步算一步吧。要不然这样吧,你别跟我说种一万亩了,你就是能种三千亩,我都谢天谢地了,我再动员动员其他几个柳编企业大户,能凑够一万亩我也好向县里交差呀!"

范长风听了石金刚副镇长的话后,沉思了一会儿,说:"石镇长,实不相瞒,为了试种杞柳这件事,我长风公司的三个董事会成员退出了,我这两天正从银行贷款买他们的股份呢。这项工程不是一百万元、两百万元的小钱,投资大,风险高,你是知道的。但请你放心,我范长风走到这一步,肯定要走下去的,今天下午3点前,我正式给你回复,好吧?"

"好的,长风弟,我明白了,这个事你可得替我、替咱们黄岗镇挑大梁啊!"

挂断石金刚的电话,范长风就把潘红柳、郑前进叫到公司的小会议室商量此事,想听听他们两个的意见。

"让你们两位过来，是针对试种杞柳这个项目的，我想听听二位有何高见。我们这里没有外人，希望你们知无不言，言无不尽。潘总，你对长风柳木公司的情况更熟悉，还是你先说吧。"

"咳，咳。"潘红柳喉咙不舒服，干咳了两声，喝下一口白开水后，拿着自己的笔记本电脑讲了起来。

"我觉得我们试种杞柳这件事，一定要慎之又慎。这些年公司全体员工辛苦打拼实在是不容易，我们公司现在是有了一定量的积累，据我从赵小慧那里得到的数据，现在我们公司的总资产有三千万多一点，但实际能够运作的流动资金不到1000万，确切地讲，只有六七百万。前期镇里帮我们征了50多亩地，加上厂房扩建，购买新设备，我们已经投入了近1200万。从目前来看，我个人并不赞同大面积试种杞柳这种风险极高的项目投入，如果真的要投，我建议控制在1000亩左右，这个风险在我们的可控范围之内。我们长风公司还有很多能做的业务，比方说对县城房地产业的投入。现在把所有资金都投入试种杞柳项目，我觉得多少有些荒唐。如果我们加上银行贷款能将这一千亩杞柳做起来，就应该很不错了。如果真的想加大投入，我觉得还是要把眼光放在国际市场，出高端产品，加大研发投入。这样一是容易出成果，二是能提升我公司的对外形象，还能得到政府资金支持。从这一点讲，一是投入少，二是风险小，三是回报效益高。作为一个民营企业，我们为何不去一试呢？为什么非要试种杞柳，在这个看天吃饭的基础原材料作物上下力气呢？我确实有些想不通。"

范长风点点头，觉得有道理。他转眼看了看郑前进，只见郑前进边记边想，认真地听着潘红柳的发言，充满着激情且表现出一脸的崇拜。

"前进副总,你也听了半天了,我倒想听听你对这件事的看法。"

"潘总一席有深度的分析,让我对我们这个行业有了一个感知印象,我觉得潘总的话很有道理,她能站在公司利益的角度,站在发展的前沿小投入大回报,并且降低了企业的投入和成本,我特别赞同。"

范长风听后,揉了揉干涩的眼睛,鼻涕不小心流了下来,他赶紧拿面巾擦了一把鼻涕,在面巾捂在脸上的那一刻,心中的烦躁莫名升腾起来。

看来你郑前进也是一个和稀泥的家伙,本想让你来帮我,你却在这里充当老好人,我要你干什么呢?失败呀!

转脸看看潘红柳,一脸的得意扬扬,知性中透露出的那种自信一目了然。

如果郑前进支持自己的心中所想还好,如果不支持,范长风真的不知道下一步该走向何方了。

郑前进没有理会范长风的感受,接着问下一个问题。

"我想冒昧地问一下范董事长,你打算试种多少亩杞柳?"

"我在县政府工作组面前吹牛皮了,说一万亩,让黄岗镇的领导下不了台。这不,一大早石金刚副镇长还给我打电话,让我试种三千亩就行,我这一万亩的牛皮一吹,一口气吹掉了公司的三个董事会成员,要不是潘总没有股份,我估计连潘总都鞋底子抹油——溜之大吉了。"

潘红柳脸一红,笑得前仰后合。

"范董事长说得对,我又不是傻子,把钱往看不见底的水塘里扔。"

范长风低下头,一脸无奈。

这时的郑前进好像仍然没有被现场的气氛所左右,边思考边往下说:"我觉得这一万亩杞柳试种的规模还是小了点,要种就种三万亩,我的意思是你能不能把这些荒滩全都拿下来试种?"

范长风一听,怀疑是不是自己听错了,这个郑前进怎么比自己还"二"呀?他满脸狐疑地问:"前进,你能不能把你刚才的话再重复一遍?"

"我是觉得你有能力试种三万亩地,你计划种一万亩规模真的有点小。"

潘红柳更是不理解。

我的老天爷呀,一个范长风现在就神经得不得了,这怎么又招来一个更神经病的?两个神经病开公司,她潘红柳是不是哪天也要变成神经病,才能与他们同频共振呀!

7

直到这个时候,范长风才有些兴奋了。

范长风用眼睛余光瞄了一下潘红柳,潘红柳的口型呈现一个O形,脸上紧绷的肌肉半天没有松懈。

"郑前进,这可是关乎公司生死存亡的决定,你可不能在我面前信口开河啊!"

"这是我来公司所面临的第一件事,我想我不会拿这个开玩笑,更没有理由拿公司三百多人这么多年打下的基业开玩笑。

我会对我说过的话负责。我虽然不是学习国际经济与贸易专业的,但我研究过一些经济规律,在南方的城市也是开了眼界的。既然是做公司搞商业,我觉得有些风险一定是值得冒的,比如这一次的杞柳试种项目。我们现在可以做个假设,当然,我说的是假设,假设今年中国四大柳编产业基地有两个至三个地方遭遇了旱灾、虫灾或者水灾,中国的柳条整体歉收,而我们有两万亩或者三万亩的柳条丰收了……我不知道二位有没有算过这笔账,我们光把收割下来的新鲜柳条按斤卖,能赚多少钱?据我查阅过的资料,就全国而言,按保守价格算,亩产7000斤左右的地,每亩直接收入近4000元。那十亩呢?一百亩和一千亩、一万亩呢?就是近4000万元的收入。所以我说一万亩地少了点,以我们公司目前的实力,如果是种两万亩地呢?就是8000万元。我就问你动不动心。这里面县政府每亩地支持300元,我们给农户1000元,实际上,我们只给农户700元,也就是说,4000元里去掉700,还剩下3300,我们再去掉杞柳插种的成本费、人工费、管理费每亩1300元,我们每亩净赚2000元。那么如果是两万亩,我们公司的利润就是4000万元,这是一年的利润。我们和政府的合同应该一签就是五年吧?那五年下来,我们按两年半的好收成算就是上亿元了。你可能会说,你这种算法是假设,假设其他地区的柳条丰收。但我在这里需要强调的是,假设其他地区的柳条歉收,4000元一亩的柳条价格也不算高,这个可以做个调查。另外,如果农户种个三五亩地,成本就高了。品种质量下跌,再加上市场行情不好导致滞销,价格也会一路下滑,结果肯定也赚不到太多的钱。如果我们接手要种,一定要将原来的柳苗品种淘汰,换成市场上品质高的杞柳种苗才行。这几年农户家里觉得杞柳种植不赚钱,还有一个原因就是青壮年都外出打工了,收成的时候回不来,请人收割、加工、化肥,得去掉四分之三的收益还多,所支付的成本太高。一年到头白忙了,大家都不愿意种。最后的结果,也是现在的实际状况,就是大家种得少了,市场流通的杞柳条就变少,一少价格必然就高,而我们公司引进适合我们本地生长的高品质柳条,我们产品的销路就不用发愁。这样一来,我们光种杞柳就保赚不赔,不仅能赚大钱且能一赚就是好几年。以上是我的观点,有可能太主观,还请范董事长和潘总批评指正。"

"精彩,实在是精彩!真不愧是出门见过世面的,你的胆略和见识实在让我感到惊讶,能拥有你这样的天才,真是我的荣幸呀,也是长风公司的幸运。"

潘红柳被这两个疯子的谬论搞得头昏脑涨,一时哭笑不得。听到范长风大赞郑前进,更是难以忍受。

"好吧,我同意前进副总的意见。咱们这下举手表决,可就是2:1了。我下午就要去镇里和石副镇长汇报,得赶紧把合同签订了,时间真的太急了,一天都耽误不得。这样,下午我带前进去镇里,你留下来帮助公司处理其他棘手的事情吧?"

范长风对潘红柳说这些话的时候,心情格外爽朗。

下午3点整,范长风和郑前进准时出现在副镇长石金刚的办公室里。

"欢迎二位,想好了吧?你们公司是打算签订三千亩还是两千亩?"石金刚说这话的时候,眼睛明显不敢看范长风,他自己心里都有些发虚。

"石副镇长,我想问,现在所有统计数据都该出来了吧?属于咱们黄岗镇的濛洼滩涂地,能种杞柳的还有多少亩?"

"我的范董事长呀,你还操那么多心干啥呀?你能帮我种两千亩,就是我的大恩人了。"

"你就当我是好奇,跟我透个底吧,要不然我一亩也不签了,现在就走人。"

范长风说完,拉着郑前进假装要走的样子。

"别,别急,事到如今,告诉你也无妨。现在除了有六七户像你这样的柳编大户,一共承包了一到两千亩,其他的所有能种杞柳的滩涂地少说也有一万八千亩。"

"好,石副镇长,这剩下的一万八千亩地我全包了,今天我就是带着我们公司的副总郑前进,前来和镇政府签合同。"

"啊?什么?你要签一万八千亩地合同?长风,你不是真的病了吧?"

"石镇长,你是不是觉得我们长风公司不值这个价?你算算吧,一年按1000元补贴给老百姓,才多少钱?何况咱们县上还有每亩300元的补贴,我实际上才掏700元,这700元还是第二年才给上一年的,这也给我公司一个喘口气的机会。只要县里、镇里相信我,我一定能完成好试种杞柳这个项目。当然,如果你觉得这件事连镇里都做不了主,就赶紧往县里报,我在下班之前等你的消息。我范长风要么签就签一万八千亩,要么一亩地都不签。"范长风的态度极其坚决。

此时,石金刚心里像打翻的五味瓶,咸的辣的甜的酸的苦的都有。他是多么盼望范长风将剩下的土地都签了呀,但理智告诉他,有这个想法,不是范长风疯了,就是他石金刚也跟着疯了。

"你、你们就是个疯子公司!"石金刚嘴上数落着范长风,但心里美滋滋的。

他抓起办公桌上的电话,先给镇长镇党委书记报告了范长风要签一万八千亩的事。

得到的答复是,石金刚立即向县里分管县长报告,他们两个分别向县委、县政府主要负责同志报告。

一个小时后,石金刚收到县政府办公室发来的明传电报:经黄岗镇政府上报,关于范长风同志承包一万八千亩滩涂地试种杞柳的事宜,经县委、县政府主要领导同志开会研究基本同意,请你镇按照相关文件抓紧时间办理签约手续。切切!

"恭喜范长风同志,我的范董事长老弟,你的愿望达成了!这是县里支持咱们黄岗镇柳编产业发展迈出的最坚定的第一步,可谓是临门一脚,踢得有力度、有高度,而且准确无误,你呢,现在就可以签约了。"

"谢谢县、镇两级领导的信任、关心和支持,我范长风也表个态,就是千难万险,我也要在这杞柳种植的道路上闯出一条血路来。"

范长风喜极而泣。

"石镇长,马上我请你吃淮河鱼头火锅如何?就我们三个大老爷们。你、我还有前进副总。"

"今天不行,这个饭不能吃。这才签约就让您请我,我是绝不答应的,这样,再过几天,等我发了工资我请您两位,还有潘红柳。"

范长风客气了半天没有用,他们只好作罢。

8

返回长风柳木工艺品公司的路上,望着车窗外迅速倒行的青青杨柳,范长风心潮澎湃,久久不能平静。

一回到办公室,范长风就马上召开会议,立即部署试种杞柳的工作。

这件事已经拖到了极限,再不将杞柳插进滩涂地里去,马上杞柳就要发芽长叶,留给长风公司的时间不多了。

"同志们,我们要赶紧把注意力和工作重心集中放在柳编产业上。杞柳种植给我们留的时间已经越来越少了。所以,我们要把所有的精力都用在公司的大发展上。潘红柳,这样吧,你现在和山东临沂那边咱们的同行联系一下,看看他们那边能不能提供给我们一些品质更好的杞柳苗子。注意越多越好,我这一万八千多亩地呢!目前对我们比较有利的是,临沂那边的春天回温比起我们淮河这边要晚至少半个月和二十天,这就给了我们时间。时间上一定要抓紧,这真应了那句'一寸光阴一寸金,寸金难买寸光阴'的俗语。"

"请范董事长放心,我这就安排。时间快的话,头批货应该两天就能到鹿城县。"

潘红柳的话语间充满了自信。

"郑前进,你现在就要集中咱们公司的工人,进行培训动员,一旦杞柳苗到了,就要连天加班突击作业。打硬仗和突击战应该是你的强项,这一下就看你的了。"

"明白,请范董事长放心,做群众思想工作是我的强项,我马上召集我们公司的党员骨干和中层以上部门领导召开会议，先给大家预预热，成立一个党员突击队，三个人一组分成若干组，然后列出每天的工作表、任务图，分区包片，先完成任务的按公司激励机制，把奖补及时安排到位。"

"还有一件事，我现场宣布一下。因公司业务发展需要，我提议赵小慧同志由办公室主任提升为长风柳木工艺品公司副总经理，协助潘红柳总经理工作，排名在郑前进之后，分管公司财务、后勤和工会工作，看看大家有没有意见。有意见请举手，没有意见我们表决通过，如何？"

范长风突然袭击，让潘红柳和郑前进一下子震惊了，虽然他们对赵小慧任公司的副总经理不会有任何意见，但是范长风这种处事和决策风格的突变，让潘红柳刮目相看。

在潘红柳的眼中，范长风越来越精明和敢于担当了。这是她所期望的，但凡有什么重大的决定，在此之前，范长风都会事先和她商量的，但这一次没有，甚至事先连一点口风都没有放。

加上这一次的突击提拔，潘红柳觉得范长风已经有三次决定公司前途和命运的事没有事先和她沟通了。

第一次，把郑前进这个来历不明的南方小老板直接提拔为副总经理，他就这么相信这个人？她百思不得其解。

第二次，关于公司三位董事成员退股的事情，范长风的决定也是十分突然，这件事，范长风自始至终都没有为自己解释过一句话，难道他的决定没有任何问题？

第三次就是提拔赵小慧的事，虽然自己和赵小慧是闺密，关系如铁桶一般，但这样重大的人事任命，在没有三个董事会成员的情况下也应该先和自己打个招呼吧？

说好听点是尊重一下自己,说不好听的,自己好歹也是这个公司的总经理,在这个重要的位置上连基本的尊重都得不到,她潘红柳干下去还有什么意义呢？以前,潘红柳在许多事情的达成上,大多数还是站在范长风的角度和立场想,但现在潘红柳明显感觉风向不太对劲了。

想到这些,潘红柳内心极其失落。

当范长风再次问她对赵小慧的任职有没有什么意见时,她显然走神了。

潘红柳的双眼注视着水杯里的飘动的玫瑰花茶,忽上忽下,移魂挪步。突然再一次听到范长风的提醒,她才回过神儿来。

"哦,我完全同意范董事长的决定,支持赵小慧任咱们公司的副总经理。"

突击提拔的事儿,对郑前进没有什么影响。

这种事在各个单位司空见惯,重大任务面前临时做人事上的调整决定,也是单位用人的英明之处,因岗设人,因事设位,这是必然的。

相反,郑前进的内心深处特别佩服范长风的英明决策。

如果能跟这样一个有魄力有担当有胆识的人在一起工作,自己未来也一定会迅速成长。

毕竟,范长风这么多年的成功已经说明了一个问题,那就是他并不是个等闲之辈,商场如战场,抓住稍纵即逝的战机取得意想不到的成功方为上策。

赵小慧就不一样了,她以往参加公司领导层面的会一般是以办公室主任的身份,等会议结束后直接抓落实。这样的会议严格来说,她只能算作列席人员,这么重大的人事任命从范长风口里一宣布,赵小慧一时目瞪口呆了。

她有些不相信这是真的,怀疑自己是不是听错了,还是在做梦。

赵小慧用左手偷偷地狠掐了一把右手,觉得钻心的疼痛时,才回到了现实中。

9

"赵小慧同志,不,赵小慧副总经理,你发什么呆呀?现在公司任命你为副总经理了,你没有什么想说的吗?"

被范长风直接点名,赵小慧多少有些被动。

"我、我说什么呢?太突然了,搞突然袭击。我都没有什么思想准备呢!"

呆若木鸡的赵小慧这才真正回过神儿来。

"我只是担心我的工作能力不行,怕不能胜任,胜任这么个重要的职务。所以,请范总还是收回成命,让我老老实实当我的办公室主任更适合些。"

不管别人是否怀疑赵小慧说的是不是真心话,赵小慧自己都认为这是发自内心最想说的一句话。

范长风的表情一下子严肃起来,眉宇间也拧起了一个大疙瘩。

"赵小慧同志,我在这里再明确一下,我将公司的三个董事成员开除后,现在的长风柳木工艺品公司就是我范长风的独资公司了,我公司的人事任命和工资安排除了按照相关法律规定和我们当地有关规定,我加多少完全是我个人行为,明白吗?先声明,我不是个独裁主义者,但公司发展到今天这一步,我范长风要对长风柳木公司的现在和未来负全责,希望你赵小慧和在座的各位都能明白我今天在这个会议上说的话。另外,我认为你们三个人都是我最亲近的人,我也不妨告诉大家,我们长风公司的未来和发展绝不仅仅是在国内,我们要有国际战略眼光,要把最难啃的骨头啃下来,拿下欧美市场,这个我有百倍的信心。我也明白,三个臭皮匠抵上个诸葛亮,我们四个人同心同德就不一样了,我希望你们明白我的良苦用心。至于将来我们怎么干,我心里早有目标和规划了,时机不成熟,现在更不方便透露。赵小慧同志,我再问你最后一句,这个副总经理你干还是不干?如果要干,就要好好地给我干下去;如果不愿意干,你下午收拾一下东西,离开我长风公司,连办公室主任的位置你也坐不成。我只给你一分钟考虑时间,一分钟后要么你留下来,要么你卷铺盖回家,如果你不好意思见家人,我让你叔赵明亮送你回家,OK?"

赵小慧一下子崩溃了,她来到长风公司加上之前的淮河柳编厂差不多快十年了吧,近十年里,她和范淮河没有红过一次脸,和范长风更是没有顶过一句嘴,今天的范长风变得让她一下子都认不出来了。

这还是她印象中的范长风吗?那个温文尔雅的大学生老总,仿佛一夜之间换了一个人,变成一个她完全不认识和不理解的人,虽然现在还不能说范长风是个独裁主义者,但他的所言所行和独裁者又有何异?

赵小慧更清楚自己只是个学会计的中专毕业生,就这文凭,在现在的社会打工都没人要,一旦离开长风公司,她该如何生存呀!何况现在的长风公司给她的年薪还是六位数呢!

"范总,你跟我着什么急呀?我不就是这么随口一说吗?我什么时候说自己不干了?我只是谦虚一下,只要你安排的事我不是都干得好好的?我不在你这里干能去哪里呢?你想撵我都撵不走。你都给我升职了,又能拿高薪,我不干我是个傻子吗?放心吧,还是那句话,你往哪里指,我就往哪里冲,决不打退堂鼓。另外,我还要特别感谢潘总、前进副总对我的支持和信任,我们一定能够成为这个新时代最好的团队。"

赵小慧说完,主动站起身来,握紧拳头和大家相撞,四只拳头紧紧撞在一起。

"这还差不多,我以为你有多大能耐呢!"

大家再一次坐下来的时候,范长风嘟哝了一句。

"赵总,银行贷款的事要抓紧走程序了。对了,潘总,关于赵总的人事任命文件,你得起草一下,我来签发,这几天抽空再召开一个全体会议,一是对试种杞柳做一次动员,也算出征大会或者誓师动员大会吧,会议由前进副总筹备,一旦筹备完成后立即上报,我们可以随时开会。动员大会的第二项议程就是宣布赵小慧同志的任命,当然,也可以反过来进行,先宣布任命,再进行动员。到时候会前再定,可以吧?"

其他三个人一起点了点头。

散会后,郑前进抓紧时间将公司全体党员召集到了一起,还有中层以上干部。摸清党员干部的思想情况,先期开展动员。

"同志们,现在我们公司有二十九名党员、十三名中层干部,在三百多人的公司里,这个比例是相当不错的。大家可粗略地算一下,我们的党员就占差不多10%,再加上十三名中层干部,我们的组织还是相当强大的。在我们空降兵特种部队里常常有这么一句话,'党员党员,领先在前,干部干部,向前一步'。也就是说,每当重大任务来临时,就是要看我们的党员干部的带头作用如何了。兵熊熊一个,将熊熊一窝,这个不用我多讲。我不管你平时表现如何,你带头作用不强也好,党员先进性不明显也罢,但在这次重大任务面前,我不希望看到孬种,关键时刻拖泥带水的人,我不会轻饶的,我要的是能担重任的党员干部。如果想在这次任务中冒个泡,掉个价,我先把丑话说在前面,到时候别怪我翻脸无情。我们公司的党纪和规章不是光挂在墙上给大家看的,它一定会约束大家的言行,是我们朝着一个正确方向拼搏的根本的保证。当然,我们公司的领导也不是不近人情。干得好的,肯定有大红包;干得差的最后三名,除了扣除全年奖金,还要写书面检查。"

郑前进的话一出口,大家立即感到他说话的分量。

他们相信这绝不是儿戏。

这四十多人中有相当一部分从部队回来的退伍兵,他们拥有更强的执行力。

"放心吧,前进副总,我们坚决支持您,拥护公司决定,保证完成任务!"

10

"火车跑得快,全靠车头带。"抓住了党员骨干这一主要组织力量,这件事的推进就成功了一大半。

潘红柳这边没有拖后腿,第三天一大早,就有十多辆集装箱大货车浩浩荡荡地从遥远的东北方向,向大西南驰援鹿城县黄岗镇,车上装满了品质最优的杞柳树苗。

这阵势和声势让顺昌市电视台、江淮省电视台还有一批网络直播红人当成了最值得关注的新闻,在当地轰动一时。

鹿城县五大班子分管负责人、黄岗镇所有党员干部全部到齐,在长风柳木工艺品公司的会议室集中办公。

县委、县政府的主要负责人统一思想,指定一名分管农业的县委常委、常务副县长为总指挥,分管文教卫的副县长、常委宣传部部长为副总指挥坐镇现场,调动沿淮所有乡镇的柳编种植户来帮助范长风打攻坚战。

这一切是范长风始料未及的,他从来没有想到县政府能如此给力。如果这样下去,他离自己的梦想就更近了一步。

常务副县长李振兴把范长风叫到了面前,递上了一支烟。

"范董事长,说吧,要人还是要物,县里全面支持。既然你有勇气承包这一万八千亩滩涂地试种杞柳,我们会集全县人民的力量和智慧来帮助你,就是希望你将来能成为中国最好的柳编王,你应该有这个雄心吧?"

中国柳编王,对于这个新称号,范长风从来不敢想。

县领导就是县领导,还是他们站得高看得远啊,他们要自己做中国柳编王!这不正是自己多年梦寐以求的吗?

多么崇高的称呼!

"李县长,我范长风做的是鹿城县的拳头产品,打造的是金字招牌。深耕柳编产业,成为中国柳编界的佼佼者和排头兵,是我范长风这一生追求的终极目标。我一直在想,做柳编企业就要做成国内顶尖的柳木工艺品公司,不管是规模档次还是出口额,都要做中国第一方阵中的排头兵。"

在李县长面前,范长风毫不掩饰,这是他性格爽朗的一面,他最后补充说:"我的每一期计划,都是跟着国家发展的宏伟蓝图规划,结合当地实际做出来的自己企业的计划,不是想当然的。"

李振兴副县长真的没有想到,一个不到三十岁的年轻人竟然有如此远大的抱负,真是后生可畏。

"说吧,下一步怎么办?我想听听你的大会战计划。"

李副县长脸上不动声色,想听听范长风的想法。

"李县长,昨天晚上,我们公司召开了全体员工大会,会上我们做了誓师动员,二十九名党员和十三名中层干部选出代表在会上做了表态发言,我们还任命了一位新的副总经理,即我公司原办公室主任赵小慧。我们想着,一个带十个,十个带百个,三百人的公司分成三个组,每组一百人,组成突击队,一周之内将这一万八千亩地的杞柳苗种植完毕。当初,我们公司的确也没有想到县委、县政府如此重视和上心,对我们的企业发展关心备至,给我们提供了全方位的帮助。"

范长风越说越激动,激动得有些语无伦次。

李副县长把手一摆:"好了,范董事长,溜须拍马的废话不用多说了,直接讲,下一步棋怎么走,别跟我在这里耽误时间、磨嘴皮子了。"

范长风的脸一下子羞红了起来,但从李县长的话里,他能听得出来县领导那种雷厉风行的工作作风,他的内心很快恢复了平静。

"我现在需要沿淮懂柳编种植的农户两千人,集中调动,由我公司的三百人集中分配任务,统一管理,按我公司制定的种植标准来,一平方米一簇苗插栽。按每亩地约六百六十平方米,每亩平均按五百至五百五棵数插栽,三四天时间差不多能完成。"

"这个想法好,我们现在就召开会议,调动沿淮乡镇柳编种植户,来的人估计比你想象的还要多。另外,这几天对于种植户每天工钱的补助,也由县里统一补发,不让你公司出一毛钱,县政府也算是用真金白银和实际行动来支持你的柳编产业发展。你们公司贷款的资金一定要花在刀刃上,花出效果,明白吗?这几天所有的开支,我们县政府分担,你们公司组织好,把杞柳种下去,要高标准地完成杞柳试种任务。并且,我要求你带领公司加班加点,时间上不能往后拖,就是累死在战场上也决不能后退,我看三四天时间太久了,从现在算,只给你三天三夜的时间全部完成,全力推进!"

范长风一下子蒙了。

李县长呀李县长,我觉得我范长风在工作上就够有一股子狠劲了,人家背后都叫我范阎王,没想到你比我还厉害,真不知道你是何方神圣。

见范长风还傻愣愣地杵在那里,李县长一脸不悦地喊道:"范长风,你没睡醒吗?还在那里犯迷糊!赶紧集合你的队伍部署工作抓落实!要是在部队,哼哼!"

范长风这才明白过来,赶紧找郑前进和潘红柳集合自己公司的全体员工,分配工作任务。

在撒腿开跑的过程中,范长风正好和县委常委、宣传部部长张振帮撞个满怀。张部长看见了范长风的窘态,乐呵呵地说道:"范董,领教李副县长的工作作风了吧?人家可是'塔山英雄团'的团长转业的,工作起来就是要结果不要命的主儿。"

碰到一个英雄部队的领导,范长风一时无语了。

但在内心深处,他却深深地敬佩李副县长。

自己这一生唯一的遗憾就是没有去部队当兵,穿上绿色的军装,过上"直线加方块"的军旅生活。所以他更爱和这一帮复员军人在一起,他们耿直、大气,有敢打硬仗、坚强必胜的气魄,从他们的脸上,仍旧能够看到军人的阳刚之气和无限活力。一有机会他准会主动和这些曾经的军人接触,而且每每都有收获,也由衷地发自内心地心生崇敬之情。

徜徉在万亩绿意盎然的杞柳滩涂上,范长风豪情万丈,无限风光。

第九章　意外

1

　　范长风坐在黑色江淮商务车的副驾驶位置,脸色看上去有些冷。郑前进的心情也好不到哪里去,眼睛直直地看着前方,没有一点笑意。

　　"前一阵子,就是你出国前的那段时间,我们搞设计配文字感觉还挺和谐。但你走后,她的性情就有了微妙的变化,特别是她得知自己爷爷身染重症的消息后,更是一天比一天烦闷。我劝她说,自己的事不要总是埋在心底,要向我们倾诉,我们会帮她的,她一言不发。我让她给你打电话,她说她不想和你说一句话。"

　　范长风心里明白,有可能在潘红柳的心里,对他范长风太失望了。还有一种可能是,潘红柳觉得既然范长风都看不上自己,就算郑前进喜欢上了自己,她也无法再在长风公司待下去了。这样下去,有什么意思呢?她不知道该怎么和范长风相处。

　　想到这里,范长风才恍然大悟。

　　"前进,我知道潘红柳的想法了。这样吧,我同意她离开长风公司。等她办完离职手续后,你立即接任总经理,明白吧?"

听了范长风的话郑前进一头雾水。

"你就这么没有人情味?她走你连一点挽留的意思都没有,你没考虑过她会不会伤心吗?"郑前进说。

"这是潘红柳第二次离开长风柳木公司了,几年前,她第一次离开的时候连个招呼都没有打,只是写了个纸条。这一次,估计她已经考虑得很充分了。对于一个一心想要走的人来说,即便再有才华,你留住她的人,又能留住她的心吗?或许,离开这里对她而言是一种解脱和释放。"

"你这么一说,是帮她而不是害她了?"

"对,她应该考虑得很清楚了,她将来要干什么、会干什么和能干什么,她不光有设计专业能力,更主要的是她还拥有一颗金子般的心。"

郑前进似懂非懂地点了点头。

"明天一大早,你去顺昌市一趟,到顺昌师范大学的美术学院打听一下,再招聘一位学美术设计专业的大学本科生,硕士研究生更好,年薪先定20万元,如果是本科就15万元吧。"

"好的,我明白,明天一大早我就去办。"

范长风从英国回来的第二天一大早,郑前进先是陪着他转了一下那一万八千亩地的滩涂杞柳园。

今年风调雨顺,杞柳长势很旺盛,这个小东西,真是给点阳光和雨水就能肆意生长,再加上及时施肥、科学管理,近两万亩的柳条在微风里起伏荡漾。

新生的杞柳高度基本上都在两米五至三米之间,且粗细均衡。第一年的杞柳丰收在望,这是许多人都没有想到的,只有范长风和郑前进想到了。

更让人没有想到的是,中原和山东、湖北等省这一年干旱严重,其他省的柳条长势都很一般,虽然这些省份的产柳区也加强了田间管理,按时施肥和浇水,但与市场要求的标准柳条还是有一定的差距。

估计还有半个月,最迟二十天或一个月,杞柳的收割期就到了。机器作业,用专用的杞柳收割机一周内就能全部搞定,真的得感谢现代农业的机械化和科技化了。

范长风不免感慨。

这半个多月里,范长风给潘红柳发了三次信息,打了六次电话,她始终没有回,也没有接。后来,范长风又给她转去了5万元,她也没有收下,二十四小时后又原路返回。

范长风联系潘东阳,潘东阳说自己在青岛接了一个官司,在异地出差呢,这几天正要开庭,忙得连吃饭的空都没有,等官司一结束,他马上就去大西北看望爷爷。至于范长风要让他带上5万元钱的事,他是断然不能接受的。

"范董事长,没有人差这三万、五万的,我姐既然不要你的钱,一定有她的原因,你哪能让我夹在你们中间呢?我不会给你带这个钱的,我还有急事,挂了吧。"

这对姐弟对自己的不冷不热,让范长风感到彻骨的寒意。看来有些事,真的要和潘红柳面对面谈一谈了。

过了农历八月十五,潘红柳才从大西北一路风尘仆仆地赶回鹿城县。休息了一下午,范长风就约她出来走走。

潘红柳打着哈欠,眉毛拧成了一个大疙瘩。

"范董事长,能不能明天晚上再约?我今天真的好累!"

"我明天要出差去北京,需要一个星期时间,我们好久都没有见了,就今天晚上见见吧,今天是中秋节,也是个花好月圆的好日子。"

"今天是八月十五中秋节?你不提醒我还真给忘了呢!好吧,我马上就去找你。"

淮河濛洼的四里湖滩涂地上万亩杞柳园上空,一轮明月如镜,清朗的月光洒遍淮河岸边,照得杞柳园熠熠生辉。

夜风吹来,草柳摇曳。范长风和潘红柳肩并肩地走在杞柳园内的水泥小道上。

"爷爷的情况怎么样?我给你转的钱你为什么不收?甚至连微信都不回一个。"范长风的心里一大串问号,需要潘红柳一个个地给出合理的解释。

"爷爷他……他去世了。在他去世前,他想给你打个电话,把我的终身大事托付给你。我告诉他,不必了,感情这种东西不能勉强,范长风心里也没有我的位置。爷爷也不再说什么,一连三天茶水不进,后来就去世了,去世的时候他的眼睛还看着东南的方向,那是他家乡的方向。爷爷说不能要你的钱,你的钱还有更大的用途,让你保重好自己。"潘红柳说这话的时候,有点泣不成声了。

范长风一下子崩溃了,他扑通一声跪在了地上,朝着大西北方向给潘爷爷磕了三个响头。

"爷爷,范长风对不起您呀,我辜负了您呀!"

潘红柳一把把范长风从地上拉起来,掏出面巾纸,帮他擦去了脸上的泪水。

"爷爷是个好人,这一生,对党和国家还有人民,他付出了一切，他值得所有人尊重！"潘红柳哭着说。

月光西移，一缕淡淡的云层遮住了她原来秀丽的脸庞，但很快又轻轻地飘走了。

沉思了一会儿，潘红柳一本正经地说："范董事长，我想离开长风公司的事情你大概也知道了吧？爷爷的去世更加坚定了我离开的决心！"

"为什么？为什么你会这么想？"范长风一脸的不解。

"这个不用我解释为什么了吧？你是个聪明人，非要我把什么话都挑明吗？我离开这个单位，对你、对我、对郑前进都是一个最好的选择。我们大家都是成年人了，我们都要用成年人的思维考虑问题。我知道，黄婷婷是你心中永远的痛，在你心里，所有女人都无法替代她的位置。我是一个干净、单纯、正直和善良的女孩，我不是黄婷婷，更不是万小红，我就是我，潘红柳，一个孤儿，一个刚刚失去了爷爷的孤儿。没有了爷爷，我潘红柳又成了孤儿。范长风，你想过我的感受吗？如果你曾经哪怕有过一次设身处地地为我着想，我都会非常感谢你。你忽略了我的情感和我的存在，到后来你请来了郑前进，你想把我和他撮合在一起。是的，郑前进是优秀，但是你有没有替我想过？如果我还在长风公司待下去的话，公司的员工怎么看我？背后又该怎么议论我？这一切恐怕你没有替我想过吧？而在不久的将来，郑前进知道我们的过往，他会怎么想？我不想被人误会。范长风，你看似很聪明，其实你所下的每一步棋风险多大你知道吗？我当然也清楚，富贵险中求。然而，好多地方风险的不确定性你是根本无法控制的，甚至都不是人类能控制的，大自然才是我们这个世界的主宰！你应该明白的。我还是套用徐志摩的那首《再别康桥》吧,'轻轻的我走了,正如我轻轻的来……我挥一挥衣袖,不带走一片云彩'。九年前,我来到这里也是轻轻地来,如今我也会轻轻地走,你真的不必挽留什么,留下也没有意义,更何况你留不住我。"

潘红柳声泪俱下,说出了自己心中压抑已久的话,心里突然轻松了很多。

一向聪明的范长风像个傻子一样呆呆地立在那里。是啊,潘红柳说的每一句话都是自己所知所感所行,他还有什么可说的呢?

对于潘红柳,他只有无尽的抱歉和遗憾。在感情方面,他不能欺骗潘红柳,更不能欺骗自己。他明知道把潘红柳介绍给郑前进不合适,可他的内心,对潘红柳只有兄妹之情,而无男女之情,这一点他比谁都清楚。

或许他一开始想到的是,郑前进的确很优秀。但哪一个男人能容忍自己的爱人与他人有过这样或那样的千丝万缕的联系呢?何况又在同一个公司上班,低头不见抬头见的呢?

人啊,当一条路走不通的时候,总想着另一条路可能通达,虽然条条道路通罗马,但不是每一个人都能原谅别人的一切。

也包括范长风自己。此时,他突然想起了在英国的李姗姗,那个曾经让他动过情的金发碧眼的国际名模。

范长风不敢往下想了,因为现在站在他面前的是潘红柳,他不该有如此心情的,李姗姗的事先放放,以后再说吧。

"红柳,原谅我吧!不,我不配得到你的原谅。我想知道你下一步准备怎么办。"范长风一脸的愁容。

"不过,不管你下一步干什么,我都会支持你,不光是精神上,物质上也一样。我范长风不是以前那个贫困潦倒的范长风了,我希望你也给我一次机会,让我补偿一下,这样我的心里会好受些。"

潘红柳淡淡一笑,抬头看了看夜空里那一轮皎洁的明月,泪水再一次溢出了眼眶。

2

范长风到英国考察一段时间后,带回了一个叫李姗姗的洋媳妇,在黄岗镇掀起了波澜。

吃晚饭的时候,范长风带着李姗姗回到了家里。全家人很吃惊,金发碧眼的外国女孩。

尤其是父亲范淮河,他将范长风拉到另一个房间里,开门见山地问:"长风呀,你啥时候谈了个'洋娃娃'回来?怎么从来没跟家里人讲呢?"

"爸爸,还是上次我去英国进行文化交流考察时的事情了。我在泰晤士河畔散步的时候,有四个不良少年在追打调戏她,我出手相救,教训了他们一番,才和李姗姗认识的。"

这时,范长风的妈妈也走过来。

"长风,你找了个外国儿媳妇,这以后让我们娘俩怎么相处呀!"

"妈,你放心吧,李姗姗这个人特别好处,她性格单纯、直率,你有什么事直接跟她说好了,她很通情达理的,有时候简单得像个孩子。但是和外国儿媳相处,就不能一句话只说半句,她是猜不出我们的心思来的,明白了吧?"

范妈妈点了点头。

范淮河在里屋转了一圈又一圈,然后对范妈妈说:"你赶紧出去陪陪李姗姗,别让她觉得咱们全家人在冷落她。"

范妈妈答应一声便出去了。范淮河想说些什么,却欲言又止。

"爸爸,你还有什么可担心的吗?"

"儿啊,当爸爸的能不担心你吗?生意上、事业上我倒不担心,你有闯劲有头脑有热血,唯有这感情上,你一次次的失败,是我想不通的地方。我本想,当初要是黄婷婷能来咱们家,跟你磕头拜了天地,也没有这样那样的事情发生了,估计这几年过去了,我孙子都长多大了,说不定都上小学一年级了呢!但她辜负了你,背叛了你。还有就是潘红柳,多好的一位姑娘,要模样有模样,要才能有才能,那真叫文武双全,有勇有谋。记得那一次她照着储银来的脸直接扇耳光,没有心智和胆量的女人是做不到的,你要是娶了她,你的事业将来也一定更加辉煌。她可是个能里能外的女人呀!只可惜,孩子呀,你的命里没这个福气呀!潘红柳辞职的事,我都不明白你怎么就轻易同意了呢?"

范淮河焦虑的脸上满是愁容。

"爸爸,您说得对,可感情这种事情千变万化,应该没有对和错之分,对不对?您也知道,我是个重感情的人,也是一个感情专一的人。有可能我这一生只爱黄婷婷,当然,那已经是过去的事情了。而潘红柳或许只是我生命里的一个过客,她真的不适合我。而我心目中原来的黄婷婷已经死了,当我对感情生活都万念俱灰的时候,李姗姗出现在我的生命里,我知道她才是那个我要找的人,她性格单纯、执着,受过高等教育,家世显赫。她的父亲是英国的一个商人,家里面开了好多大的国际品牌公司,身家有上亿英镑,他们家中也就她一个女儿,我找她做我的妻子,当然不是为了继承她家多少财产,而是为了圆我心中的一个梦。我们先人的柳编精品凤枕现在还在英国的博物馆,那一次看到它,除了震撼于它精致的制作工艺,您知道我还想到了什么吗?"

"想到什么呀?不就是想到了另一个龙枕的下落吗?我和郑前进都说过了。"

范长风一脸沉静,表情严肃。

"我想到了凤枕丢失是我们的耻辱!爸爸,您再仔细想想,如果当时我们国家强大到不可撼动的地步,如果不是清王朝的昏庸无能,八国联军敢冒犯我们?我们的国宝会一件件被这些强盗掠走?"

范淮河也沉着脸,点了点头。

"当时我就在心中暗暗发誓,有朝一日,我要抓住机会,在英国搞一次咱们中国淮河柳编展,让他们知道,如今正是我们国家国力强盛,民族走向伟大复兴的黄金时期,中国人扬眉吐气的日子到了,那些被侵犯的日子也将一去不复返。不光要搞展览,还要在他们的地盘上建设我们的中国柳编博物馆,全面展示咱们的黄岗柳编和范氏柳编,还要走国际线路,将我们的柳编打造成在国际上最受欢迎的品牌。到那个时候,您就坐在家里数外汇吧。心情好了,去国外带带孙子;不好了,就待在黄岗种种菜、遛遛弯、钓个鱼多好!"

范淮河的眉头这才舒展开来。

"这么说,我就明白了。你呀,原来是有家国情怀的,怪不得你要找人家世界名模呢,你这一招实在高。儿子呀,我老了,真的跟不上时代了,这个美好的时代真的属于你们年轻人哪!"

范淮河说完,高兴地离开了里屋。

李姗姗在外面的客厅里早就等不及了,让范妈妈催催爷俩,到底在说什么呢,搞这么长时间?

范妈妈进来喊自己的老伴时,两人正巧撞个满怀。

"你儿媳妇都催了,你这个老头子咋一点眼色都没有呢?他们累了一天了,还能不好好休息一下吗?"

"急,急,有什么急的?啥事还在乎这一会儿?"

"长风,你爸爸到底有什么重要的事情,和你说了那么长时间?"

李姗姗边脱高跟鞋,边问范长风。

"也没说什么,就是想知道我是怎么认识你的。"

说这句话的同时,范长风也笃信了另外一句话:自己强大了才是真正的强大。想到这里,范长风的心一下子释然了。然后,他转过脸贴着李姗姗的额头,深情地问:"亲爱的,什么事?你说。"

"离开伦敦时,我姐告诉我,这几年江淮省变化也很大,和江浙沪经济强省紧密牵手,融入了长三角一体化发展。她还告诉我,在南京禄口国际机场就有直达伦敦的飞机了,不用从上海转机了。我姐说,从南京到省城一个小时,而到了省城后,估计离顺昌市鹿城县就不远了。等到了后,向她报个平安。最关键的是,如果我决定要和你结婚,那么就得按照你们这边的风俗来办,先要请红媒,听说你们这里的农村兴四大红媒、八抬大轿,我要明媒正娶才能过范家的门来。这种重视是对我们女性的尊重,我也很乐意。正式进了范家的门,我才是你范长风的媳妇,你明白我的意思吧?今天晚上我睡床上,你睡在地上,或者去客厅沙发睡,你是不能和我睡在一起的。"

范长风一头雾水,反问道:"不是说你们西方人,尤其是欧美人都很开放吗?婚前可以试婚的,男女都可以做那些事的。"

"范长风,你错了,我们不是像你们想象和传言的那样,我们是有贵族血统的人,我们不会像阿猫阿狗类的动物那样随意乱来的。听我的,你现在就去客厅里睡,否则的话,我也不会睡觉,咱们就一直耗到天亮。"

此时的李姗姗完全没有了白天的浪漫,完全像个中国古代的贞洁烈女。

范长风无奈地摇了摇头。

"我服了你,你先休息吧,我现在就到客厅去休息。"

3

一开始,范长风躺在客厅里的沙发上睡不着觉,他觉得作为一个外国人,李姗姗也太传统了。可是,仅仅过了几分钟,他就想通了,也暗自笑了。

而今天,李姗姗拒绝了自己,他范长风也从来没有和女人真正接触过,到正式结婚那天,两个人入洞房,那才应该叫郎才女貌、天作之合呢!那样的婚姻一定是圣洁的、干净的,是令人铭记一生的仪式。

不强人所难,一切顺理成章,水到渠成,方为人道和天道。自古中国就有天人合一、美美与共之说,逆天是难以顺心顺意的。想着这些,加上白天的疲劳,范长风很快入睡了。

第二天一大早,东方刚发亮,院子里,一只雄鸡就叫开了。

范淮河拿起扫帚在院子里呼啦呼啦地扫开了。

霜降过后,落叶开始增多。树叶纷纷飘落,在院子里的小路上铺了厚厚的一层,暗红色的霜叶犹如地毯,人踩上去软绵绵的。

范淮河有些感慨,又是天凉好个秋,难道这一年又要稀里糊涂地过完了?

"爸爸真的好勤快,起这么早!"

不知何时,李姗姗也站到了院子里,向范淮河竖大拇指。

"孩子,你也早呀,不爱睡懒觉。是不是换个新的地方就睡得不沉了?"

"没有,爸爸,我今天想让范长风陪我去找个月老红娘,如果没有这个人,我们是结不了婚的。我必须是明媒正娶嫁到范家,才能当你真正的儿媳妇的。"

范淮河高兴了,心想都说外国人多开放,倒也不是呀!反倒是我们国内的一些年轻孩子,只要网恋上了就去开房,然后又都不负责任地离开。哎呀,我们老祖宗的有些东西,自己没留下来,反而让外国人学去了。

"是的,姗姗,婚姻大事是要慎重的,我们范家也一定会给你找四大红媒、八抬大轿把你迎接进门的,这个你放心好了。今天我就和长风商量给你找红媒的事。长风呢?他还在睡觉呢?"

其实,范淮河早就知道儿子在客厅的沙发上躺着睡觉呢。他们两个婚前不在一起,这也是范淮河看重的。如果一个女子在结婚前就和自己的未婚夫吃睡在一起,成何体统?

李姗姗明白范淮河的意思,嘴上这么说,心里高兴着呢,这老头儿。

"爸爸,我去喊他起来,这么多天来,发生这么多的事情,他是真的累了。"李姗姗关心地说。

"是呀,自打从英国回来,他就没咋闲过。家里的、地里的、生意上的,他都得操心。还有滩涂地上的近两万亩柳条的收割,也成了他的心病。现在好了,也算大功告成了。"

爷俩正在说着话,范长风伸着懒腰从客厅里走了出来。

"长风,你过来一下,我有个事情想和你商量一下。"范淮河一本正经地说。

"你今天什么都不用干,到鹿城去一趟,看看能不能从县文化旅游局里找个领导给你做个红媒。这件事情如果定下来就好办了,这边把咱们黄岗柳编协会的会长杨九洲也算上。我再给你找个咱们范氏家族的大伯,还有你大舅他们,不就够了吗?"

范长风看看李姗姗,笑了笑说:"姗姗,这事就那么急?"

李姗姗眨了眨眼睛。

"怎么就不急了?我昨天晚上和你说的那些话,你睡一觉全都给忘了?"

"哪里会?我都记在心里了。"

李姗姗这时显得有些嗫嚅。

"范长风,我还有一个更重要的事情没来得及告诉你呢。"

"不会吧?李姗姗,你这大喘气中间停的时间也太久了吧,都过一夜了才想起来说。"

"呵呵,不可以吗?"

"可以,可以,哪有不可以的?亲爱的,你可以说了。"

"哎呀,范长风,以后你只能喊我李太太或者叫我李姗姗。"

"也不对,你嫁给范家,就是范太太,或者叫范李氏了,明白吗?好了,你可以说那个重要的事了。"

"我从我们国家来的时候,我爸告诉我,如果不见到我俩的结婚证,好多事情他会往后推迟的。你明白吗?为了实现你在英国的远大抱负,我催你快点找红媒,办了结婚证娶我进门,难道我错了吗?"

"你没有错,亲爱的,别跟我上火呀,我们一步一步地来行不行?今天我们什么都不做,上午就去鹿城办这事。"范长风赶紧安抚李姗姗。

"这还差不多,我去洗漱,化完妆就走。"李姗姗松了一口气,这才又一次进了洗漱间。

"上午去鹿城办什么事呀,那么着急?我还有事情要和你范长风絮叨絮叨呢。"

屋内说话墙外有耳,院子里的声音传出来的时候,有人从门外面接腔了,而且还走进了院子。

"李县长,这么一大早您就来黄岗啦,肯定有什么重要的事情吧?"范长风眼尖,赶紧搬来凳子让李振兴副县长坐着说话。

"我今天来呀,主要是听说了你种的近两万亩柳条丰收的事情,省农业农村厅让我再次来做个调研,把你的经验再捋一捋,向国家农业部推荐你这个柳编王的典型事迹。"李振兴副县长开门见山。

"这个……这个,我和李姗姗还有事,今天上午打算去鹿城办件重要的事情,真是不凑巧了。"

范长风在说这话的时候,耍了一个小聪明。

他口中说的上午去鹿城办事是不假,但言外之意是你李县长来了,我不能直接赶你走,也不能不支持你工作,毕竟是国家农业部要我的个人材料。

然而,从内心讲,范长风是不愿意宣传自己的,他知道宣传工作有时候是可以扩大社会影响力,但影响力大了也并不全是好事。而为了不让李振兴副县长宣传自己,他才说出了既符合客观事实,又让对方觉得自己对宣传这件事的确不怎么感兴趣的话。

借鞭打牛,恰到好处。

李振兴副县长同样不是等闲之辈,他站起身来,微微一笑。

"看来,范董事长是要赶我走喽?你说你要到鹿城办事,到底是什么事情?看看可能难倒我这个副县长。如果我能够现场为你办的话,还需要再利用半天的时间跑一趟鹿城?据我所知,范董事长的时间可是比黄金还金贵的呀!"

在李振兴副县长面前"打太极",范长风的表演无疑是一败涂地。

范长风自知理亏,不好意思地挠了挠头,不知该怎么往下说了。范淮河瞅见了这一出尴尬,立马上来圆场。

"范长风这孩子呀,就是太实在。见了领导就有啥说啥呗。李县长都到咱们家里了,你就是天大的事情也不能走呀!再者,就是有天大的事,在李县长这里,还能叫事?"

范长风一下子有些惊诧了,他一直以为父亲是一个不善言辞且情商低下的男人,没想到关键时刻不光帮助自己巧妙地解围,还能间接表扬李县长的能力,这两句话,让范长风一直瞧不起爸爸的心态起了巨大变化,他有些佩服爸爸了。

范淮河的话弄得李振兴副县长一时也有些不好意思,看来姜还是老的辣啊!

"是这样的,李县长,我们家长风去国外考察时,谈了个外国媳妇,她要按照咱们当地的规矩办婚礼,要四大红媒、八抬大轿,明媒正娶,这不,我们一大早就商量着这事,想着到哪里找媒人呢!您这一来,能给俺们家长风当个媒人,多有面子呀,就是怕您不肯赏这个脸,所以长风也不敢和您直说。"

"哈哈,我还以为什么事搞得那么神秘呢。你放心,老哥,这个媒人我当定了,我愿意为他们证婚,这总可以了吧?"

"李县长,这太好了,您要是给我证婚,那是给了天大的面子。这样我再请杨九洲会长,还有我们范氏家族的大伯,加上我大舅,就凑齐四大红娘了。"

"其实呀,长风,你让我当这个红媒,也是间接为咱们鹿城经济发展做贡献吧。"

李振兴无所顾忌地说着话,李姗姗也收拾好从屋子里走了出来。

刚才李副县长和范家父子的对话,她在屋里已经听得差不多了,这一次出来面对李县长是为了当面道谢的。

李姗姗见李振兴副县长生得粗犷彪悍,浓眉大眼,于是内心感叹道,一方水土养一方人,怪不得这里的男人一个个看起来都那么养眼,很让女人喜欢。

"李县长一大早大驾光临,小女子这厢有礼了。"

李姗姗说着,居然深深地道了个万福。

李振兴一下子蒙了,他没有想到这位美丽无双的外国女人,竟然如此通达中国文化,连汉族的万福礼都会。

他的脸一下子红了起来。

"李姗姗,你也太客气了,我这红娘也没有开始发挥呢,你这大礼我怎么受得起?"

"听闻李县长给小女子做媒,不胜感激。在中国的历史上,你可就是一县太爷了,你想,县太爷给民间小女子做媒,哪有不激动的道理?"

"姗姗同志,我这不叫当官,你也太抬举我了。再说,我能做个跨国的红媒也是我的骄傲。而你能嫁到中国,说明你对中国的热爱和认可,我肯定欢迎你!"

"谢谢李县长的肯定。今天中午你就不能走了,必须在范家吃淮河鲤鱼,马上让范长风去请杨会长、范氏大伯和大舅过来陪伴你,先吃一顿表诚心。我听说四大红媒,至少是要请三顿客的。"

李振兴副县长有些忍俊不禁了,还用手抹了一把嘴。

"李小姐真是直爽,说干什么事情立即落实,你这精神很值得我老李学习啊!"

范长风也跟着笑了,让李副县长有事情进客厅里再说,说着做了一个请的手势。

"吃饭当然重要,但是有时候工作比吃饭更重要。省农业农村厅把你的事迹推荐到农业农村部,这种大力度宣传,可是我们鹿城县人民的骄傲。让我吃饭可以,但你得先把宣传你的事情答应了。"

李振兴副县长边走边说。进了客厅,看见饭桌上摆满了早餐。

"你们家还没吃早饭呢！你们先吃吧，我在县城吃了早点过来的。"

范长风的母亲笑着说："李县长，你是知道的，农村人这不是吃饭晚嘛，早上的饭上午吃，中午的饭下午吃，晚上的饭夜里吃，都上千年了，我们农村人都习惯了，都是这样过来的。"

"是的，老嫂子。我也是农民孩子，这些情况我都知道。你们吃饭吧，我呀，还是到你们院子外面转转去，呼吸一下清新的空气。"

不管全家人怎么客气，李振兴终究没有在范家吃早饭。

"也好，中午直接请你这个大红媒人吃淮河的大鲤鱼吧，我把杨会长请过来陪你。"

范长风将李振兴副县长送出了院子，又拐回客厅，简单地吃了几口饭便出来陪着李振兴副县长一起散步。

"你那先进事迹的材料怎么办？光跟着我闲溜达不是耽误时间吗？"李振兴副县长已经走到河边的大柳树旁，看到了追上来的范长风，劈头盖脸地就问。

"李县长，您放心好了，我那点事好弄。我写好先给您看看，不管怎么说，我还是读了几年大学的，这事自己上手更好些。"

"长风呀，你这么说，我就放心了。哎呀，对了，我还专门带了个文字秘书，叫高歌，待一会儿你们两个先见个面，建立一下联系。"

两个人正谈着，高秘书就从后面追了上来。

"李县长，您的电话！您手机刚才忘在车上了。省里领导给您打电话了，我让他先挂断，三分钟后再打来。"

"小高，搞反了吧？我应该及时将这个电话打过去才是。人家毕竟是省领导呀！"

李振兴一脸的急切，批评高秘书此种做法不妥。

4

李振兴副县长主动给省农业农村厅张副厅长电话请示工作。张副厅长在电话里先是传达了省委主要领导的批示要求，然后向他重点强调说明了两件事情，都是关于范长风的。

一是范长风的典型材料要抓紧时间弄，并且材料要让县、市的宣传部门把把关。在此材料的基础上，向县委、县政府作专题报告，经县里研究同意，两家单位一并发文通报表彰范长风的先进事迹。

团县委要在全县开展向范长风青年创业事迹学习活动，评定范长风为县优秀青年创业者，这样才利于向省委、省政府和省团委推荐，逐级上报。

第二件事有些复杂。据省外办传来的消息，范长风的女朋友李姗姗的父亲，在英国买地建设中国淮河柳编博物馆的事情出了差错。

本来事情顺风顺水，眼看水到渠成了，李姗姗的前男友杰伦·布朗又开始作妖，竟然联手日本人，要建设一个东方桑编艺术馆。

杰伦·布朗的父亲为英国议员，手中掌握着大量社会资源，原来和威廉·里干是上下级关系，里干在位时，两个人就把自己儿女的事情定了下来。

而现在李姗姗因为爱上范长风,再次提出要和杰伦·布朗分手,才惹恼了他们父子。他们千方百计地阻挠威廉·里干为范长风在英国买地建设中国淮河柳编博物馆的事情,不管从土地使用性质还是环评上,都在不断阻挠。

　　我国驻英大使馆也在全力配合威廉·里干的工作,争取和英国早日达成共识,把中国淮河柳编博物馆的事情落到实处。

　　范长风听了李振兴副县长传达的这两个信息,特别是第二个信息后,内心汹涌澎湃。

　　范长风心里十分明白,英国那边的事情远没有那么简单。

　　即使威廉·里干特别想促成这件事,不管花多少钱他都愿意,但在这条路上绝对不会走得那么顺利。且不说他与杰伦·布朗父子因为李姗姗不同意婚事而结怨,就是英国内部,同样也存在着反对者,他们绝不会让这件事顺利推进的。何况现在的杰伦·布朗又拉进来一个日本人,在里面搞事情。

　　时间已经不早了,李振兴副县长拍了拍范长风的肩膀说:"走吧,我们也不能光这样溜达下去呀,还是回家看看你的李姗姗小姐吧,我估计她也听到风声了吧。"

　　范长风点了点头,和李振兴副县长肩并肩地向自己的家走去。

　　刚进了院子,李姗姗就急匆匆地拉上了范长风的手,小声说道:"长风,伦敦那边的情况变得有些复杂,我们还是回到屋里再说吧。"

　　范长风回头看了一眼李振兴,李振兴向他做了个"快去吧"的手势。

　　进了里屋,李姗姗一脸不悦,心事重重。

"长风,你上次帮我出头打的那个白人男孩还有印象吧?"

"有,怎么啦?"

范长风基本上知道了事情的来龙去脉,但还是忍住性子不着急,等着李姗姗把话说完再讲。毕竟自己啥事都抢在前面说话的毛病,他答应了李姗姗要改正的,他必须从当下做起。

"他的名字叫杰伦·布朗,他的父亲是英国在职议员,手中掌握着大量的资源,原来和我爸爸是上下级关系,爸爸在任时,就把我和布朗的婚事定了下来。虽然我和布朗一起从小学上到中学,但我一直不喜欢他。所以等上大学时,我为了逃避他,就选择来到中国,在上海读书,一直待了九年。这九年里我发奋读书,从本科读到博士。而布朗呢,这九年里也不怎么和我联系,一直在社会上鬼混,交一些狐朋狗友,跟一些不三不四的人混在一起,他的父母也管不住他,放任自流。当他知道我学成归来时,就成天对我死缠烂打。我很讨厌他,但一时又无法摆脱。在你教训了他以后,他就开始怀恨在心,伺机报复你,好在你及时回国了。可是当他得知我爸爸要买地为你建设中国淮河柳编博物馆时,他以为时机到了,他是坚决不会让你成功的。"

"这个浑蛋!"范长风紧紧握拳,骂了一句。

"我爸爸也知道布朗这孩子品质败坏,后悔了这门婚事,见到你之后,更加讨厌布朗及其家人。为了我的将来,爸爸不惜一切,想做成这件事。布朗知道了,就把我爸爸买地建设博物馆的事情向他父亲说了,他父亲现在是国会议员,你们都应该知道吧?"

范长风点了点头。

"刚才我爸爸给我打电话,才把这情况告诉我,现在搞得我满脑子糨糊一样,不知道如何是好,你刚好从外面回来,这下该怎么办呀?"

"姗姗,别急,这件事的确有些复杂,但没事,我会有办法的。你看看这样可行?我们先把结婚证领了,你带着我们的结婚证先回国,我随后就到。记住,这件事不管如何发展,请相信一个结果,我们必定是胜利的一方,也是成功的一方,相信我!"

李姗姗摇了摇头,转而又点了点头,双眼看着范长风,蓝色的眼睛里充满着期待。

"也只能这样了,我们下午就去鹿城县民政局办理结婚手续吧。"

中午范家果然邀请了四大媒人齐聚一桌,淮河鱼馆的老板刘满意将早上从淮河里打捞的最大的红鲤鱼买了下来,红烧上桌,外加荤素冷热八个菜,总计九个菜,外加一碗羊肉汤,凑成"十全十美"。

当地有个饭桌规矩,就是四大红媒的头媒必须坐在桌子的主席位置,还要喝鱼头酒六杯,表示六六大顺,跟着是头三尾四、腹五背六地喝了起来。因为有中央八项规定,省、市、县各有公务员禁酒令,李振兴副县长虽坐在主席位置,却一杯也没有喝,只用君乐宝酸奶代替酒水。

杨九洲会长退休好几年了,现在又是黄岗柳编协会会长,自然没有少喝。

"李县长,今天你的酒可是全被我喝了,哪天有机会我得还你呀。"

"那是那是,你是老革命了。你放心,只要有机会,我会放开喝,把自己喝倒了。这一次就委屈老哥哥了。"

说完,两人开心地哈哈大笑起来,全桌的人都跟着笑,笑声暂时让范长风和李姗姗忘记了心头的烦恼。

吃了午饭,送走李振兴副县长,又稍微休息了一会儿,范长风和李姗姗就来到鹿城县申领结婚证了。

按照正常程序,外国人与中国人结婚需要的手续十分复杂。

还好,李姗姗在上海学习的九年没有白读,是一个标准的中国通,她做足了各方面的准备,一切都办得很顺利,不过因为是涉外婚姻,需要审查报批,至少得一个月以后才能拿到结婚证。

特事特办,民政局婚姻登记中心办事处窗口的同志,当然熟识范长风这位本地的名人,告诉他说可以加急,半个月内就能办好。

"姗姗,现在的情况你也清楚,这样吧,如果你担心你爸爸,我建议你明天就从南京禄口机场出发,直飞伦敦,回去好好安慰他老人家一下。放心,就是天塌下来,由我范长风顶着,我一定会有办法解决的。结婚证还有半个月才能拿到手,半个月后,我拿着结婚证去伦敦找你,一切问题都会迎刃而解的。记住,你不是一个人在战斗,你背后有我们。"

李姗姗一时难掩兴奋,给了范长风一个深情的长吻。

第二天早上阴雨连绵,江淮的气温骤然下降,李姗姗离开鹿城的这一刻,有一种无言的凄凉感。

在南京禄口机场的出入口,范长风抱着李姗姗,长时间不愿离开。

"长风,我走了,我相信我们会很快见面的。不管回到那边遇到什么样的困难,我总会想起你的,希望你能给我力量。"

李姗姗说这些话的时候,眼圈发红,蓝色宝石一样的眼睛里一汪清泉清晰可见。

"姗姗,你大可放心,我很快就会赶到的。记住,凡事不要冲动,以大局为重。相信我,还要相信我的祖国,我们驻英大使馆的同志也会帮助我们的。"

最终,两个人在越下越大的雨中分开了。

愁别离,雨纷纷。情到深处全是泪。

5

回到黄岗,范长风关门闭户睡了一整天的觉。直到雨过天晴,太阳快落山时分,他脑袋的疼痛才稍微好了一些。

"郑前进,你到我办公室来一下。"

在办公室,范长风将李姗姗的爸爸为自己建设中国淮河博物馆的事情,从前至后详细叙述了一遍。

"好兄弟,就这件事我们俩还得好好商量一下,我虽然口头上答应了,说没有任何问题了,但心里还是没有底,不知怎么办才好,所以才来找你商量此事。"

郑前进思考了一会儿,又将此事原原本本地盘算了一遍,想从中发现点什么。

"董事长,我觉得这件事情说复杂就复杂,说不复杂就不复杂。"

"嗯,兄弟,你这话不等于没说吗?啥意思?听不懂。"

"你看,这件事情的始作俑者就是杰伦·布朗,对吧?"

范长风点了点头。

"另外,他还有一个日本朋友。我们都知道,他们一直对我们不友好。

"该怎么办？我觉得就应该主动出手、敢于亮剑，直到将他们打怕为止。当然，我们不提倡以暴制暴，但是也得分对象，看看我们的对手是谁。我们在法律的框架内，这个法律当然也包括国际法规，用自己的智慧，打得他们心服口服，让他们自动退出，甚至不战而屈人之兵，这才是我们要做到的。"

郑前进说得头头是道，范长风不住地点头称是。

两人一直说到将近21点，范长风才觉得肚子有些饿。

"好兄弟，我们先去吃点晚饭吧，回来后还可以继续谈论呢。"

"董事长，你别急，再给我几分钟时间，我们要在有效的时间里解决这一切问题，然后轻松吃饭，如何？"

范长风重新坐到了办公桌后面的转椅上。

"我有一个主意，让他们对我们毫无办法，只是实施起来要细之又细，这个办法能否成功，关键在于你的临场发挥，不知道你是否愿意一试？"

"为了李姗姗父女，为了中国江淮淮河柳编能扬名立万，做什么我都在所不惜，定全力以赴！"

"既然这样，你就听我的，如此这般去做，必能成功！"

郑前进附在范长风的耳边嘀咕了一阵子，范长风不停地点头，面露笑意。

第十章 蜕变

1

范长风和郑前进联手在英国挫败李姗姗的情敌杰伦·布朗后,也为李姗姗父亲威廉·里干顺利创造良好的工作局面打下了基础。但国内还有很多事情等着他们,所以没几天,范长风和郑前进就急匆匆地赶了回来。

范长风在快到黄岗镇的时候,就接到了赵小慧打来的电话。市商务局来公司检查了,至于其他还有哪些单位的人员,她一时还搞不太清楚。

"是哪位领导带队来的呢?"

"没有说,他们来到公司后出示了一下工作函,就展开了工作,现在,正在办公室检查我们的财务数据。"

"好的,我抓紧时间往回赶。"

范长风不由得加大了油门。

但还没有走出两公里,省道256出现了一起车祸。现场警察拉起了安全警示带,要求来往车辆绕行。

范长风开着车一直向南,路过了好几个村庄,才发现有一条通往黄岗镇的水泥路。

当他到达长风柳木公司时,赵小慧正傻傻地站在大门外,一脸迷茫地看着他。

"你在这里傻站着干什么?检查组的人呢?"范长风焦急地问。

赵小慧用手指了指刚刚出村口的一辆黑色公务轿车,有气无力地说:"他们才走。"

范长风重重地捶了一下自己的脑袋。

"唉,越急越是碰见突发状况,在路上有一起车祸把路堵了,绕了一个大圈子,才算是赶回来了。"

两人刚回到办公室,范长风就迫不及待地给市商务局的副局长老同学钱大帅打电话。

钱大帅没有接,挂断后没一分钟便回了个信息。

"省里有检查组,在开会。"

范长风一下子明白了咋回事,十有八九是因为长风柳木工艺品公司要升格为长风柳木工艺集团,省里安排的第三方直接不打招呼就突查来了。目前,省里的工作作风正在转变,多地都采取了"三不一直"的工作方法。

这次的突查结果,肯定是和能不能升格为集团有直接关系。想想这些,范长风不免有些紧张。

但是该查的都查了,也没有什么好隐瞒的,还紧张什么呢?范长风不断地安慰着自己。为了这件事,他一连三天都没有睡个安稳觉。

又熬过了一个星期,长风柳木公司正式接到上级通知,评定结果已经出来了,长风柳木工艺品有限公司成功升格为长风柳木工艺品集团。

公示时间为五个工作日。

这一切的顺利开展,使范长风松了一口气。他暗自回忆,从淮河柳编厂到长风柳木工艺品公司,再到如今的长风柳木工艺品集团,一路走来一路艰辛。

从创业之初到现在快有二十个年头了,他内心的强大并不是与生俱来的,而是由一个又一个困难磨砺而成的。他感谢潘红柳、郑前进,甚至有时候他还会暗地里感谢储银来及黄婷婷,如果没有他们人为设置的逆流,他范长风或许没有如今这一切的成就。

公示期一结束,市里和县里的有关领导相继出席了长风柳木集团的挂牌仪式。

各类的挂牌、颁奖活动,这几年对长风柳木工艺品公司来说屡见不鲜,但是升格为集团这一重大的挂牌活动,从上到下大家都会重视。

这一天一大早,黄岗柳编协会就将长风柳木集团授牌仪式的主席台搭建完毕。

天公作美,万里无云。

乐队、鲜花、礼宾全部早早到位。

9时58分,县委书记杨初心郑重地向黄岗柳编人宣布:"我现在代表县委、县政府正式宣布,长风柳木工艺品有限公司从今天起,正式更名为长风柳木工艺品集团,董事长为范长风同志。从今天起,希望长风集团积极响应中央和省委、市委的号召,将黄岗柳编的发展推向一个更高的起点,把我们这一国家级非遗文化传承好、发扬好,真正做到走出国门,走向世界!也希望我们全体黄岗柳编人以范长风为榜样,努力进取,积极奋进。在举国上下乡村振兴的伟大进程中,发挥你们的智慧和才能,让每个人都能成为乡村振兴的行家里手和杰出人才,把我们的乡村建设得更加美好!"

杨初心书记话音刚落,掌声便响起,礼炮、烟火在半空中齐鸣。

2

正月初十这天,范长风快速处理好手中的几件要事,就将工作交接给郑前进,向伦敦飞去,他还要和李姗姗在那边举办一场西式婚礼。

李姗姗将范长风接到家里,威廉·里干在自己家里安排了一顿丰盛的晚宴来款待女婿。

2月26日这一天也是正月十五元宵节。

按照范长风老家的规矩,初一是过年,是大年,正月十五也是过年,算是当地的小年,过年娶媳妇,那叫双喜临门。

上午10时10分,范长风和李姗姗的婚礼如期举行。

今天,范长风西装革履,扎着酒红色领结,满脸洋溢着幸福。李姗姗一袭白色丝绸长裙,头顶白纱,婀娜多姿。

两人款款步入婚礼的圣殿,在牧师面前,手抚着《圣经》宣誓。

"无论疾病、灾难、贫穷和富有,你们都要不离不弃,相互搀扶,走完这一生。威廉·里莉,你愿意嫁给这位来自中国的范长风先生吗?"

"我愿意!"

李姗姗含情脉脉地看着范长风。

"不,不,里莉,不能同意,我才是你的新郎!"

这时,教堂的门口突然冲进来一伙人,走在最前面的杰伦·布朗绝望地吼叫着,大有要夺回李姗姗的架势。

李姗姗惊讶地看着杰伦·布朗那张几近扭曲的脸。

"够了,布朗,你以为我会一忍再忍吗?你不觉得自己是个小丑吗?是不是自取其辱来了?"

"不,里莉,只有我才配得上你……"

此时的杰伦·布朗骂骂咧咧,毫无往日的绅士范。

威廉·里干不失礼貌,上前劝说道:"孩子,你真的无可救药了,你这样做只会给你的家族蒙羞。我可以负责任地告诉你,如果你再这样闹下去,我敢保证五分钟后,你将被逮捕。今天是我女儿的大婚之日,不要破坏这么美好的氛围。你的机会已经失去了,我为你感到难堪,知趣的话,赶紧回家吧,趁我还没有和你爸爸通电话,我希望你能好自为之。"

"里干叔叔,你不应该这样对待我,你知道我很优秀,我比那个叫范长风的优秀太多了,你不该把里莉嫁给他,这样会害了里莉。"

杰伦还是一再强调自己的观点,怒吼着里干父女。

里干摇了摇头。

"你简直不可救药。你有一颗不可一世的野心,但是,你活到现在什么都不是。你有范长风的智慧吗?你有的只是一副无赖相,其实你什么也不是,明白吗?"

李姗姗走上前来,边说边朝着杰伦·布朗扇了一个耳光。

杰伦·布朗准备还手,范长风顺势一把将其按倒在地。

"呸,你还敢伸手打我的女人,胆真肥!"

范长风说着,对着杰伦·布朗的屁股就是一脚。

"哎哟,妈呀,你太狠了,好了,我走,我现在就离开!"

杰伦·布朗边求饶边提着鞋子离开了,形象极其狼狈。

这段小插曲是威廉·里干和所有来宾都没有想到的,竟然就在大家的眼皮底下发生了。好在范长风出手敏捷,很快制伏了杰伦·布朗。

婚礼仪式继续进行。

威廉·里干心里美滋滋的,原来光听女儿说范长风身手有多厉害,今天亲眼看见,真是有点所向披靡的英雄豪气,这样他更放心把女儿里莉嫁给他了。至少从今以后,女儿身边有了这位中国功夫侠,再也没有人敢欺负她,自己也就放心了。

"范先生,你愿意娶你面前这位貌美如花的里莉小姐为妻吗?"牧师接着问道。

"我愿意,我愿意用我的一生保护她,给她幸福和安全感,直到永远。"

范长风上前主动吻了一下妻子李姗姗的前额,李姗姗没有躲闪,从容接应。他们相互交换了结婚戒指,一起走到耶稣像面前接受祝福。

前来参加婚礼的亲友们送来了热烈的掌声,祝福这一对伉俪永结同心、白头偕老。

范长风这次去英国待了差不多一个月,这一个月里,他除了和李姗姗在圣保罗大教堂里举办了一场西式婚礼,还把主要的时间投入了对当地的林业发展状况的调查中。他想知道,要在异国他乡推介淮河柳编的可行性有多大,当地的有关部门支持力度如何。

有多少外国人真正喜爱中国文化?或者说具体一点,就是有多少人喜欢学做中国的淮河柳编?如果数量能达到,他是可以一试的,如果真的没有人愿意做,自己也不想冒那个风险,反正这种事情不能一厢情愿。

李姗姗也理解范长风,拉着他的手,依然冷静地说:"长风呀,你这个问题就不是个问题。这样,我们这两天就干这一件事:我们到郊区走访调研,寻找一些我的同学和朋友,看看他们中间可有人喜欢做这个行当的。另外,我还想到了一个办法,你看可不可行。"

"你还能想到别的办法?"在这个节骨眼上只要有办法,就是他范长风最喜欢和欣赏的人。

范长风要找的就是这样的一位终身伴侣,一定要有国际眼光和一定的身份地位,而且还能在关键时刻帮助自己,而不是像花瓶一样中看不中用,处处需要自己保护的小女人,那样他活得该有多累呀!

看着李姗姗充满自信的脸,范长风一时觉得心里舒服了很多。

"另一个办法就是找驻英大使,也许他们能帮助我们。比如说,在我们国家经济发展面临下行压力的情况下,在英中国人如果没有更好的工作,是不是可以来到咱们的厂子里上班。他们大使最了解情况,或者让他们帮咱们联系一下华人协会或者社区什么的,我估计人手不是问题,经济疲软导致多少人都失业了,这个你一定得试试。"

李姗姗的一席话,真是一语惊醒梦中人!

当天上午,他们兵分两路,李姗姗找她的朋友和一些对华友好人士,还有那些热爱中国文化的亲人。而范长风只身来到中国驻伦敦大使馆,与这里的领导进行交流。

接待范长风的中国大使叫刘小明,六十来岁,皮肤黝黑,国字形脸上总是挂着慈祥的笑容。

"刘大使,得知你是中国南方人,我也是生长在淮河边,算是半个南方人了。我叫范长风,是江淮省顺昌市鹿城县黄岗柳编长风柳木集团法定代表人。这是我们第一次会面,我今天来有个想法,就是想在这个国家把咱们淮河柳编产业做起来,想请刘大使支持。"

刘小明大使一把抱住了范长风,激动得有些失控。

"我知道你呀,我的好兄弟,你今天来,这哪里是来让我帮忙的呀,你分明就是诸葛孔明再世呀,能掐会算吗?你今天来,于我而言,就是一场及时雨,可算是帮了我的一个大忙,我正为这事发愁呢!"

原来,英国这几年的经济一直不景气,一部分华人失业,又因为某种传染病,回国也成了困难。他们的生活水平急剧下降,没有了稳定的经济收入。

还有一部分华人因为生活困难,经常来大使馆求助。这让刘大使深感不安,正想着怎么解决这一系列令人头疼的问题呢。

"这样吧,你们那个中国淮河柳编博物馆不是正在建设吗?生产基地的事情办得怎么样?还有市场问题,这些范董事长都已经有一套成形的东西了吧?"

"是的,刘大使,我正想跟你详细汇报这事呢,同时也希望能得到咱们大使馆的全力支持。"

"那是必须的,放心吧,范董事长。"

范长风拿出随身携带的笔记本电脑,将里面关于在英国建设中国淮河柳编基地项目的情况一一展示给刘大使看,并且详细地一一讲解。

"刘大使,土地没多大问题,我的岳父威廉·里干先生已经帮我买下了近百亩土地,用于建设中国淮河柳编博物馆。现在土地手续全部办下来了,中国淮河柳编博物馆这一项目正在推进中。"

范长风兴奋地向刘小明大使介绍,刘大使不住地点着头。

"范董事长,我明白你的意思了,这件事我定当全力以赴,我也代表祖国和人民感谢你所做的一切。"

范长风脸上洋溢着春风,越讲越得意。

"如果我的工厂在今年上半年建成,那么,我的工人需求量应该在三百人左右。关于柳编技术这一块,我会安排咱们的人从老家来这边搞培训。干柳编也是非常挣钱的,你要告诉我们的华人兄弟们,我们长风集团的业务现在已经遍及整个欧洲、中亚、东南亚、中东等全世界各地,我们的销路绝对不愁。我们在这个地方建设基地,就是要占领整个欧洲市场,市场上的柳编系列要以我们中国的产品为主导。"

"董事长,人员这一块你大可放心,光伦敦的华人社区就有12万人之多,他们中间 30 岁至 50 岁之间的劳动力多达上万人,失业人数也有好几万。你放心,我马上和他们那边联系,做个统计,愿意做柳编行业的绝对不止你要的这个数字,你要得越多,越有利于解决我们华人的生存问题呀!"

"刘大使,这一点你放心好了,我这个生产基地才刚开始运营,以后所有用工,以咱们华人为主,我在英国的公司叫颖淮风情柳木公司,也是咱们华人的公司,如何?"

"长风,那太好了,以后伦敦华人的就业问题你可就得挑大梁了!"

3

在英国建设中国淮河柳编生产基地,是范长风将中国柳编文化到外国"种下去"的成功实践。

他打算先招五十人进行前期培训,从国内请来两至三位国家级或省级非遗传承人,手把手教这些刚入门的人员,学成后他们就是技术骨干,然后再由他们一传十,就形成了五百人的员工骨干,再层层带下去,这里的工厂和生产基地在人员问题上基本没了。

晚上回来和李姗姗碰面的时候,李姗姗将自己一天的联络情况一并向范长风做了汇报。

"长风,亲爱的。通过这一天的联络和走访,我发现在我们的国家,喜欢中国文化的青年朋友,超出我的想象。我粗略估计了一下,最少有五千人,惊喜不惊喜?"

"人数那么多?我今天和驻伦敦的刘小明大使联系,他告诉我,仅仅一个伦敦市,常住华人人数多达十二万人以上,失业率估计要过半,所以我觉得华人就业的压力更大一些。"

李姗姗点了点头,这一点她也十分清楚。但是一个区区柳编产业,就是附加值再高,能解决的就业人数也是有限的,怎么办？

"这个问题我也深入地思考过了。我觉得作为华人的柳编生产基地，我想以华人为主，在我这个厂子里必须华人优先。"

"为什么？我那些朋友对我抱很大的希望，他们好多人失业，在家里待着没工作，有的人的生活都成了问题。范长风，你不能这么自私！还有，如果你这样坚持你的意见，我们会失去很多英国朋友的。别忘记了，你的厂子可是在我们国家建设的呢！"

范长风凝视着窗外的泰晤士河，水雾缭绕，一片朦胧，在霓虹灯下闪烁着神秘的光芒。

"姗姗，我理解你的心情。我现在说什么都不重要，我想你明天如果有空的话，你一定要带我去一趟伦敦的华人社区，看看我们华人的生活是个什么状况，我们回来再做决定，好吗？"

李姗姗点了点头，又无奈地摇了摇头。

"在我们国内，有些人都以为外国的月亮比中国圆，你相信吗？"

"我曾听说过这件事，长风，你也算是来到外国了，你觉得呢？"

"我没有觉得外国的月亮就比我们中国的圆。相反，更加体会到人活着是多么不易。如果有选择，我们哪一个愿意背井离乡呢？我还是更爱我的祖国，更爱我们家乡的淮河！"

"那么，你这么一说，我嫁给了你，是不是我也一样背井离乡了呢？我对我的祖国也是热爱的。"

"这个并不矛盾呀，你永远爱着你的祖国，你嫁到中国，你一样可以爱着你的祖国。但如果你在中国生活上三五十年，你一定会更加爱我们中国的。"

"长风，你说对了，我在上海生活了近十年，我很爱你们的国家，不过现在也是我的国家。中国人的包容、善良，是我永远应该学习的品质。早点休息吧，我明天就陪你去华人社区看看，做个调研。"

第二天上午9时许，李姗姗、范长风还有驻英大使馆的参赞张玉良，三人来到了伦敦华人社区。他们每到一家，都会嘘寒问暖，了解家庭人员构成状况，家庭年收入、开支等情况，还有他们担心的能源短缺和供给不足的问题。

甚至详细到家庭成员中每个人的开支、收入状况，孩子入学、看病等问题，一天走访下来，他们三个人都记了满满一笔记本。

"李姗姗，你明白我和张参赞的良苦用心了吗？我们身为华人，哪有不考虑华人切身利益的道理呢？"

"华人的生活和收入的确不容乐观，他们的生活质量也是令人担忧的，你的意见我完全赞同，但是我该怎么向我的好朋友们解释呢？"

"姗姗，这个你不用担心，他们问起这事情，你可以告诉你的好朋友们，我们从中国请来的国家级非遗传承人不会说英语，连找个好翻译都不一定能翻译得正确和明白，首先语言的交流就存在一定障碍。还有，我们这个颍淮风情柳木公司将来还是要招英国的工作人员的，但是有一些是必备条件，除了有一口流利的汉语，还要有市场营销能力，最好能自带客户资源，这样就能打开销路，我们在这里生产的产品就不愁销售问题了。有了这么一个附加条件，你想，能淘汰掉多少人呀！"

"范长风,还是你够狠,那么我问你,你对华人的招聘条件打算怎么设定呢?难道什么人都要吗?"李姗姗一脸愠色地问。

"那倒不是,我这里要招聘华人,标准要比贵国还要严格、苛刻的!"

"果真如此,那我就能更好地向我的好朋友们交代了。"

"要招聘的华人,除了有一定的学历学位,我觉得还有一条更加重要。"

"那是什么?"

"就是这个华人必须热爱我们的祖国,否则,就是牛津和剑桥毕业的研究生我也不会用他的。我觉得我们这个颖淮风情柳木公司将来一定要成为中国在欧洲的第一个爱国主义教育基地。一个不爱中国的华人子孙,就是个不孝的子孙,也不配做中国人的后代。别的人我管不到,但是在我的公司工作,他就得无条件地热爱我们的国家,否则免谈!"

范长风说起这番话的时候,一脸严肃和正气,仿佛他不是在为公司招聘人才,而是选拔特种作战人员,目光里透露着坚定和自信。

"我们从选工匠选人才入手,这样有了人才的质量的保障,我们的颖淮风情柳木公司才能更加行稳致远。姗姗,你应该能理解我的想法和做法,我们不能凭感情用事,在我们面前只要是爱我们祖国的人才,我们都可以对他们敞开胸怀。"

"第一批你打算招多少人?华人的占比为多少?"

"我初步打算招五十名精英,华人占比必须超过80%,还有,就是这五十名精英级别的人员,还要有以一带十的能力,一年后,就能发展精英五百人,到那个时候,我们的颖淮风情柳木公司才能真正解决生产和人才问题,包括市场销售这一块,我们都不用发愁了。"

李姗姗认真听了范长风的意见后,才恍然大悟,上前紧紧搂住了范长风。

"长风,你太厉害了,我果然没有看错你。有了你这个选人用人的标准,我们的公司未来肯定能立于不败之地,我太爱你了!"

说完,两颗年轻的心重新燃起青春的火花,在一起碰撞交流,很快融合在一起。

4

在伦敦的中国江淮柳编博物馆即将竣工之际,范长风紧接着又着手建设两万平方米的生产厂房,也就是颍淮风情柳木公司生产加工基地。

严冬已经过去,春天很快来临。

在草长莺飞的二月天里,李珊珊忙着申报颍淮风情柳木公司的相关手续。

英国对新企业的申报有着特别严格的制度,他们来到颍淮风情柳木公司,察看生产基地建设情况,还有即将落成的中国淮河柳编博物馆。

现在这个馆的模样已经依稀可见,整个馆的外形是仿上海世博会中国馆的样式建造而成的,外观取"东方之冠,鼎盛中国"之意,设计理念尽含中国文化元素。

细致苛刻的考察组工作人员,在颍淮风情柳木公司连续工作了三个工作日,才算把调查工作完成,随后彻底地离开。

这三天里,范长风和李姗姗说:"安排他们吃个饭吧,他们实在是辛苦。"

李姗姗答道:"不用,安排他们也不会同意。在中国像这种工作上的原因,他们可能会接受单位的工作餐,但是在这里,他们连一口水都不会喝你的。"

也的确是这样,范长风亲眼看见工作人员喝水要么自带,要么从外面超市购买,绝不喝公司一口水。

"其实,你不了解现在的中国,在国内请公职人员吃饭也少见了,中央八项规定出台后,接受服务对象吃请是违规违纪的,没有人敢乱来。既然是这样,想必他们的审查、审批都是十分严格的,市场准入的标准应该都是国际化的。"范长风感慨地说。

李姗姗点了点头。

"我爸爸对这方面很了解,而我在商业方面,真的只能称为小白了。不过,这些你不用担心。"

"我倒不怎么担心,就是这一天天地等待让我心焦,着急上火,中国那边的好多事我还要回去面对的。他们能早一天审批下来,我也就安心了。"

"中国那边肯定有你办不完的事,在这里就要安心这里的一切。记住,这里也有你的家,因为有我在这里,你再也不是一个匆匆过客了,明白吗?等公司成立后,我还要和你一起回到中国举行一场中式婚礼!所以,你是表面急,因为你在这里熟人朋友少,而我是心里急,你还欠我一场隆重的中式婚礼,对不对?"

"对,等咱们把这里的事情办完就回中国,举行中式婚礼,到时候把你的爸爸也接过去,让他也亲历咱们的婚礼,分享咱们的幸福时刻,如何?"

"那必须的呀!如果不让他去的话,我们俩婚礼上的大红包谁给?咱们可不能给他省着,他又不差钱!"

两个人正围绕着中式婚礼在讨论着回到中国的事情,威廉·里干不知道从哪里冒了出来。

"里莉,你刚才又在说爸爸什么坏话呢?你这个喂不熟的小白眼狼,想着与自己男人合起劲来一起坑爸爸,有点过分了吧?爸爸在你的身上投入还少吗?不过,爸爸也不生你的气。当年,我,呵呵,不说了……"

威廉·里干刚想说什么,却又欲言又止的样子。

"爸爸,你不说就以为我不知道吗?我小时候就听我外公说了,你当时不也是和妈妈一起,把我外公的财产搞到手的?我今天和范长风在一起,还真没想要你的财富,我们两个只想好好创业,用实力打下自己的江山,要比你高尚多了。"

"李姗姗,别这么说爸爸,你这样很不礼貌,爸爸也会生气的。"

作为男人,多少是要些尊严的,范长风觉得李姗姗做得有些过分,便要说上她几句。

"长风呀,我的好孩子,没什么的,里莉从小没有了妈妈,都让我娇惯坏了。放心吧,我不会生气的。不过你以后可得学会怎么与外国女人过日子呀!"

按威廉·里干的意思,知女者莫如父也,自己养的女儿什么样自己更加清楚。

所以,他并不介意李姗姗的话,而担心起往后范长风怎么跟女儿和睦相处的事情。

看着这两个男人对自己不同爱意的表达,李姗姗特别开心。

"爸爸我爱你,我和范长风也没说什么,只是说等我们这边的工作完成后,想请你和我们一道去中国,参加我们俩的中式婚礼,在中国和范长风的家人一起见证你女儿的幸福。"

"那太好了,我也好久没有去中国了,我更要见见长风的父母亲,在他们那里叫亲家对吧?不过,我们在那里能多待一些时间吧?我还想上黄山、华山和泰山,去少林寺、峨眉山、桂林漓江等好多地方玩呢,我也想放松一下呀!"

"爸爸,这些都没有问题,等到了中国后,我陪你去玩,让长风在家里把事情处理妥当,你一定会开心的。不过现在呢,我还有一件重要的事情要提醒你。"

"什么事情?你现在就说,别到时候来不及。"

"我也是这么想的。就是在我们结婚当天,按中式婚礼的习俗,我们俩要喊爸爸,请你喝茶时,你要给我们每个人一个红包。"

"要红包?"

"不是,中国人叫向父母讨喜彩,父母以此祝福儿子媳妇或女儿女婿,长风的父母也是要给我们的。"

威廉·里干装出不高兴的样子。

"说吧,我的里莉,一个红包要多少,1000英镑够不够?"

"爸爸,你也太抠门了吧,你那么有钱,只给1000?最少一个人1万英镑!"

"1万?能有那么大的红包装进去吗?"

"哎,你不会安排人特制吗?你手下那么多文化公司,这点小事就难倒你了?"

"这事我怎么就差一点忘记了呢？还是年轻人脑子好使，我明天就安排下属公司设计，保证不耽误女儿的中式婚礼。"

威廉·里干嘿嘿一笑，知趣地走开了。

范长风为李姗姗捏了把汗，心里想，你这个小姑娘真是厉害，把老爸治得服服帖帖的。

范长风还想对新婚宴尔的妻子说点什么，突然电话响了起来。

"董事长，县里领导来咱们集团了，说乡村振兴工作目前已全面展开，要求咱们黄岗村先试行，在乡村振兴方面要走在前、干在先，急等着你回来拿方案呢！"

听得出郑前进的急切心情，挂上了电话，范长风的心里久久不能平静。转眼又是春去秋来，时间如斯，家乡每时每刻都在发生着不一样的变化，或许，那块土地更需要他的智慧和力量。

范长风想家的思绪越来越浓。

他本想等这边颖淮风情柳木公司正式挂牌后再回国，但现在看来等不及了。

"姗姗，你和爸爸说一下，我要回中国了，我真的等不及颖淮风情柳木公司正式挂牌的那天了，你知道那边乡村振兴已经拉开大幕，乡村振兴产业必振兴，我所在的黄岗村作为县里的乡村振兴试行单位，对这一块的工作义不容辞地支持！

"你看看这样行不行？我先回去，在中国边工作边等着你和爸爸，等你们这边挂牌后，就赶紧动身赶去中国，到那个时候，我们的中式婚礼也准备得差不多了。另外，如果有可能的话，我还想办个集体婚礼。这样岂不是更热闹？"

范长风越讲越兴奋，李姗姗托着下巴，听他在天马行空地畅想。

"好了,长风,别讲那么多了,我都同意还不行吗?中国不是有一句古语,怎么说来着?"李姗姗略微想了一下,说道,"对了,叫'嫁鸡随鸡,嫁狗随狗,嫁个扁担扛着走',以后呀,一切全听你的还不行吗?"

范长风上前给了李姗姗一个拥抱。

第十一章　振兴

1

范长风马不停蹄地回到黄岗长风集团时,案桌上果然压了厚厚的一摞子文件,上面甚至还落了一层薄薄的浮尘。

范长风静下心来,一个文件一个文件地阅读审批,有非公党建的,有乡村文明实践中心的,还有黄岗柳编协会的文件。在这一系列文件里,分量最重的莫过于乡村振兴的文件。

范长风反复阅读分析,结合黄岗村乡村振兴的任务和部署安排,思考着长风集团能做些什么。在自己心里有了一定的想法后,他立即安排郑前进,通知当晚召开中层以上班子碰头会,也叫座谈会,主要是听听大家的意见,让大家各抒己见,发表一下个人想法,看看在乡村振兴中,我们能做点什么事情。

当天晚上的座谈会上,范长风与集团中层以上领导班子见面,很是兴奋。他当众向大家宣读了刚刚成立不久的长风集团再获喜讯的新闻报道:

"近日,在省级推荐、专家评审、综合评议和公示的基础上,农业农村部办公厅认定了全国116个国贸基地。其中,江淮长风柳木集团顺利入选,成为顺昌市唯一。

消息还指出,长风柳木集团主要生产的柳、木、草、藤、竹、苇、荻等各类材料的工艺产品十六大系、上万个品种,远销西欧、北美、东亚、中东,以及中国港、澳、台等46个国家和地区,连续12年获评"国家文化重点出口企业"。

集团积极参加在德国法兰克福、美国拉斯维加斯等地区举办的各种贸易大会。

2021年,企业实现销售额3.3亿美元,直接出口创汇8000万美元。"

与会人员给出热烈掌声后,郑前进在一旁插了一句话。

"这个消息我在前几天就看到了,他们报道的是真的准、快、全。并且,大家可能有一点没有注意,那就是我们公司现在杞柳面积种植已达三万亩了,这一点毫不夸张。这六七年里,范董事长已经将周边多个乡镇的沿淮河滩承包了,共计1.3万亩,现在我们集团的杞柳种植总面积早已超过三万亩了。"

这是公司上升为集团后的又一次质的飞跃,整个公司上下一片欢腾。

郑前进接着说:"我觉得,这只是我们万里长征开启后的第一个阶段性胜利。现在新的任务摆在了我们公司面前,那就是我们农村的主要任务从脱贫奔小康转变为乡村振兴的新任务了。到了我们这里,叫和美乡村建设,黄岗村在全省成为首批试点乡村。我们怎么振兴?我们长风柳木集团该做什么?今天请大家来就是想听听大家的意见,毕竟和美乡村建设不光是党和政府的事,还是我们村每个村民的大事,更是我们乡镇民营企业的大事,只有大家都积极参与,我们的乡村才能真正实现振兴和发展。依我看,要实现乡村振兴,作为企业就要冲在前面,走在前面,及政府不能及的事。比如和美乡村的创建死角,我们企业就要用力到位。打个比方说,政府提出的道路问题——村村通,水泥柏油路在村与村之间是通达了,但户与户之间的道路依然有泥泞,那么我们就可以做户户通达的工作,将水泥柏油路面通达到各家各户,这才是为当地百姓的幸福生活做深做细。我还关注到了农村养老的问题,我们能不能在村里开个食堂,就专门供给八十岁以上老人吃饭,每顿象征性地收上1元2元饭钱,解决他们无子女照顾之忧。我建议为我们黄岗村的贫困学子设立个长风奖学金,由长风集团每年拿出50万元或者100万元,考上清华、北大的学生每人奖励20万元,考上985、211的学生每人奖励10万元,到边疆支教的老师每人奖励10万元。这样把教育抓起来了,我们黄岗村才有希望。我觉得乡村振兴和建设美丽乡村,环境美化很重要。除了将我们村周边的河、池塘里面种植上莲藕,还要多建设几个公共休闲文化长廊,长廊里面增加文化墙,多宣传我们村子里的爱老孝老模范和好人好事,还有社会主义核心价值观,让我们的村民能看得到、摸得着、学得准。"

在郑前进的鼓动下,大家各抒己见,座谈会开得热火朝天。

2

这次座谈会有特别的意义,范长风集思广益,就是为了把此项工作干得让大家满意,真正深入人心。

然而,在他的内心深处,却有着常人更加想象不到的目标,如果按照大家提的意见和建议抓好落实,那是没有任何问题的,但是范长风心目中的黄岗乡村模式,远不止这些。

毕竟,他从国内到国际都有相关经历,他的眼光、视野和格局不是一个黄岗村的新农村标准就可以衡量的。他有自己真实的想法,只是这个想法还要得到大家,特别是长风集团中层领导人员的认同,毕竟,这是要建设一些大项目、涉及大笔资金的。

"各位同人,大家讲得非常好,我受到大家的启发,想借此机会谈谈我的想法。我认为,我们做任何一件事情的成功与否,无外乎谋与立,立与行。当然,谋是放在最前面的。如果我们在谋的方面失败了,即便你后面再努力,做得再好,我也不认为那是一种成功。我说这句话的意思一不是兜圈子,二不是唱高调,用理论的东西去糊弄大家,而是因为我觉得重要,才反复强调。我认为这次国家从中央到地方提出的乡村振兴是一个改变'三农'的大战略,是管长远管根本的事情,我们不要把它当成一次运动或者一项活动,如果这样认为或者这样做,那就违背了上级的要求和初衷了。所以,我刚才强调'谋'字的重要性。当然,我心中高大上的谋划不是狂想,更不是不切合实际的铺张浪费。而是每谋一件事一定要管上他二十年、五十年,甚至是更长的百年大计,不知道大家同不同意我这个说法。"

与会人员不约而同地举起了手。

特别是郑前进,他一直以来都是很崇拜范长风的,对范长风的每一句话,他都能心领神会。他知道范长风也从来不喜欢夸夸其谈,说些不着边际的大道理,今天反复提及"谋"的重大意义,肯定有不同凡响的内容在后面。

"我觉得作为民营企业,特别是生在黄岗,长在黄岗,又成功在黄岗的企业,没有一点社会担当和远大抱负,这个企业也注定走不久远。民企回报社会,担负起社会责任,是我成立柳木公司的初衷。对于黄岗村将来要建设一个什么样的样板乡村,结合大家的意见和建议,我心里有一个'一二三四'的计划,想和大家交流沟通一下。一是打造一支能打硬仗的队伍。主要是指在非公企业中,以党的建设为指导,这是我们集团内部最重要也是最根本的政治基础。党建引领,高标准加强班子建设,发挥党支部战斗堡垒作用,发挥党员先锋模范带头作用,着力打造一支高标准的党员干部队伍。是建设好'两个设施',解决好教育、养老问题。一个设施是设立长风助学金,每年都拿出100万元奖励那些寒门学子,让他们能上得起学和好好上学;三是开设老年人食堂,为老人解决吃饭的后顾之忧,让他们不管是春夏秋冬还是刮风下雨都不再为吃饭发愁,遇见恶劣天气做到上门服务。四是开辟好'三个战场',解决群众文化问题。建设一个综合农民剧场,里面可以放电影、开会和开展群众性演出。建设一个环湖公园,另加两个文化长廊,形成文化宣传阵地。以建设中国淮河黄岗柳编博物馆为基础,高标准建设一个综合文化广场,扩大群众室外活动范围,将来开展跳广场舞、柳编舞及各类文化活动比赛。这个标准要超出现有国家规定的村级标准的三倍以上。五是开展好'四项活动'。这是每年必备的常规行动,分为春、夏、秋、冬四季开展,当然,特殊情况除外,但是每一年都要完成如下四项任务:第一是为村上的老人做一次全面体检,保证重大疾病的及时发现和救治。第二是寒、暑假组织孩子们外出旅游一次,以"红色之旅"和爱国主义教育基地为核心,培养青少年爱国、爱党、爱家庭的情怀。第三是长风集团的员工每年至少要献一次爱心,或者参加一次志愿者服务活动,献爱心和志愿服务活动均记录在案,作为年终评奖评优的参与条件,也是必备条件之一。第四是每年全村要开展一次柳编编织技艺大赛,获得创新奖项或新晋省级、国家级非遗传承人,均有 5 至 10 万元的奖励。同时建议此项活动作为长风集团品牌来打造,未来要打造成为鹿城县乃至江淮省的品牌活动,以发现和培养新人为目的,做大做强柳编产业。我的想法说完了,请大家就我的想法发表意见吧,大家可以敞开心扉,不要有任何顾虑。另外,你们也知道我的性格,我是不喜欢老好人的。如果你是老好人,我估计你距离离开长风集团的日子也不会太久了,不,应该会很快!"

范长风说完后,又补充了最后一句话,就是激励大家敢于建言献策。

这一点,郑前进更是心知肚明。他见大家窃窃私语,没有人真正站出来说些什么,便对着话筒嗯嗯了两声。

"好了,既然大家刚才都聆听了董事长的讲话,也没有什么意见。不,有可能是暂时还没有想到什么,没关系,等你们想起来后,再来集团办公室反映也来得及。对于刚才董事长的'一二三四'计划方案,我想大家也都听了,并且认真做了记录。在这里我不再一一重复,如果方案通过,我们集团会以正式文件的形式下发给大家,同时,也会上报县、市有关部门。听完董事长的计划方案,给我最直观的印象是,方案翔实周到,讲政治讲大局,结合我们黄岗村的实际,既有超前谋划,又能实实在在让老百姓感觉到实惠,可以分享到改革开放的成果。董事长说得对,作为一个民营企业,上为党委政府分忧,下为老百姓排解困难,这样的企业才能长久。不光能得到上级的关心支持,还能得到老百姓的拥护。我们长风集团的发展进步大家有目共睹,不光是有党的政策和政府的鼎力支持,还有咱们黄岗人的努力,否则也没有我们长风的今天。别的我也不想说什么,我最后希望,如果大家没有特别大的异议,我们将按照董事长提出的计划逐步实施,争取用一年或者两年的时间把基础设施建设好,相关制度完善好,专业队伍打造好,有关活动开展好,以'四好'状态落实'一二三四'计划。"

会场气氛空前高涨,大家都像是待出征的勇士个个摩拳擦掌,又像上膛待发的子弹,只等一声令下。

3

范长风主导的长风集团有关乡村振兴的想法,在得到集团上下的认可后,他立即向县、市有关部门做专题报告,得到了上级的肯定和支持。

更加巧合的是,许多设想和县里的乡村规划出奇地一致。

但因为县里专项资金紧张,或许有许多项目一时无法实施。有了长风集团的大力资金支持,乡村振兴的计划便有望进一步落地生根,变成现实。

而长风集团虽然有了许多美好的计划,但一直苦于土地的使用性质难以转变,另外,还缺乏基础设施的细化部分。而这一切的一切,全都在乡村振兴的规划蓝图里,政府和企业一拍即合,公司发展困境迎刃而解。

探索政府+企业合作,开创乡村振兴的新模式,走产业化发展的乡村振兴的新路子,也是当地党委、政府的一大举措。

一年多后,多功能的综合文化活动中心建设起来了。

在偌大的文化广场中间，中国淮河柳编文化艺术博物馆正式建成开放。

主馆外观呈杞柳条编织的淮河波澜水纹式样，让人们想起淮河儿女与天地斗争的历史和不屈的意志。

其中，以柳文化为主题的艺术展馆占地五万平方米，展出图片一万余幅，陈列收集的中国编柳文物实物两万余件，集历史性与趣味性于一体。陈列于陶器柳编周边的龙虎尊、麒麟凤凰等近千件大型柳编作品，令人叹为观止。

柳编文化艺术博物馆内，除展出精湛的编柳工艺品外，柳编主题文化同样呈现得淋漓尽致。

馆内分历史区、材料区、工艺区、产品区及发展未来等多个区域，距今约五百年的柳编文物、柳诗词、柳民俗，以及世界各地柳文化，通过柳编实物工艺品与图文介绍等形式一一展现给参观者。

历史区、材料区、工艺区等区域分别向观众展示了柳编工艺的发展历史、原材料及编织技法与结构等知识。馆内产品区是艺术馆最大的特色与亮点。小到柳编家居日用品，大到柳编家居装饰品，美观大方，款式多样，新颖环保，不仅极具实用价值，还极具艺术价值。

柳编文化艺术博物馆旁边，打造了一处农民综合文化活动室，地上四层，一个两万多平方米的室内综合活动场地，不管刮风下雨或下雪天气，村民们都可以在里面搞活动和开展各类柳编竞技比赛。

村级的老年康复中心是在老村部的原址上重新加固装修的，集黄岗村养老食堂、公共文化设施、体育器材于一体，一个崭新的黄岗村呼之欲出。

人还是那些人,地点还是那个地点,但不一样的是这里的路变宽了变平了,绿化上档次了,池塘绿了,天空蓝了,鸟儿鸣叫起来了,人们经常活动的广场舞舞台也更加宽敞了。

黄岗人民的精气神也提升上来了,昔日的脸上写满了苦难,如今的脸上绽放出幸福。

长风集团带动全村人致富发家,实现了每个家庭最少有一辆小汽车,家里存款达到六位数以上,人人都住上了二层半的小洋楼。

幸福的歌儿唱起来,淮河花鼓灯跳起来。

开放日这一天,省、市、县的领导来了,周边兄弟村的领导也观摩来了,黄岗村的村民们脸上洋溢着无限的自豪。

范长风和郑前进很是礼貌地向来宾介绍长风集团的发展状况,还有如何建成这一系列的基础设施,以及下一步如何把活动开展起来的计划。

正当大家听得饶有兴趣的时候,鹿城县政府李县长向大家公布了一个好消息。

"各位,各位,省证券公司给我县发来贺电,长风集团在沪正式上市了!可喜可贺,让我们大家一起祝贺长风集团,祝贺范长风同志,这不仅是我们县、市的骄傲,还是江淮省第一家在沪上市的民营企业,不容易呀!"

长风柳木集团公司在沪成功上市,这意味着长风集团走向国际又近了一步。

范长风有些激动得想落泪,但他还是控制住了。

"谢谢李县长,再次感谢各位对长风集团长期以来的关心和厚爱。这次我们集团能够上市实属不易,我相信我们的集团在未来的国际舞台上会越走越远的。"

范长风说这些话的时候,目视远方,仿佛他在展望远处的未来,那是一片属于长风集团的明天,他坚信那里的一切都是属于长风、属于中国的。

参观公司的人们直到太阳落到地平线以下,才依依不舍地离开。范长风也有些身心疲惫了,他本想和郑前进去县城吃个夜宵,但考虑到距离夜宵的时间还早,便倒在办公室的椅子上睡着了。

"丁零零。"一阵手机铃声响起,将他从睡梦中唤醒了,一看,是李姗姗打过来的视频。

李姗姗今天看起来精神很是振奋,对着屏幕先是和范长风接了一个西式的吻。

"长风,告诉你呀,我们的颍淮风情柳木公司今天正式批了下来。你看,都挂牌了。刚才挂牌的那一刻,我打你的视频电话你就是不接,你在忙什么呢?"

范长风苦笑了一下:"这几天太累了,好事多得不得了,说来又一下子都来了。我们的新农村变了样,成了全市的样板,省、市、县的领导和周边的兄弟村领导都来视察了,天黑了才散会。一天的应酬下来,我是筋疲力尽,坐在办公室的椅子上一倒头便睡着了。"

李姗姗点了点头,又关切地问:"天气还是蛮凉的,你要注意身体,别受凉了。"

4

郑前进又一次表白。

潘红柳转过头,没有理会,而是面对着范长风,想看看是不是他们两个合伙来骗自己。

范长风明显听出来潘红柳话里有话。

"长风,你觉得郑前进说的都是心里话吗?"

范长风没有说话,只是象征性地点了点头。

"哈哈,两个臭男人,两个戏精!你们以为我什么都不知道吗?你郑前进的慕容盼盼几天前就找到了我,让我放弃你。我真的纳闷了,我从认识你郑前进到现在,我纠缠过你吗?你的老情人居然让我放手,我真不知道为什么,更不知道她为什么能找到我。前进,给我个合理的解释吧,哪怕是你编的都行,只要剧情合理我都相信,你编吧,你编什么我都爱听。"

郑前进一脸的无辜和愁苦,范长风也哭丧着脸,两人一时无比狼狈。

"怎么,刚才还大言不惭和滔滔不绝呢,这会儿断电了?"

"解铃还须系铃人,郑前进,这种事情我哪里解释得清楚?还得你亲自出马。"

"是的,事到如今,看来躲避和不说都不是办法了。"

郑前进给自己倒了满满一大杯红酒,站起来和潘红柳碰了个杯。

当的一声响,郑前进仰头喝下去了一大半。

"红柳,实不相瞒。在感情上,有可能我一开始就注定是个失败者。但是我认为,经历了这几年的风风雨雨,我已经走向了成熟,今天我不再幼稚和单纯,我敢于面对这个事情了,最起码,不会被人牵着鼻子走了。"

范长风仔细看看前进,这话能从他嘴里说出来,多少还是令人惊讶的。

"慕容盼盼是我的前女友,我承认。因为某种原因我被她拒绝了,我选择用自杀来了结一生,那时的我感觉自己就是个彻头彻尾的失败者。是范长风救了我的命,让我当上了长风的副总,后来又是总经理,这个你都知道。长风帮我走出了爱情的阴影和困境,这些你都知道。我现在要钱有钱,要社会地位也有社会地位了。我也是没想到,慕容盼盼后来要找我复合。这里面的原因我告诉了长风,不管真假,我也没有对她再动过心。想想当初为了一桩失败的爱情选择自杀的我真是傻。但是对于你,我也和你相处那么多年了。我发觉我是慢慢地喜欢上了你,不是一见钟情的冲动。我喜欢你的聪明和大智慧,还有做人的豁达,加上你是革命军人家庭出身,让我坚定了对你的选择。你是个知进退的人,而且,胜不骄,败不馁。而慕容盼盼和你无法相比。红柳,相比之下,我还会选择她吗?还有,她拒绝我的这几年能保证没有和别人谈过?"

范长风点了点头,接过了话茬。

"听说,这个慕容和院长的儿子在谈,但那小子因和父亲一起卷入医疗器械贪腐案件中,现在父子俩都身陷囹圄呢!"

郑前进现在内心平静了许多。

"是呀,也让她尝尝感情失败和备受打击的滋味。这个世上出来混总是要还的,看来这句话是有道理的。"

潘红柳仰了仰头,两眼一片光。

"那你打算怎么处理这段感情纠葛?"

郑前进耸了一下肩膀,双手一摊,笑了。

"这个,太简单了。如果她再找你,你就说'你问问郑前进去吧,我跟你不认识,我没有必要回答你的任何问题',拒绝她再上门找你。而我,只要她找到我,再谈这个问题,我一样地拒绝,并且会让她死心,断了这个念想。但是有一点,我不会上门去找她说这件事的,如果真是那样,许多不明事理的人知道了,还以为我再去追求她呢,这种假象不可有。她要想胡闹下去,且没有底线的话,她会找我的。甚至她再给我打电话我都不会接听,并且以文字形式直接拒绝,这样也避免了她自找难堪。"

潘红柳和范长风点了点头。

范长风抬头看了看墙上的时间。

"红柳,我们结束吧,时间也不早了。你们的事情也说明白了,就差你一个表态了。"

潘红柳不好意思起来。

"还非要当你的面表这个态?你问问你的好兄弟吧,他打算啥时候娶我?"

范长风又看看郑前进。

"还犹豫什么?快表白吧!"

郑前进知道此时已无退路,既激动又兴奋。

"跟着长风哥的节奏走,你不是还要和姗姗办中式婚礼吗?你哪天,我和红柳就哪天,不能同年同月同日生,但可以同年同月同日结婚吧?"

潘红柳笑了。

"这个主意不错,在同一天结婚,我明天再问问潘东阳和赵小慧的婚礼定在哪天,不如我们三对在同一天,来个集体婚礼。"

范长风异常开心,高兴地说:"还是我的郑前进总经理聪明,这么说定了,我们三对新人永结同心。不过,我建议都在黄岗村的综合文化礼堂办,我们三对新人带头简办婚礼,看看咱们村子其他人可有结婚的,能放在一起更好。马上就快过五一劳动节了,就放在五一前后最好,天气不冷不热的。正好这距离五一还有些日子,郑前进,你得赶紧把和慕容盼盼的事妥善处理好了,别到时候生麻烦。"

郑前进点了点头。

"还有,你回到村子里后,抓紧时间和村里联系,征集五一结婚新人,并告知他们,所有婚礼开支,全都是我范长风的。"

"董事长,我刚才还寻思着怎么动员这事呢,就你最后一句话我觉得最有价值,也让我的工作好开展多了。只要你愿意埋单,其他的都不叫事。放心,不要说黄岗村,就是整个黄岗镇的我都能给你动员起来。这样的话,最少得有二十对新人结婚,那场面才叫壮观呢!"

"好你个郑前进,原来在算计我呢。不过没什么,咱们有钱,我也不在乎在这大喜事上花钱,就是让咱们黄岗镇其他的年轻人沾沾咱们的喜气,这个钱花得值,应该花,我喜欢!"

5

五一劳动节说来就来了。

并且再过三天，就是五四青年节。

2022年的五四青年节，是中国共产主义青年团迎来成立一百周年的前一天，众多江淮儿女投身乡村振兴的伟大事业中，为美丽家乡而奋斗的故事让人泪目。

在郑前进充分和黄岗镇政府沟通后，经镇政府向县团委报告，县团委十分重视和支持，决定由县团委和黄岗镇政府联合在黄岗综合文化广场，也就是中国淮河柳编文化艺术博物馆前面的大广场举行大型集体婚礼。

但在具体时间点上，却有了变动。原定于五四的集体婚礼，考虑到中国共青团建团一百周年，大家决定把这个婚礼统一到5月5日这一天。

李姗姗和父亲威廉·里干提前一个星期就从英国来到了鹿城县。

按照当地结婚的习俗，父亲威廉·里干让当地的老木匠给女儿李姗姗赶制了一套实木家具，还有其他的嫁妆。

看到这么一个老外认真地对待女儿出嫁的大事，准备在"五四"这天结婚的人家也忙着张罗起来。

大家在黄岗村举行完集体婚礼后，还要回家再过把中式婚礼的瘾。

这天一大早，黄岗综合文化广场上空彩球飞翔，一座座拱形婚礼圆门早早地竖立了起来。

孩子们在广场上欢歌笑语，一直到上午10点10分，二十对新人的集体婚礼才正式开始。县团委书记李东发宣布婚礼开始，刹那间，锣鼓声声，鞭炮齐鸣，空中的彩带随风飘舞，好不热闹！

新人们的脸上写满了幸福,老人们的脸上洋溢着自豪。

这边集体婚礼一结束,这二十对新人就回各自的家中,向老人们讨红包。老人们也乐意,他们亲眼看到了下一代的幸福,这个红包必须给,而且要沉甸甸的。

在所有的新人红包中,威廉·里干的红包是最有分量的——女儿和女婿每人1万英镑现金。

奉上代表孝敬父母的茶水,入了洞房,就算进入了这场中式婚礼的尾声。

5月5日当天,范长风接到去北京开会的通知,作为全国优秀青年创业代表,他将受到国家相关领导人的亲自接见,这是多么至高无上的荣誉啊!

站在领奖台上,国家领导人亲自给他颁奖,并紧紧握住了他的手。

"小伙子,你的事迹我听到汇报了,干得不错。特别是在国外开创柳编事业,我为你感到骄傲。青年一代,就需要你这样有勇气、有智慧、有骨气、有敢打必胜的信念的年轻人,只有这样,我们离第二个百年奋斗目标,才有可能更近一些。"

范长风听到这番鼓励,一时激动得头上直冒汗。

当着那么多人的面,他没有敢喊出来,但内心里却坚定地默念道:"请党和祖国放心,作为新时代的青年,我定不负使命,全力以赴,不负韶华!"

在鲜花芬芳和红旗飘扬的海洋里,范长风仿佛看见了新中国迈进第二个百年时的自己,虽已苍颜,却仍然挺拔、坚毅,无往而不胜。

后　记

没想到,这一生我会写一部长篇小说,来圆自己的作家梦。

已是天命之年,想想一路走来,自己算是个幸运儿。

年少时想当兵,我如愿了,而且在部队一干就是十三年,因写作立功受奖还被保送提拔成干部。锚定这一生从事创作,从新闻作品到散文、小说创作及现在流行的网络文学创作,每一步也算走得踏实,有所收获。

虽几经周折,但梦想终究成为现实。感谢生活及身边所有帮助过我的朋友和家人,特别感谢著名书法家杨霁成主席为本书题写书名,《艺术界》主编苗秀侠老师为本书作序。

我在市委宣传部工作的近十年里,有机会接触到许多文化企业。这些企业中有从事彩陶、柳编、剪纸、毛笔制作等各类技艺的民间艺术家,其中许多项目还被评为国家级、省级的非物质文化遗产,成了颍淮两岸一颗颗璀璨的"非遗"文化明珠。

带着他们去深圳等地参加文博会,进行民间艺术交流,这让我一次次亲身感受到了农民的质朴和豁达。

我也是农民的孩子,且从来不敢忘本。当他们把自己的传承技艺称为自我谋生的手段时,我便觉得他们就是我的兄弟姐妹,诚如我的工作和写作一样,也是一种生存的手段和方式,没有高低贵贱之分。

这些兄弟姐妹的创业故事我了解不少,很想为他们写一部关于新时代青年人创业的长篇小说。

前年秋天,我将《淮柳织梦人》(原名《风起淮河》)的创作大纲、人物设定及故事梗概和2万字的内容上报给市委宣传部时,没想到入选了阜阳市2022年度第一批重点文艺项目。

如何解决写得可读耐看和精彩的问题。我先后三次深入阜南经开区、黄岗镇采访多个企业,被他们的创业故事所感动。在这部长篇小说的创作过程中,我五次流泪。因为我知道,要想感动别人,必须先感动自己。

当这部作品通过层层审稿,即将付梓时,我终于松了口气。

当然,这部作品也有遗憾。

通过一部作品很难完整地呈现广大农民兄弟在脱贫攻坚和乡村振兴过程中的时代壮举,只能在微观的角度下,写出波澜壮阔的农村发展变革的冰山一角。

还有一点遗憾不得不说,此书在七猫中文网上发表长达40万字,但在纸质图书出版时,因容量有限,只能忍痛砍去一半,使小说少了一些趣味性。

不过,想想这人世间本来就不怎么完美,留点遗憾或许是好事,就像断臂维纳斯雕像——缺憾,也是一种美。

美好属于这个光荣的时代,真的很感谢我们生活的这个伟大时代!

作者于颍州清河